毛姆经典文库·剧本

比我们高贵的人们
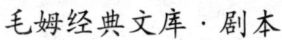

[英] 威廉·萨默塞特·毛姆 著
杨建玫 娄遂祺 译

群众出版社

图书在版编目（CIP）数据

比我们高贵的人们 /〔英〕威廉·萨默塞特·毛姆；杨建玫，娄遂祺译.—北京：群众出版社，2016.5
（毛姆经典文库）
ISBN 978-7-5014-5492-1

Ⅰ.①比… Ⅱ.①毛…②杨…③娄… Ⅲ.①戏剧文学—剧本—作品集—英国—现代 Ⅳ.①I561.35

中国版本图书馆 CIP 数据核字（2016）第 030843 号

毛姆经典文库·剧本
比我们高贵的人们

〔英〕威廉·萨默塞特·毛姆 著 杨建玫 娄遂祺 译

出版发行	群众出版社
地　　址	北京市丰台区方庄芳星园三区十五号楼
邮政编码	100078
经　　销	新华书店
印　　刷	北京通天印刷有限责任公司印刷
版　　次	2016 年 5 月第 1 版
印　　次	2016 年 5 月第 1 次
印　　张	10.625
开　　本	880 毫米×1230 毫米　1/32
字　　数	235 千字
书　　号	ISBN 978-7-5014-5492-1
定　　价	32.00 元

网　　址：www.qzcbs.com
电子邮箱：843195700@qq.com

营销中心电话：010-83903254
读者服务部电话（门市）：010-83903257
警官读者俱乐部电话（网购、邮购）：010-83903253
文艺分社电话：010-83901730　　010-83903973

本社图书出现印装质量问题，由本社负责退换
版权所有　侵权必究

毛姆经典文学语录

　　月亮和六便士就在眼前。是为一份六便士的生活疲于奔命,还是为仰望心中那轮明月而有所放弃?

　　良心是我们每个人心头的岗哨。它在那里值勤站岗,监视着我们,以免干出违法的勾当。

　　改变一个好习惯容易;改变一个坏习惯谈何容易!这是人生的一大悲哀!

　　养成阅读的习惯等于为自己筑起一个避难所。它几乎可以助你逃避生命中所有灾难。

　　人们常常发现:一位卸任后的首相当年不过是大言不惭的演说家;一个解甲归田的将军也无非平淡乏味的市井英雄。

　　一经打击就灰心泄气的人,永远都是失败者。

毛姆经典文学语录

爱情需要有一种软弱无力的感觉，要有体贴爱护的要求，有帮助别人、取悦别人的热情；它是自私的——如无显现，便是巧妙地遮掩起来了；还包含着某种程度的腼腆和怯懦。

我们要容忍他人，如同容忍自己。

一个人落水了，游得好不好无关紧要；要紧的是他得挣扎出去，不然就得淹死。

要抬高一个人，最容易的办法是贬低另一个人。

要知道一个人的本质，让他承担一种责任是最有效的办法。

人们嘴里说的请你批评，但心里要的却是你的赞美。

目　录

Our Betters

比我们高贵的人们（三幕喜剧）　1

The Constant Wife

坚贞的妻子（三幕喜剧）　128

The　Circle

周而复始　239

Our Betters
比我们高贵的人们（三幕喜剧）

人　物

伊丽莎白·桑德斯（贝茜）　　波尔（管家）

乔治·格雷斯顿勋爵夫人（珀尔）　　弗莱明·哈维

苏兰纳公爵夫人（明尼）　　桑顿·克莱

德拉·塞克拉亲王夫人（弗洛拉）　　安东尼·帕克斯顿（托尼）

哈利·布利恩勋爵　　欧内斯特

阿瑟·芬威克

故事发生在梅菲尔区①格罗夫纳街格雷斯顿勋爵夫人的住宅和丈夫在萨福克郡②的阿博茨肯顿庄园中

第一幕

布　景：梅菲尔区格罗夫纳街上格雷斯顿勋爵夫人住宅的客厅。那是一个以十八世纪乔治二世时代风格装饰的豪华套间，绿色的乌木屏风和金色清漆橱柜摆放在房中，别致的椅套、沙发和靠垫显示出巴克斯特③和俄罗斯芭蕾舞舞台美术风格的影响，深梅红、翠绿、鲜黄和深蓝混合在一起，显得那么赏心悦目。一块中国地毯铺在地板当中，房间到处摆放着中国明朝时期的瓷器。

时　间：一个阳光明媚的日子。社交季④刚刚开始。大约四点半。

幕　启：楼下的街上传来薰衣草小贩单调而忧郁的叫卖歌声：

要芳香的薰衣草吗？

一个便士十六枝。

---

① 伦敦的上流住宅区，社交界。
② 英国东部的一个郡。
③ 莱昂·巴克斯特（Samoilovitch 1866－1924），俄罗斯画家、布景及服装设计师。
④ 指伦敦五月至七月的社交季节。

买了一次,还会买第二次。

薰衣草啊,

把你的衣服熏香。

薰衣草——真香啊!

香味扑鼻的薰衣草。

　　[贝茜·桑德斯①上。她是一位漂亮的美国姑娘,二十二岁,金发碧眼。她衣着时尚,戴着帽子和手套,拎着手提包,刚从街上回来。贝茜手里拿着一张电话留言条,走到电话机跟前,拿起听筒]

　　贝　茜:是杰拉德局吗?请转4321。是伯克利酒店吗?请帮我接一下哈维先生。弗莱明·哈维,对。[她边听边微笑]是的。你猜我是谁?[她大笑]我刚看到你的电话留言。你从哪儿冒出来了?太棒了,你要在伦敦待多久?我明白了。我想马上见到你。废话,就现在。你马上乘出租车,立刻赶过来。贝尔也很快会赶来。挂了电话吧,弗莱明。不,我不先挂。[稍顿]你还没挂电话?真讨厌。你早挂电话,现在就走到半路了呢。好了,你快点儿吧。

　　[她放下听筒,开始脱手套。管家波尔手捧一束玫瑰花走了进来]

　　波　尔:小姐,刚刚有人给您送来了这束花儿。

　　贝　茜:哦!谢谢你。这花儿真漂亮!波尔,你去帮我拿个

---

① 贝茜是伊丽莎白的昵称。

什么东西来,把这束花儿插进去。

波　尔:小姐,我去拿个花瓶。

［波尔下。她把脸埋进花束,深深呼吸花的香味。波尔拿着一个盛满水的花瓶进来］

贝　茜:谢谢。你肯定这些花是送给我的吗?没见字条呀。

波　尔:是送给您的,小姐。送花的人说了,是送给您的。我问他有没有名片,他说没有,小姐。

贝　茜:［淡然一笑］我知道是谁送的了。［她开始插起花来］夫人还没有回来吗?

波　尔:小姐,还没有。

贝　茜:你知道一会儿有人来喝茶吗?

波　尔:夫人没有说,小姐。

贝　茜:那你先准备十五个人的吧。

波　尔:是,小姐。

贝　茜:波尔,我现在有点儿不舒服。

波　尔:是吗,小姐?那我把报纸收拾走吧,小姐?

贝　茜:［无奈地叹了口气］好吧,你收拾吧。［电话铃响］哎,我忘了,是我让他们把电话接到客厅里来的。你看是谁的电话。

［波尔拿起听筒接听,然后用手捂住听筒口］

波　尔:您想跟布利恩勋爵通话吗,小姐?

贝　茜:你就说我不在家。

波　尔:桑德斯小姐还没有回来。对不起,老爷,我没有听出来您的声音。［稍顿］呃,老爷,我确实听到他们说,他们要到格罗夫纳酒店①去参加一个内部展览会。你在那儿会找到桑德斯小姐的。

贝　茜：你不需要添油加醋，波尔。

波　尔：我只是想把话编得更可信些，小姐。[继续听电话]大概就是这个情况，老爷。不过我也说不准，老爷，他们也可能去拉尼拉俱乐部②玩了。

贝　茜：波尔，你可真能编！

波　尔：好，老爷。[他放下听筒]老爷问，您在吃茶点时是不是能回来，小姐。您还有别的吩咐吗？

贝　茜：没有了，波尔。谢谢你。

[波尔下。她把花插好。门猛地被推开，格雷斯顿勋爵夫人进来，后面跟着弗莱明·哈维。珀尔——格雷斯顿勋爵夫人——是个时髦的美女，三十四岁，红头发，脸上浓妆艳抹。她身穿在巴黎定制的服装，但颜色和式样比法国女人的衣服都大胆许多。弗莱明是一位英俊的美国小伙儿，他的衣着是典型的美国式样]

珀　尔：亲爱的贝茜，我在门口碰见了一位完全陌生的年轻人，他说是咱们的表兄弟。

贝　茜：[向他热情地伸出双手]弗莱明。

弗莱明：我给格雷斯顿夫人作了自我介绍。他们正给我开门时，她的车到了。贝茜，你再给你姐姐解释一下，她有些怀疑我。

---

① 伦敦市邦德街一家四星级酒店，是伦敦最受欢迎的酒店之一。凭借独有的人文素养和婉约美丽的殷殷之情吸引着广大顾客的到访。
② 伦敦一个受人喜爱的娱乐园，大约在1730年就可以供应茶了。

贝　茜：珀尔，你一定还记得弗莱明·哈维。

珀　尔：我从来没有见过他，不过他看起来倒是很……帅气。

贝　茜：他是很帅。

珀　尔：他显然是来看望你的。

弗莱明：五分钟前我刚打过电话，贝茜让我立刻来见她。

珀　尔：好，让他留下来一起喝茶吧。我得去打个电话。我忽然想起来我约了十二个人来吃晚饭呢。

贝　茜：乔治知道吗？

珀　尔：乔治是谁？

贝　茜：别闹了，珀尔。乔治——你的丈夫。

珀　尔：噢！我真不明白你到底在说谁。不，他不知道。但更重要的是，厨子也不知道这件事。我都忘了乔治在伦敦呢。

[珀尔下]

贝　茜：珀尔在家举办宴会，乔治一般会到外面吃饭，他不喜欢见不认识的人。没有外人的时候，他也很少在家吃饭，那会让他感到乏味。

弗莱明：听起来好像乔治勋爵没有享受到家庭生活的乐趣啊。

贝　茜：现在咱们坐下好好歇歇吧。你会留下来喝茶吧？

弗莱明：茶并不是我习惯的饮料。

贝　茜：你在英国待上一个月，就离不开它了。你什么时候到的？

弗莱明：今天早上。你瞧，我一来就马不停蹄地赶来看你了。

贝　茜：我觉得没必要。不过，见到刚从国内来的亲人倒真是挺开心的。

弗莱明：贝茜，你在这儿过得还开心吧？

贝　茜：开心得不得了！自从社交季开始以来，除非珀尔在家里请客，我每天都在外面吃午餐和晚餐，每天晚上都参加舞会，一般参加两个，有时三个。

弗莱明：哇！

贝　茜：如果停止这种生活方式，我简直就活不下去了。

弗莱明：你喜欢英国？

贝　茜：我很喜欢英国。我爸爸以前从未让我来过英国，真是太糟糕了。罗马和巴黎不算什么，我们在那里只不过是旅行的游客而已，可在这里我们感到像在家一样自由自在。

弗莱明：可别太自由自在啦，贝茜。

贝　茜：哦，弗莱明，你给我送了那些玫瑰花，我还没有感谢你呢。你真是太好了。

弗莱明：[微微一笑] 我没有给你送过什么玫瑰花呀。

贝　茜：没有吗？哦，那你为什么不送？

弗莱明：我还没来得及呢。不过，我会送的。

贝　茜：现在太晚了。我很自然地想到那些花是你送来的，英国人不像美国小伙儿那样常送花。

弗莱明：真的吗？

[稍顿片刻，贝茜飞快地瞥了他一眼]

贝　茜：弗莱明，我得谢谢你写给我的那封感人的信。

弗莱明：你没必要那么做，贝茜。

贝　茜：我还担心你会因为这件事难过呢。不过我们仍将是最要好的朋友，对吧？

弗莱明：一直都是。

贝　茜：毕竟你让我嫁你时才十八岁，我只有十六岁。那又不是真正的订婚。不知为什么，我们以前没有解除这个婚约。

弗莱明：我看我们之间从来就没有发生过这件事啊。

贝　茜：我都几乎忘记这件事了。不过，既然我来到这儿了，我想还是把一切说开了好。

弗莱明：〔微微一笑〕贝茜，我看你是在谈恋爱。

贝　茜：不，我没有。告诉你，我在这儿玩得很开心。

弗莱明：那是谁送给你的玫瑰花？

贝　茜：我真不知道。可能是布雷恩勋爵吧。

弗莱明：你不会想要嫁给一位勋爵吧，贝茜？

贝　茜：你反对我这么做吗？

弗莱明：嗯，根据第一原则，我觉得美国姑娘最好还是嫁给美国男人。我碰巧是个美国人。

〔贝茜凝视了他片刻〕

贝　茜：珀尔昨天晚上举行了一场晚宴。一位内阁大臣带我入席，另一边坐着一位大使，对面是一位印度总督。安吉莉塔夫人和我们一起用餐，餐后还给我们唱了歌。好多人戴着勋章、绶带，从正式的官方宴会上赶来，参加我们这里的晚宴。珀尔看起来极为出众，真是一位出色的东道主。有好几个人给我说，和伦敦的任何宴会相比，他们最愿意来这里举行的宴会。珀尔嫁给乔治·格雷斯顿勋爵之前，也和在俄勒冈州波特兰市做生意的小伙子订过婚。

弗莱明：〔微笑〕我知道你是铁了心要嫁给一位勋爵。

贝　茜：不是，我没有。我对这个问题持比较开放的态度。

弗莱明：你这话是什么意思？

贝　茜：哦，弗莱明，我倒确实注意到，有一位高贵的勋爵真愿意把他华贵的冠冕放在我脚下。

弗莱明：别说得像是小说里发生的情节，贝茜。

贝　茜：可我感觉就像小说里发生的一样嘛。那个可怜的宝贝儿每次见到我，就想向我求婚，我总是想方设法阻止他开口。

弗莱明：为什么？

贝　茜：我并不是真想拒绝他。每次阻止他后，又总后悔不该那样做。

弗莱明：下次你可以很容易让他开口求你嘛。女人做这种事还是轻而易举的。

贝　茜：啊，可是假如他直接去非洲打猛兽怎么办。他们老干这种事，小说里就是这样的，你要知道。

弗莱明：有一点我敢肯定，你根本就不爱他。

贝　茜：我早就告诉你了嘛，我本来就不爱他。我把这些都告诉你，你不介意吧，弗莱明？

弗莱明：哎呀，不会的。我怎么会介意呢？

贝　茜：我把你甩了，你真的不伤心吗？

弗莱明：[乐呵呵地] 一点儿也不伤心。

贝　茜：那就好，这样我就可以告诉你有关这位高贵爵爷的所有事情了。

弗莱明：你想到过吗，他是图你的金钱才想要娶你的？

贝　茜：你可以说得再文雅些，说他是想要连人带钱一块儿婿。

弗莱明：这个前景很吸引你吗？

贝　茜：这个可怜的宝贝儿有什么办法呢？他有一个大庄园要支撑下去，却没有一分钱。

弗莱明：真的，贝茜，你真让我感到惊奇。

贝　茜：你在这儿待上一个月后，就不会觉得我令你惊奇了。

［珀尔上］

珀　尔：贝茜，你现在给我说说这个陌生小伙子。

贝　茜：他完全可以自己说嘛。

珀　尔：［对弗莱明］你要在这里待多久？

弗莱明：几个月吧。我想了解一下英国人的生活。

珀　尔：原来如此。你是想要增长见识还是想要进入社交界？

弗莱明：我想，不可以把这两者结合在一起吗？

珀　尔：你有钱吗？

弗莱明：没有。

珀　尔：这没关系，你长相英俊。一个人想在伦敦出人头地，必须外表出众，或者智力超群，或者在银行有存款。你认识阿瑟·芬威克吗？他赚了好多钱。

弗莱明：只听说过他的名声。

珀　尔：你这样说话，真是傲慢！

弗莱明：他以昂贵的价格为美国劳动阶层提供很糟糕的食物。毫无疑问，他发了大财。

贝　茜：他是珀尔的一个好朋友。

珀　尔：他初来乍到时，纽约人瞧不起他，我就告诉他：我亲爱的芬威克，你不帅气，不会逗乐，也没有受过良好教育，你只是有钱就行——想要进入社交界，就得舍得钱。

弗莱明：这可真是开门见山哪。

贝　茜：珀尔，咱们得尽全力帮帮弗莱明。

珀　尔：[咯咯笑] 咱们把他介绍给明尼·苏兰纳吧。

弗莱明：她究竟是个什么样的人呢？

珀　尔：苏兰纳公爵夫人。你不记得了吗？她原来是霍奇森家的千金，是芝加哥的霍奇森家。当然，他们家在美国没有什么名望，可在这儿没关系。她喜欢帅小伙儿，我敢说她对托尼早就厌倦了。[对贝茜] 顺便说一句，他们今天下午不也要来吗？

贝　茜：我并不喜欢托尼。

珀　尔：你为什么不喜欢他呢？我倒觉得他挺有魅力。不过，他是我见过的最无法无天的无赖。

弗莱明：托尼是那个公爵吗？

珀　尔：哪个公爵？她的丈夫吗？哦，不是，她几年前就和他离婚了。

贝　茜：我觉得弗莱明会更喜欢亲王夫人的。

珀　尔：哦，那他今天也可以在这儿遇见她。

贝　茜：她以前是范胡格家的小姐，弗莱明。

弗莱明：她也离婚了吗？

珀　尔：哦，没有。她丈夫是意大利人。在意大利，离婚很难，她只是和亲王分居了。她人很好，是我最要好的朋友之一，只不过有些让我感到厌烦。

[波尔上,报告桑顿·克莱到,然后下。桑顿·克莱是个粗壮的美国人,秃顶。他热情奔放,衣着过于讲究,说话带有明显的美国口音]

波　尔：桑顿·克莱先生到。

克　莱：你好?

珀　尔：桑顿,我们正要找你。我家突然冒出个完全陌生的小伙子,他说是我的表弟。

克　莱：我亲爱的珀尔,那真是我们美国人必须随时准备遇到的灾难。

贝　茜：我不许您这么说,克莱先生。弗莱明不仅是我们的表弟,而且是我最好的老朋友。弗莱明,对吧?

珀　尔：贝茜心地善良。她一直认为有义务维护友谊。

弗莱明：既然你们谈到我了,为何不把我介绍给克莱先生呢?

珀　尔：你这可真是美国人的风格!

弗莱明：[微笑]这没有什么可大惊小怪的吧?

珀　尔：在这儿,我们可没有你在美国介绍人时的那种热情。我亲爱的桑顿,请允许我介绍我久违的表弟弗莱明·哈维先生。

克　莱：我离开美国那么久,几乎都忘了该怎么回答。不过,我想恰当的回答是:弗莱明·哈维先生,我很高兴认识您。

弗莱明：克莱先生,您不是美国人吗?

克　莱：我出生在弗吉尼亚,这一点我不否认。

弗莱明：对不起。从您说话的方式看,我还以为您是……

克　莱：[插话]不过,当然,我家在伦敦。

珀　　尔：胡扯，桑顿。哪里有头等宾馆，哪里就是你的家。

克　　莱：七年前我去了一趟美国。我父亲去世了，我得回去料理他的后事。他们都把我当作英国人了。

弗莱明：克莱先生，那肯定让您心满意足。

克　　莱：当然，我丝毫没有美国口音。我想，那就是原因所在，还有我的衣服。

［他得意洋洋地看看自己的衣服］

珀　　尔：弗莱明想见识一下伦敦的生活，桑顿。把他托付给你再好不过了。

克　　莱：我认识这里所有值得打交道的人。这一点，我不想否认。

珀　　尔：桑顿对许多伯爵夫人直呼教名。这一点，伦敦的其他男人都比不过他。

克　　莱：我会给他搞几张高档舞会的请帖，还会让他接到一两个上等宴会的邀请。

珀　　尔：他长得帅，我敢肯定他舞也跳得很好。桑顿，他会给你脸上增光的。

克　　莱：［对弗莱明］不过，当然，我其实为你做不了什么。在格雷斯顿勋爵夫人的府上，你就到了社交界的中心。我不是指你会遇到那些坐着马车、让人乏味的老式社交界人物，而是经常见报的重要的社交界人物。珀尔是伦敦最棒的女主人。

珀　　尔：桑顿，你到底是什么意思？

克　　莱：在这栋房子里，你迟早会见到英国所有的显赫人物。有一个人除外，那就是乔治·格雷斯顿。他是这里唯一最显赫的,他就是珀尔的丈夫。

珀　尔:[咯咯一笑]我早知道,你这样恭维我,只是为了接着说更讨厌的话。

克　莱:确实,我不明白为什么你从来不让乔治参加你的宴会。从我个人的情感来说,我喜欢他。

珀　尔:桑顿,你让我更加感激不尽了。那是因为他谈到你的时候,总是称你为"那个可恶的势利小人"。

克　莱:[耸耸肩]可怜的乔治,他的词汇真贫乏。我今天午饭时遇到了弗洛拉·德拉·塞克拉夫人,她说她要来这儿和你一起喝茶。

珀　尔:她在筹备一个音乐会,去救济什么人或什么事。她要我帮帮她。

克　莱:可怜的弗洛拉,她老在做什么慈善工作!她把慈善当作麻醉剂了,来减轻她被遗弃的痛苦。

珀　尔:我一直告诉她,她最好找个情人。

克　莱:你会吓住哈维先生的。

珀　尔:这不会伤害到他,只会对他有好处。

克　莱:你以前认识她的丈夫吗?

珀　尔:哦,认识,我见过他,就是个普普通通的小个子意大利人。我简直难以想象,她怎么会爱上他呢,她是个不同寻常的人。告诉你,我可以肯定,她从来没有过风流韵事。

克　莱:这些美国女人有的对男女之事不感兴趣,真是很稀奇。

弗莱明:我觉得她们中间有一些人甚至道德情操高尚。

珀　尔：［微笑］世界就是要形形色色的嘛。

［波尔上，报告苏兰纳公爵夫人到，然后下］

［公爵夫人四十五岁，身材高大，皮肤黝黑，嘴唇猩红，两颊涂抹着脂粉。她外表华贵，一副肆无忌惮、自鸣得意的样子，却又肥胖得令人难以忍受。她的样子让人想起奥布雷·比亚兹莱所画的罗马皇帝的形象。她穿着一件时髦华丽的长外套，脖子上戴着一长串大颗珍珠项链。宾主谈话时，波尔和两个男仆端上茶，放到里间的客厅里］

珀　尔：我亲爱的，您能来，太好了。

公爵夫人：托尼不在这儿吗？

珀　尔：不在。

公爵夫人：他说了直接来这儿的。

珀　尔：看来他有什么事儿耽搁了。

公爵夫人：真让人搞不懂。他一刻钟前打电话来，说是马上就动身。

珀　尔：［宽慰地］他很快就会来的。

公爵夫人：［努力克制自己］贝茜，你看起来真漂亮啊！难怪我遇到的所有男人都为你倾倒。

贝　茜：英国男人都太害臊了，他们怎么不来追捧我呢？

公爵夫人：他们绝不会让你回美国去的。

珀　尔：当然她绝不会再回去了。我决心让她嫁给一个英国人。

克　莱：她会使我们美国籍的贵族夫人中又增添一位美人儿。

珀　尔：而且又多了一位你可以直呼教名的贵族夫人，桑顿。

贝　茜：我希望你们不要这样谈话嘛，就好像我在这件事情上没有一点儿发言权似的。

克　莱：贝茜，你当然有发言权——很重要的发言权。

贝　茜：我想应该是这样的吧。

克　莱：正是。

珀　尔：亲爱的，请倒茶吧！

贝　茜：好。［对克莱］我知道您不像弗莱明一样讨厌茶，克莱先生。

克　莱：我的生活离不开茶。嗨，我出门旅行必带茶具。

弗莱明：［挖苦］真的吗？

克　莱：你们这些住在美国的美国人……

弗莱明：［低声地］我们可真古怪。

克　莱：……你们竟然瞧不起这令人愉快的喝茶习惯，这是因为你们多多少少还没有开化。我们花费一个小时喝茶，那是一天中最快乐的时光。这不像午饭或晚餐那么正式，我们只是稍稍放松、自在一下。我们随意吃些小点心，这都是谈话的借口。我们讨论抽象的问题、我们的灵魂、我们的道德问题；我们也谈论具体的问题、邻居的新帽子或者她最近的情人。我们喝茶是因为我们是高度文明的国家。

弗莱明：我一定很蠢，我不理解这种习惯。

克　莱：我亲爱的伙伴，一个国家文明的程度在于它是否无视生活的各种必需品。你们挥霍浪费了大量金钱，而我们有过之而无不及；我们浪费的是更为宝贵、稍纵即逝、不可挽回的——我们浪费的是时间。

公爵夫人：我亲爱的桑顿，你的话让我感到绝望。康普顿·爱德华兹让我停止喝茶。我原以为他只是剥夺了我一项奢侈的享受，可现在我觉得他还剥夺了我一项宗教仪式。

弗莱明：康普顿·爱德华兹到底是什么人？他能有这么大的影响力？

珀　尔：我亲爱的弗莱明，他是伦敦最有权有势的男人。他是个了不起的减肥专家。

弗莱明：天哪！他减什么？

珀　尔：减肥呀。

公爵夫人：他真是个了不起的人。你知道吧，阿灵顿勋爵夫人告诉我说，他帮她减了九磅。

珀　尔：我亲爱的，那不算什么。克拉拉·霍林顿夫人亲口告诉我说，她减了不止十四磅。

贝　茜：[从餐桌那边] 谁需要茶，自己来取。

[男人们踱到里间，珀尔和公爵夫人继续闲谈]

公爵夫人：那个帅小伙儿是谁，珀尔？

珀　尔：哦，他是个年轻的美国人。他自称是我表弟，来看贝茜的。

公爵夫人：他想要娶她吗？

珀　尔：上帝啊，我希望他不会娶她吧。他只不过是个老朋友。你知道他们在美国的经历很滑稽。

公爵夫人：我想，哈利·布利恩还没有完全做出决定吧？

珀　尔：还没有呢。不过假如有一天你在《晨报》① 上看到他们的结婚公告，也不奇怪。

公爵夫人：她有足够多的钱带给他吗？

珀　尔：她有一百万呢。

公爵夫人：不是英镑吗？

珀　尔：哦，不是。是美元。

公爵夫人：那他一年利息只有八千镑。我看他不会满足的。

珀　尔：人们不能要求太高。现在不像您那个时代，再也没有更多有实力的女继承人了。而且哈利·布利恩也不是那种抢手的人。当然，一个英国男爵要比一个意大利伯爵强一些，可您值得一提的也就这一点了。

公爵夫人：那贝茜会接受他了？

珀　尔：喔，是啊，她非要在英国生活。而且我也对她说，即使现在做个贵夫人也是件令人愉快的事。

公爵夫人：托尼到底怎么回事？

珀　尔：我亲爱的，他总不会让公共汽车给轧死吧。

公爵夫人：我不担心他会被公共汽车轧死，而是怕他迷上剧场的歌女。

珀　尔：〔冷冰冰地〕我早该想到您一直在紧盯着他哩。

公爵夫人：你知道，他从早到晚没事儿干。

珀　尔：那他为什么不找份工作？

公爵夫人：我一直在设法给他找个事儿干，可是太难了。你

---

① 《晨报》：The Morning Post——伦敦最早出版的日报，1772 年创刊。

人脉广，珀尔。你能帮帮忙吗？我对你感激不尽啊。

珀　　尔：他能做什么？

公爵夫人：他做什么都行。而且你也知道，他人长得帅。

珀　　尔：他懂法语和德语吗？

公爵夫人：不懂。他没有语言天赋。

珀　　尔：他会打字和速记吗？

公爵夫人：哦，不会。亲爱的，你指望不了他做这些事情。

珀　　尔：他会做账吗？

公爵夫人：不会。他在数字方面没有天赋。

珀　　尔：[若有所思地] 好吧，我看他唯一能去工作的地方就是政府部门。

公爵夫人：啊，我亲爱的，但愿你能帮他得到这份工作。你简直想不到，如果我知道他能够每天从十点到四点不在外面胡闹，那对我将会是个多么大的安慰啊。[波尔报告托尼·帕克斯顿到。托尼是个二十五岁的帅小伙儿。他衣着华丽，举止潇洒，笑容可掬]

波　　尔：帕克斯顿先生到。

珀　　尔：哎，托尼，你最近怎样？

托　　尼：很糟糕。这周我在赛马会上没有买中一张，打牌没有赢过一局。

珀　　尔：哦，好啊，这是没钱的好处。你还是输得起这点儿钱的。

公爵夫人：[插话] 托尼，你到哪儿去了？

托　　尼：我？没去哪儿呀。

公爵夫人：你说要直接来这儿的。从多佛街①到这儿用不了二十五分钟。

托　尼：我想着不用着急来嘛，就在俱乐部闲逛了一会儿。

公爵夫人：我又给俱乐部打了电话，他们说你已经离开了。

托　尼：[短暂停顿后] 我下楼刮了一下脸。我想，他们绝不会想到去理发店找我的。

公爵夫人：你下午四点半刮什么脸?

托　尼：我想着你会愿意看到我干干净净、很精神的样子。

珀　尔：托尼，去让贝茜给你倒杯茶吧。你辛苦一天了，一定想喝杯茶。

[他点点头，走进里间]

珀　尔：明尼，您怎么这么傻? 您要是这么对待他，就别指望把他拴在身边。

公爵夫人：我知道他在撒谎。他说的没一句真话。可他又那么滑头，我抓不住他的把柄。唉，我嫉妒极了。

珀　尔：您真的爱他吗?

公爵夫人：对我而言，他是我的一切。

珀　尔：您不应该让自己这么鬼迷心窍。

公爵夫人：我可不像你那么不动感情。

珀　尔：您好像对无赖情有独钟，可他们对您却无情。

公爵夫人：唉，我不在乎其他人，可托尼是我唯一真心爱恋

---

① 多佛街（Dover Street），位于伦敦市中心街区梅菲尔（Mayfair），与其他高端品牌商店并驾齐驱。这一带多俱乐部，又称"俱乐部区"，与下文的俱乐部有关。

的人。

珀　　尔：得了吧！您当初不也同样爱杰克·哈里斯吗？您对他无微不至，甚至教他穿什么衣服。您把他带入社交界，可他翅膀硬了就把你蹬了。托尼也会这么做的。

公爵夫人：这回我不会这么傻了。我会留意，让他离不了我。

珀　　尔：我真想不出您到底看上他什么了，您一定要知道……

公爵夫人：［打断］我几乎什么都知道。他是个骗子、赌棍、懒汉、败家子，可他就是喜欢我。［恳求地］你看不出来他喜欢我吗？

珀　　尔：他可比您年轻好多呀，明尼。

公爵夫人：我身不由己啊，我爱他。

珀　　尔：唉，算了，多说也没用。只要他能让您快活就行。

公爵夫人：他并没有让我快活，只是让我痛苦。可我爱他……他要我嫁给他，珀尔。

珀　　尔：您不会嫁给他吧？

公爵夫人：不会，我不会那么傻。要是我嫁给他，就一点儿管不住他了。

［珀尔上，报告塞克拉亲王夫人到。她三十五岁，身材修长、苗条，脸色苍白，面容枯槁，一双大眼睛乌黑发亮。她温顺和善，却稍显悲哀——几乎可悲的样子。她虽然衣着讲究，而且明显是巴黎裁缝师的手艺，却比公爵夫人和珀尔的衣服更为素净。她不但富有，而且地位显赫］

波　　尔：塞克拉亲王夫人到。

［波尔下。珀尔起身迎接她。她们相互亲吻问候］

珀　尔：亲爱的！

亲王夫人：你不会烦我来麻烦你吧？我先打了电话来，是因为很难找到你呀。［亲吻公爵夫人］你还好吧，明尼？

公爵夫人：可别叫我捐款，弗洛拉。我很穷啊。

亲王夫人：［微笑］等我给你讲一下这次的捐款是怎么回事，你就会记起你曾有一位名叫斯宾塞·霍奇森的爸爸的。

公爵夫人：［抱怨道］我才不愿意提起那事呢！

珀　尔：您真可笑，明尼。您应该把猪肉①当作一个笑话。我就常给别人讲我父亲开五金店的事情。说不出五金店的有趣故事时，我就编。

亲王夫人：你都让你父亲在伦敦大名鼎鼎了。

珀　尔：这也是为什么我从不让他来这里的原因。我怕他也许难以担当盛名呀。

［弗莱明·哈维从里间出来］

弗莱明：我得和各位告别了。

珀　尔：我来为你和弗洛拉介绍一下，你再走吧。弗洛拉，这是弗莱明·哈维。刚从美国来，或许裤子后面口袋里掖着一把左轮手枪呢。

弗莱明：有人告诉我，我不可以说"我认识您很高兴"，亲王夫人。

亲王夫人：你什么时候到的？

弗莱明：今天早上。

---

① 公爵夫人的父亲应该曾经以屠宰业或者经营猪肉买卖为生。

亲王夫人：我真羡慕你。

弗莱明：是因为我今天早上到的吗？

亲王夫人：不是，是因为你一周前在美国。

公爵夫人：弗洛拉！

弗莱明：我最初还以为那是很丢人的事儿呢。

亲王夫人：哎，你不必在意珀尔和公爵夫人的话。他们比英国人还有英国味儿呢。

珀　尔：我注意到，您是以离开出生的国家来表示对它的热爱的，弗洛拉。

亲王夫人：我在美国时非常不爽，就发誓再也不回去了。

公爵夫人：我十年前去过美国，正在和加斯东①打官司，闹离婚。那是我结婚后第一次去美国，已经忘了它是什么样了。唉，那时它还很粗俗，很土气。我这么说，你不在意吧，哈维先生？

弗莱明：哪会呢。您和我一样都是美国人。我们自己人当然可以说自己国家让我们讨厌的不好的一面呀。

公爵夫人：哦，可我并没有把自己看作美国人。我是法国人。毕竟我没有一点儿美国口音。告诉你，我有多烦美国啊！当时觉得在美国再也待不下去了，甚至连和加斯东离婚的事情都想放弃了。

亲王夫人：我在美国的时候不开心，并不是因为它粗俗、土气，而是因为它毕竟是我的家，我唯一真正的家，而我在那儿却是个陌生人。

---

① 加斯东：苏兰纳公爵的名字。

珀　　尔：我亲爱的弗洛拉，你可真多愁善感。

亲王夫人：［微笑］对不起，请原谅。你是纽约人吧，哈维先生？

弗莱明：是的，夫人。我以此为豪。

亲王夫人：纽约真是太棒了，是吧？它有一些世界上任何其他城市都不具备的独特特征。我经常想起五号街的春天。那些美丽的姑娘穿着时髦的衣服和整洁的鞋子，在街上欢快地来来往往，还有许多漂亮小伙儿。

公爵夫人：这一点我同意，一些小伙儿可爱得难以用语言描述。

亲王夫人：美国人都那么强壮、自信，空气中弥漫着喜气洋洋的气氛。你从过路人的身上都可以感受到他们对未来有一种积极向上而又坚定不移的信念。啊，在四月一个阳光明媚的日子到五号街去感受一下那种气氛，真是很好的享受。

弗莱明：一个美国人能够听到另一个美国人这么赞美自己的国家，真是好开心。

亲王夫人：你一定得来看望我，给我讲讲家乡的所有新鲜事。

珀　　尔：讲讲最新建造的高楼有多高，新近发迹的百万富翁有多么阔。

弗莱明：好。

珀　　尔：你和桑顿·克莱成为朋友了吗？

弗莱明：我希望是朋友了吧。

珀　　尔：你一定让他把他的裁缝的地址给你。

弗莱明：您觉得我的衣服不行吗？

珀　　尔：你知道，你的衣服是典型的美国样式。

弗莱明：我本来就是美国人嘛。

［桑顿·克莱走过来。公爵夫人踱步来到里间，可以看到她在跟贝茜和托尼·帕克斯顿谈话］

珀　　尔：桑顿，我正给哈维先生说，要你带他去你的裁缝那儿呢。

克　　莱：我正打算提这个事儿呢。

弗莱明：我的衣服确实不怎么样。

珀　　尔：你要带他去哪一家裁缝那儿？斯塔尔茨家吗？

克　　莱：当然。他是伦敦独一无二的裁缝。［对弗莱明］当然，他是个德国人，可艺术无国籍呀。

弗莱明：不管怎样，想到一个德国裁缝会使我看起来像个英国人，我就觉得有意思。［弗莱明下。桑顿也告辞］

克　　莱：再见了，珀尔。

珀　　尔：你要走了吗？别忘了，星期六到肯顿①来。

克　　莱：我不会忘的，真的。我最喜欢你的周末聚会，珀尔。我到星期一早晨总是筋疲力尽，在下面的一周里什么都没劲儿干了。再见。

［他握手告别，走了出去。他出去时，波尔开门报告布利恩勋爵到。他很年轻，外表具有典型的英伦风格，讨人喜欢，整洁干净，衣冠楚楚］

波　　尔：布利恩勋爵到。

---

① 珀尔的丈夫格雷斯顿勋爵在萨福克郡的阿博茨肯顿庄园。

［波尔下］

珀　　尔：亲爱的哈利，承蒙光临。

布利恩：我真是没辙了。

珀　　尔：哎呀，怎么了？

布利恩：他们要派个使团到罗马尼亚，去给某个大人物颁发嘉德勋章，我得一块儿去。

珀　　尔：哦，那倒挺有趣儿的。

布利恩：那倒是。可我们明天就得动身，我周六就来不了肯顿了。

珀　　尔：你什么时候回来？

布利恩：四周后。

珀　　尔：那你就在回来后的星期六来肯顿吧。

布利恩：可以吗？

珀　　尔：你快去把这个消息告诉贝茜。她一直盼着你来呢。

布利恩：您说她会给我倒杯茶吗？

珀　　尔：没问题，只要你好好请她倒一杯。

［他到里间去］

亲王夫人：这下我可以和你单独谈两分钟了。你能在我的音乐会上帮帮忙吗？

珀　　尔：没问题。您需要我做什么？我会让阿瑟·芬威克买许多票。您知道他是非常慷慨的。

亲王夫人：这是为了一项大好的慈善事业。

珀　　尔：这肯定是大好事。可您不要给我讲那些忍饥挨饿的孩子们让人恶心的故事来烦我，我对穷人没有兴趣。

亲王夫人：［微笑］你怎么能那么说呢？

珀　　尔：难道您对穷人有兴趣吗？我常常怀疑，您的慈善事业是不是您煞费苦心摆摆样子。您不介意我这么说吧？

亲王夫人：［心平气和地］哪儿会呢。你无心做这种事，自然想不到其他人有心做这种事。

珀　　尔：我很有心做这种事，不过我的心脏只为咱们这个圈子的人跳动。

亲王夫人：我发现，我有这么多钱，只有一件事值得去做，那就是多少去帮助那些需要帮助的人。

珀　　尔：［耸耸肩］只要这能让您高兴就行。

亲王夫人：这并不能让我感到高兴，只是使我不至于过分痛苦。

珀　　尔：您真让我无法容忍，弗洛拉。您的钱多得不知道怎么花，您是亲王夫人。实际上您已经甩掉了您丈夫。我想不出您还需要什么，我真希望我也能甩掉我的丈夫。

亲王夫人：［微笑］我真不知道你对乔治还有什么好抱怨的。

珀　　尔：问题就在这里。要是他打我或者和歌女乱搞，我倒不在乎，那我就可以和他离婚。啊，我亲爱的，谢天谢地，您有一个对您极为不忠的丈夫。可我那口子想让我一年有九个月都和他生活在乡下，每五分钟就给他生个孩子。我不是为这个才嫁给一个英国人的。

亲王夫人：那你为什么嫁给了他呢？

珀　　尔：我犯了个错误。我从小一直生活在纽约，无知得很。我以为只要是勋爵，就一定生活在社交圈中。

亲王夫人： 珀尔，我常常想你是不是幸福。

珀　　尔： 您常这么想吗？我当然觉得幸福。

亲王夫人： 前几天，一位大使跟我说，你是伦敦最有权势的女人。你能闯出今天的一片天地，真是太有能耐了，而且你全是靠自己。

珀　　尔： 要我告诉您这一切是怎么闯出来的吗？凭我的性格、才智、不择手段、软磨硬泡。

亲王夫人： [微笑] 你可真坦率。

珀　　尔： 这一向是我的风格。

亲王夫人： 我有时候想，你能不顾大人物的冷落和他们混在一起，一定有超人的才能。

珀　　尔： [咯咯笑] 您说这话可真不中听，弗洛拉。

亲王夫人： 还有，你过河拆桥、不讲情义，这倒真有几分英雄气概。

珀　　尔： 您说来说去，无非是不赞成我的为人。

亲王夫人： 另一方面，我禁不住又很佩服你。我们的同胞凭借满腔的决心、深邃的洞察力、活力和力量，使美国得以有了今天的成就，而你把这一切都用来达到你的目的。从某种意义上说，你的生活成了一件艺术品。使这件艺术品更为完整的原因在于你追求的目标微不足道，如过眼云烟，毫无价值。

珀　　尔： 我亲爱的弗洛拉，人们打猎不单是为了抓住一只狐狸啊。①

---

① 指人生的追求目标不能太单一、狭隘。

亲王夫人：有时候，你坐在梯子顶部时，不觉得很紧张吗？你不担心有人经过时会踢它一脚吗？

珀　尔：一脚踢不倒我的梯子。您还记得那个愚蠢的女人吗？她因为丈夫爱上了我闹得不可开交。就是在我好不容易逃脱了离婚法庭出庭以后，那些公爵夫人们才开始看得起我。

[公爵夫人和托尼·帕克斯顿走出来]

公爵夫人：我们真该走了，珀尔。我的按摩师六点要来。康普顿·爱德华兹把他介绍给我的。他技术水平很高，可是他的顾客很多，你要是让他多等一会儿，他就会走掉。

珀　尔：我亲爱的，您一定小心点儿。范尼·哈勒姆减肥减得只剩一身骨头，看起来却有一百岁了。

公爵夫人：哦，我知道。可是康普顿·爱德华兹给我推荐了一位高水平的女人，她每天上午来给我做脸部按摩。

珀　尔：您们会来参加我的舞会吧？

公爵夫人：我们当然会来。你举办的舞会可以让人像在夜总会一样尽情狂欢。这在伦敦是很少见的。

珀　尔：我请了欧内斯特①来跳舞。

公爵夫人：我也想过请他来跳一个晚上。你来参加一次这样的社交聚会得多少钱？

珀　尔：二十镑。

公爵夫人：天哪，我可付不起。

珀　尔：什么话！您可比我富多了。

---

① 欧内斯特是个舞蹈家，在第三幕末尾出场。

公爵夫人：我可没有你聪明啊，亲爱的。我真不明白，以你的收入，你竟然能够把这些社交聚会办得这么有排场。

珀　　尔：[逗弄地] 我持家有方哪。

公爵夫人：真想不到。再见了，亲爱的。你也会来吗，托尼？

托　　尼：会来的。

[公爵夫人下]

托　　尼：[与珀尔握手] 我今天还没有和你说上一句话呢。

珀　　尔：[开玩笑] 那我们能有什么办法？

亲王夫人：我得叫明尼参加我的音乐会。明尼！

[亲王夫人下。剩下托尼和珀尔面对面在一起]

托　　尼：你今天看起来漂亮极了。我都不知道该怎么形容你了。

珀　　尔：[开心但泰然自若] 谢谢夸奖。

托　　尼：我简直无法把眼睛从你身上移开。

珀　　尔：你这是在向我求爱吗？

托　　尼：这不是什么新鲜事吧？

珀　　尔：你在找麻烦。

托　　尼：不要说扫兴话嘛，珀尔。

珀　　尔：我记得我没有允许你叫我珀尔呀。

托　　尼：我心里一直这么叫你的。你阻止不了我这么做的吧。

珀　　尔：可我觉得这么叫太亲近了。

托　　尼：我不知你给我施了什么魔法，我脑子里成天想的都是你。

珀　　尔：我一点儿都不信。你是个缺德的无赖，托尼。

托　尼：你介意我是个无赖吗？

珀　尔：[咯咯笑] 真是个无耻的家伙。我真奇怪明尼到底看上你什么了？

托　尼：我的优点多了去了。

珀　尔：你这么想，这很好。我只发现了你一个优点。

托　尼：那是什么？

珀　尔：你是其他人的财产。

托　尼：哎呀。

珀　尔：[伸出手] 再见。

[他吻她的手腕，好一会儿才移开嘴唇。她从眼睫毛底下瞅着他]

珀　尔：即使你这个样子，你也不会把别人迷得神魂颠倒的，你知道。

托　尼：我总会有美好未来的。

珀　尔：未来是每个人的财产。

托　尼：[轻声地] 珀尔。

珀　尔：快走吧。明尼会奇怪你怎么还不去。

[托尼下。珀尔微笑着转过身去。贝茜和布利恩勋爵走进门来]

珀　尔：哈利给你捎来信儿了吗？他周六不能来咱们这儿了。

[亲王夫人上]

亲王夫人：我又搞到了一笔捐款。

珀　尔：我尽量把托尼拖在这儿，以便您有机会缠住明尼。

亲王夫人：[哈哈大笑] 你真是足智多谋啊！

珀　尔：可怜的明尼，她吝啬得嗜钱如命。［看了贝茜和布利恩勋爵一眼］要是您愿意到楼下的休息室去，我们可以翻翻我的来客登记本，看看有什么人能帮到您。

亲王夫人：哎呀，你可真是太好了！

珀　尔：［对布利恩］等我回来了你再走，好吗？我还没有跟你说上几句话呢。

布利恩：可以。

［珀尔和亲王夫人下］

贝　茜：我不知道这些花是不是你送来的，布利恩勋爵？

布利恩：是我送的。我想你不会见怪吧。

贝　茜：谢谢你。

［她摘下两朵玫瑰，插在衣服上。布利恩满脸羞涩，不知如何启齿］

布利恩：我可以抽支烟吗？

贝　茜：可以啊。

布利恩：［点上香烟］你知道，这是我第一次和你单独在一起。格雷斯顿勋爵夫人丢下我们在一起，她做得可真巧妙。

贝　茜：只怕这种做法太巧妙了吧。

布利恩：我一直迫切希望能找个机会和你谈谈。

［街上传来卖薰衣草小贩的叫卖歌声。贝茜很高兴可以这样分散注意力］

贝　茜：哎，你听，卖薰衣草的人又来了。［她走到窗前倾听］给他扔下一先令，好吗？

布利恩：好。［他从兜里掏出一先令，扔到街上］

贝　茜：在这有趣的小调里，我好像感受到了英国令人神往的魅力。它使我想起了乡村村舍的花园、篱笆和弯弯曲曲的小路。

布利恩：我妈妈在家种薰衣草。我们小的时候，她常让我们去摘薰衣草。摘来后，我妈妈就把薰衣草放到一只只小棉布袋里，用粉红色缎带扎好。她还把它们放到每人床上的枕头底下和所有抽屉里。我让她给你寄来一些好吗？

贝　茜：哦，那太给她添麻烦了。

布利恩：不麻烦。她会愿意寄的。还有，你知道，我家的薰衣草和你买的不一样，比在商店里买的好得多。

贝　茜：你一定不愿意在这个季节离开伦敦吧。

布利恩：喔，我对伦敦不太感冒。［鼓足勇气说］我不愿意离开的是你。

贝　茜：［可笑地急不可耐］别再说我了，布利恩勋爵。

布利恩：可我想说的唯一话题就是你呀。

贝　茜：英国的天气不就是个说不完的话题吗？

布利恩：你知道的，我明天就要走了。

贝　茜：我从来没有见过谁有这么倔的。

布利恩：将近一个月我都会见不到你。我们相识的时间还不太长。要是我这次不出远门，我想我们的事最好稍微等等。

贝　茜：［双手紧握］布利恩勋爵，你可别向我求婚啊。

布利恩：为什么不能？

贝　茜：因为我会拒绝你。

布利恩：哦！

贝　茜：讲讲你家乡的情况吧。我对肯特郡一无所知。那里漂亮吗？

布利恩：我也不了解。那里只是我的家乡而已。

贝　茜：我喜爱英国那些古老的伊丽莎白时代的房子，都有烟囱竖立着。

布利恩：哦，我家不是供人参观的地方。那只是一座不太漂亮的砖瓦房，看上去像个盒子，前面有一道灰泥粉刷的宽大门廊。我觉得，我家的花园倒还蛮不错的。

贝　茜：珀尔不喜欢她丈夫的阿博茨肯顿庄园。要是乔治同意的话，她就卖掉那个庄园了。她只有在伦敦才会真正开心。

布利恩：我到了法国才发现，我离不开布利恩庄园。那次我住在布伦的一家医院里，一天到晚就只是瞎想……我觉得好像我好不了了。我知道，只要他们放我回家，我就会好起来，可是他们不让，说我不能乱动……我们乡下很荒凉。那边吹起东风来，让人觉得很难受。要是你一直在那儿待惯了，这风会让你精神振奋。那里夏天会热得要命，可空气中总有股清新的咸咸的气味儿。你知道，我们家离海滩非常近……离这儿只有一水之隔，可我当时却觉得远在天边。我啰嗦了这么多，把你惹烦了吧？

贝　茜：没有。我喜欢听你讲这些。

布利恩：那儿的乡村很有趣儿。有大片绿色的田野和许多榆树，道路弯弯曲曲的——开汽车很糟糕；还有海滩，中间有堤坝——我们小时候老在上面跳，经常会摔下来；还有海。好像海没有什么稀奇的，可那时我觉得海是我见过的最奇妙的东西。还有蛇麻草田——我早忘了它们什么样子了；还有烘炉房。我感觉这些都美丽如画。我想，对你而言，它就像你心目中的薰衣草。对我来说，那就是英国。

［贝茜起身走向窗户。远处可以听到卖薰衣草小贩凄凉的叫卖声］

布利恩：你在想什么？

贝　茜：对自己的家乡有那样的情感，那一定很美妙。我只知道十九街那一幢红色的石头房子。只要有人能为那座房子出公道价钱，我爸爸就会卖掉它，我们就会搬到离闹市更远的地方去住。妈妈更喜欢七十二号街，我也不知道是为什么。

布利恩：当然，我知道年轻姑娘的想法和我的不可能一样。我不能指望任何人都常住在那儿。我也能在伦敦住得很开心。

贝　茜：［微笑］你下定决心要在伦敦居住吗？

布利恩：只要你下决心嫁给我，我会尽力让你生活得愉快。

贝　茜：噢，你这是在求婚了。

布利恩：我从来没向人求过婚，所以有点儿紧张。

贝　茜：你还没有说任何我能回答"行"还是"不行"的话呢。

布利恩：我不想说任何你可以用"不行"来回答的话。

贝　茜：［咯咯笑］那我说"让我考虑考虑"，可以吗？

布利恩：我明天就要走了。

贝　茜：等你回来，我就给你回音。

布利恩：可那得等到四个星期以后呢。

贝　茜：这会给我们一个机会，让我们好好考虑以后再做决定。毕竟这是终身大事。也许你最后会决定，并不真想娶我。

布利恩：那不大可能。

贝　茜：你回来后，要来肯顿过周末。要是你改变主意了，就打个电话给珀尔，说你要延迟回来，我会明白的。这样，我不会受一丝伤害或者感到不爽。

布利恩：那就到时再见吧。

贝　茜：好。你想要和我结婚，我非常感谢。

布利恩：谢谢你没有当场拒绝我。

[两人握手后，布利恩离去。贝茜走到窗口瞧着他，看了看手腕的表，然后离开房间。不一会儿，波尔领阿瑟·芬威克上。他是个上了年纪的高个子，红光满面，头发灰白]

波　尔：我去给夫人通报您来了，先生。

芬威克：谢谢。

[波尔下。芬威克从烟盒里抽出一支雪茄烟，从桌上拿起晚报，舒适地坐下来，边看报边抽烟，就像在自己家一样自在。珀尔上]

珀　尔：贝茜和哈利·布利恩不在这儿吗？

芬威克：不在。

珀　尔：那很奇怪。不知他们之间发生了什么事。

芬威克：别管贝茜和哈利·布利恩了。现在你该关注我了。

珀　尔：你来得这么晚。

芬威克：我喜欢等到只有你一个人时才来呀，小妞儿。

珀　尔：我希望你不要叫我小妞儿，阿瑟。我实在不喜欢这个叫法。

芬威克：在我心里，你就是个小妞儿。每次我参加你举办的宴会时，看着你像个皇后一样穿梭在爵爷、大使和权贵之间就会想，她是我的小妞儿。那样的话，我就会全身热血沸腾。那时，我是多么为你自豪。你成功了，小妞儿，你成功了。

珀　尔：［微笑］你说的真是太好了，阿瑟。

芬威克：你有头脑，小妞儿，所以能够实现这一切。这要有头脑。你表面轻佻、随便，导致人们以为你只会放纵自己，而我明白你心如明镜，掌控着一切，这里拉一下，那里动一下。你把他们掌控在你的手心里，不出一点儿差错。珀尔，你真是个了不起的女人。

珀　尔：我还没有伟大到让你听从医生的嘱咐。

芬威克：［从嘴里抽出雪茄］你不会是要我把今天刚抽的第一支雪茄丢掉吧？

珀　尔：你就当是让我高兴吧，阿瑟。抽烟对你的健康不利。

芬威克：你这样说了，我一定听你的。

珀　尔：我可不想让你得病。

芬威克：你有一颗伟大的心灵，小妞儿。全世界的人都只知道你是个漂亮、时髦的女人，你聪明伶俐，长相标致，是时尚界的领军人物，可我还知道你的另一面，我知道你有一颗金子般的心。

珀　尔：你真是个浪漫的老东西，阿瑟。

芬威克：我对你的爱是我在这个世界上最为宝贵的东西。你是我的启明星，是我的理想典范。在我心目中，你代表着女性中最纯洁、最高尚、最纯净的部分。愿上帝保佑你，小妞儿。我真不知道要是你辜负了我，我该怎么办。一旦我发现你不再是我心目中的那个形象，我肯定活不下去了。

珀　　尔：[言不由衷地] 我尽量努力，不让你有那一天。

芬威克：你真喜欢我吗，小妞儿？

珀　　尔：当然喜欢。

芬威克：我可是个老家伙了，小妞儿。

珀　　尔：别瞎说！我一直还把你看作小伙子呢。

芬威克：[感到荣幸] 是啊，许多年轻人还羡慕我的体魄呢。我能连续工作十四个小时，完了还是精力充沛。

珀　　尔：你的精力实在充沛。

芬威克：有时候我真纳闷儿，最初到底是我哪一点吸引住了你，小妞儿？

珀　　尔：我也不清楚。大概是你给人留下强大力量的印象吧。

芬威克：是啊，常有人给我这样讲。只要人们和我相处一段时间，就会认识到，认识到——呃，我可不是等闲之辈。

珀　　尔：我总觉得我可以依靠你。

芬威克：你这么说真叫我开心。我喜欢你依靠我。我了解你，我是唯一懂你的人。我知道，在你那宽广的、跳动的心灵深处，你是个怯懦、无助、弱小的人，你像个孩子一样天真，你还需要一个像我一样的人站在你和这个世界之间，来帮你对付这个世界。我的天哪，我是多么爱你呀，小妞儿！

珀　　尔：当心，管家来了。

芬威克：喔，该死的，管家怎么老在这儿。

[波尔拿着一份电报和一个手提包书进来]

珀　　尔：[接过电报，盯着那个手提包] 那是什么，波尔？

波　　尔：是书，夫人。刚从海查德书店送来的。

珀　　尔：哦，我知道了。你把它打开吧。［波尔把手提包拆开，拿出一捆书，有四五本。珀尔拆开电报］哦，真讨厌！我不回电，波尔。

波　　尔：是，夫人。

［波尔下］

芬威克：什么麻烦事？

珀　　尔：那个傻瓜斯塔利本来今晚要来吃饭，可这会儿来电报说来不了了。我最讨厌有人搅乱我的宴会。我已经约好了十个人来见他。

芬威克：那真糟糕。

珀　　尔：自以为是的家伙。他一次又一次谢绝了我的邀请。这次我是在六个星期前邀请他的，所以他不好意思说有约会什么的。

芬威克：那他不来就算了。依我看，你没有他照样可以把宴会办得很好。

珀　　尔：别傻了，阿瑟。我得想办法把他控制住。他可能最近要做首相。［她想了一会儿］不知他的电话号码是什么。［她起身翻了一个本子，然后坐到电话旁］请接杰拉德邮局，分号是7035。假如我逼着他来，他来了一次后，就会来第二次，他会喜欢这里的。这栋房子就像是天堂的王国，我要迫使他们一个个进来……斯塔利爵爷在吗？我是珀尔·格雷斯顿勋爵大人，请不要挂电话。［使自己的声音甜美动人］是您吗，斯塔利爵爷？我是珀尔·格雷斯顿。我打电话只是要告诉您，您今晚来不了没有关系的。当然，您不能来，我很失望。但您改天一定得来，行吗？先谢谢您了。下星期的今天怎么样？哦，真遗憾。那您星期四有空吗？哎呀，那星期五怎么样？您下星期每天晚上都有约会吗？您真是个大忙人啊。好吧，那就等您方便了再说吧！请告诉我您哪一天有空。

芬威克：你真有一套，小妞儿。你总会达到目的的。

珀　尔：下下个星期二。好，我正好有空，八点半。您选的那一天真好，我正要请克莱斯勒①来表演。我期待着您的光临。再见。［她放下电话听筒］这回我终于把他搞定了。这个傻瓜还觉着自己懂音乐呢。

芬威克：你能请到克莱斯勒，让他下下个周末来这儿表演吗？

珀　尔：还没有邀请到。

芬威克：你确定能请到他吗？

珀　尔：不能，可我确定你能把他请来。

芬威克：我会帮你把他请来的，小妞儿。

［她拿起波尔带来的书，把它们放到房间各处。她特意把一本书翻开，面向下扣到桌面上］

你这是做什么？

珀　尔：那些书是理查德·特文宁写的。他要来参加今晚的宴会。

芬威克：你请那些作家来做什么，小妞儿？

珀　尔：你要知道，伦敦不像纽约。这儿的人喜欢见到作家。

芬威克：我原以为你的地位已经很牢固，不需要他们了呢。

珀　尔：我们生活在一个民主的时代。今天作家在社会上的作用相当于中世纪帝王在朝廷豢养的那些弄臣。他们的好处是不利用

---

① 克莱斯勒（Fritz Kreisler, 1875 – 1962），美籍奥地利小提琴家和作曲家，是当时最出名的小提琴家之一。

自己的地位说使人难堪的事实。我给他们付的报酬也不高，一顿饭和几句好话就可以打发他们了，而且他们靠自己的能耐生活。

芬威克：你把他们糟糕透顶的书到处乱放，把房子堆得乱七八糟。

珀　尔：噢，可我不存这些书。我只是试读一下这些书。明天一早我就把它们退回给书店。

芬威克：珀尔，你真是个奇才。你要是想做生意的话就来找我，我跟你合伙。

珀　尔：你的生意怎么样？

芬威克：棒极了！下星期我要开两个分部。我刚来这儿的时候，他们笑话我，说我会破产。我把他们很笨的老一套经营方法全推翻了。笑到最后的人才笑得最久嘛。

珀　尔：［若有所思］哦，我忽然想起来，这正是我的裁缝来送账单时说过的话。

［芬威克愣了一下，随即用敏锐的眼神看了她一眼。他看到她在若无其事地微笑］

芬威克：小妞儿，你答应过我不再赊账了的。

珀　尔：那就像答应爱丈夫、尊重丈夫、服从丈夫一样，没人真的会去遵守这种诺言的。

芬威克：你这个小调皮鬼。

珀　尔：这是苏珊娜——你知道，就是巴黎旺多姆广场[①]的那个裁缝。战争使她的生意一塌糊涂，她现在想重整旗鼓。我现

[①] 旺多姆广场（Place Vendome）：巴黎的著名广场之一，位于巴黎老歌剧院与卢浮宫之间。建有拿破仑战胜德奥联军的纪念碑。

在手头不宽裕,账单数目有些大。

[她给了他一沓打印的账单]

芬威克:这看起来不像账单,倒更像是个五幕剧本。

珀　尔:衣服有些贵了,是吧?我真想全身就只挂几片无花果叶子来遮挡身体,不但便宜,而且我相信它对我也合适。

芬威克:[把账单放进兜里]好吧,我看看该怎么处理这些账单吧。

珀　尔:你真是我的宝贝,阿瑟……你要我明天跟你共进午餐吗?

芬威克:哦,当然。

珀　尔:好吧。现在你该走了,我想在换好衣服进餐之前躺一会儿。

芬威克:那好。照顾好自己,小妞儿,你可是我最珍贵的宝贝。

珀　尔:再见吧,亲爱的老家伙。

芬威克:再见,小妞儿。

[他向外走去。走到门口时,电话铃响了。珀尔拿起话筒]

珀　尔:我是格雷斯顿勋爵夫人。托尼!我当然听得出你的声音。嗯,什么事?我说话一点儿也不严厉。我在尽量使自己的声音温柔些呢。怎么你听了还是不舒服,真没办法。[她咯咯一笑]不行,恐怕明天我得去喝茶。我一下午都没空。后天是星期几?[微笑]那我得问问贝茜。我也不清楚她有没有空。当然我不会一个人去,这是我的底线。像你这么帅气的年轻小伙儿啊,明尼会怎么说?噢,我懂这些……我并没答应过你什么,我只是说过,未来是每个人的财富。一夜没有睡着?有这样的事!好吧,再见……托尼,你知道英语中最令人迷恋的词是什么吗?也许是吧。

[她很快放下电话]

幕落

第二幕

布　景:阿博茨肯顿庄园格雷斯顿家的起居室。它外观古老而舒适,内部布置陈旧;印花布已经褪色,三扇落地长窗通向阳台。

时　间:晚餐后,一个晴朗的夜晚,窗户敞开着。

幕　启:参加舞会的女宾们在坐着等待男客,她们是珀尔、贝茜、苏兰纳公爵夫人和塞克拉亲王夫人。

亲王夫人:明尼,你打了一下午网球,一定累坏了。

公爵夫人:不太累。我只打了四场。

亲王夫人:你打得真带劲。看着你打,我都觉得热了。

公爵夫人:我要是不锻炼,会胖得不得了。啊,弗洛拉,我真羡慕你!你想吃什么就吃什么,而这对你没有丝毫影响。还有,不公平的是,你不挑食,而我又懒惰又贪吃。可是我从来没有吃到我喜欢的食物,却每天要至少锻炼一个小时。

亲王夫人:[微笑]如果说节制是达到圣洁的第一步,那你准是快要达到了。

珀　　尔：明尼，你有一天会放弃这种修行，会像弗洛拉一样去从事慈善工作的。

公爵夫人：［非常坚决地］绝不会！即使我临死躺在床上，还会烫着卷发，脸上抹着胭脂，最后一口气还会呻吟着说：我不要喝稀粥，那会让人发胖的。

珀　　尔：呃，那您明天更得好好打网球。哈利·布利恩比桑顿打得更棒。

公爵夫人：他到我们该更衣进餐时才来，真烦人。

珀　　尔：他昨天刚从罗马尼亚回来，还要到乡下去看他母亲。［顽皮地看了妹妹一眼］晚餐时，贝茜不让我把哈利安排在她旁边。

贝　　茜：珀尔，你真讨厌！你总在大庭广众之下谈论我的私事，烦死了！

公爵夫人：我亲爱的贝茜，这早就不是你的私事了。

珀　　尔：我恐怕贝茜错过好机会。布利恩去罗马尼亚之前，我特意让他们两个单独在一起，可是什么结果都没有。我真是枉费心机。

贝　　茜：你的心机也太露骨了吧，珀尔。

公爵夫人：哎，赶快叫他开口，亲爱的。人家老问我他会不会求婚，我都烦了。

贝　　茜：那他们没有问问，我贝茜会不会接受他?

公爵夫人：当然，你会接受他的。

贝　　茜：连我自己都不敢肯定。

亲王夫人：［微笑］也许这在于他采取怎样的求婚法。

珀　　尔：老天，别指望会发生许多浪漫的事。英国人根本就不浪漫，他们觉得那很荒唐。乔治是在纽约参加马匹展览时向我求婚的。那天我不太舒服，就躺下歇歇。我样子很难看。他尽给我讲他的一匹母马的事，讲那匹马的爸爸、妈妈、叔叔们、婶婶们。接下来，他说，［模仿他］看着这儿，你最好嫁给我吧。

亲王夫人：太突然了吧。

珀　　尔：呃，我就说，你为什么不早告诉我你要向我求婚的消息呢？也好让我把头发烫烫呀。可怜的乔治，他竟然问为什么！

公爵夫人：法国人是唯一懂得怎么求爱的。加斯东向我求爱时，双膝跪下，握住我的手，他说，没有我，他没法活。当然，我知道他是身无分文才那么做的，可我还是很激动。他说我是他的启明星，是他的守护天使——啊，还有许多许多！真是太美了！我知道他和他父亲吵了已有半个月，让父亲帮他还清债务。可他的那种求婚方式还是令我心醉。

亲王夫人：你对他一直不太在乎吧？

公爵夫人：哦，是不太在乎。我早下定决心要嫁个外国人。芝加哥人对我们不太好。我表姐玛丽嫁给了莫雷伯爵，我妈受不了爱丽丝姨妈。我妈说，既然爱丽丝把玛丽嫁给了法国伯爵，我决心让你嫁个公爵。

珀　　尔：于是，您真嫁了个公爵。

公爵夫人：你要是看到上次我回芝加哥时那里的人们大惊小怪的样子就好了。过去我想参加的舞会，他们不叫我去，我的眼睛都哭肿了。这真是难以想象。

亲王夫人：尽管这样，我还是希望贝茜能嫁给她喜欢的人。

珀　尔：我亲爱的，您不要把你的想法强加到孩子身上。法兰西是一个比我们更为文明的民族，早就得出这样一个结论：婚姻是利害关系的结合，而不是感情的结合。想想您熟悉的人中那些为爱情而结婚的人吧！五年之后，把他们和那些为金钱而结婚的人相比，他们对对方更关心吗？

亲王夫人：他们有甜蜜的回忆呀。

珀　尔：废话！难道一个人不再拥有这种情感了，还能回忆起他曾经有过的美好回忆吗？

公爵夫人：这倒是真的。我曾经疯狂地爱过一二十次。可时过境迁，回头想想，我虽然还能记起曾经恋爱过，却无论如何也记不得我爱过的人了。我老觉得这很奇怪。

珀　尔：相信我，贝茜。作为幸福婚姻的基础，咱爸的五金店兴隆的生意比起任何热烈的爱情都更可靠。

贝　茜：哎，珀尔，你跟别人讲的爸爸卖香蕉的事情是怎么回事？

珀　尔：香蕉？噢，我想起来了。他们说汉利太太过去在加利福尼亚给矿工洗衣服。她这个故事和她的那些珍珠使她吃香得很。我不服气，就说咱爸以前在纽约街头卖过香蕉。

贝　茜：咱爸从来没有干过这一行啊。

珀　尔：我知道他从来没有干过。不过，我想人们早就听腻了五金店的事情，就编造了这样一个绝妙的故事。当时我穿着一件卡洛时装店①制作的新外衣,我想,我有资格讲个香蕉的故事。

公爵夫人:香蕉是最令人讨厌的水果,容易让人发胖。

[男客们进来,有桑顿·克莱、阿瑟·芬威克和弗莱明。珀尔和贝茜起立]

贝 茜:我们等了你们好长时间了。

公爵夫人:托尼呢?

克 莱:他还在和布利恩抽烟呢。

公爵夫人:哎,哈维先生,你还喜欢伦敦的生活吧?

克 莱:他应该喜欢。我给他搞到了所有最高级别的宴会请帖,可他老浪费时间到处参观游览。几天前——是星期四吧?我想要带他去赫灵汉姆马球场②,可他非要坚持去国家美术馆。

珀 尔:[微笑]真是莫名其妙!

弗莱明:我不明白,为什么我去就是莫名其妙,您去就不是。我那天离开时恰巧看到您进去了。

珀 尔:我去有理由啊。阿瑟·芬威克刚买了一幅布伦齐诺③的画,我想去看看国家美术馆陈列的那些画。

公爵夫人:我看你很有可能在那儿有个约会吧。我一直听说那儿是个理想的秘密幽会地。在那儿你绝不会遇到任何朋友,即

---

① 卡洛时装店(Callot),1895年创办。是19世纪末20世纪初巴黎最有名的高级时装店之一,以金银线织成的锦缎、乔其纱、蝉翼纱等制作洛可可风格的时装而闻名。它对服装设计历史的影响力不可辩驳。
② 赫灵汉姆马球场:在伦敦附近。
③ 布伦齐诺(Bronzino,1503 - 1572):是意大利佛罗伦萨大公科西莫一世的宫廷画师。擅长以熟练的油画技巧展现出富丽堂皇、珠光宝气的奢侈场面。

使遇到了，他们也会假装没有看见你，因为他们去那里也是出于同样的目的。

弗莱明：我肯定只是为了去看画的呀。

克　莱：上帝啊，你要是想看画，该去佳士得拍卖行①呀！在那儿你会遇到朋友的。

弗莱明：恐怕您永远也无法把我打造成社交界的时髦人物，桑顿。

克　莱：我都有点儿失望了。你本性就爱做错事。你们知道吗？前几天我看见他在寄送半袋子介绍信。我央求他把那些信都丢到废纸篓里去。

弗莱明：我是想着，既然人们不怕麻烦替我写了这些信，我出于礼貌，得让它们发挥作用嘛。

克　莱：美国人总是随便写介绍信。你还不知道怎么回事呢，就会认识一些不该认识的人。还有，我告诉你，你很难甩掉这些人的。

弗莱明：[打趣] 也许我的一些信是寄给应该认识的人呢。

克　莱：可那些人偏偏又不会理睬这些信。

弗莱明：看来不该认识的人比应该认识的人更讲礼貌呀。

克　莱：应该认识的那些人的确很无礼，可他们有资格这么做。我刚来伦敦时还很年轻，就做了许多错事。我们美国人都做

---

① 佳士得拍卖行（Christie's）：旧译克里斯蒂拍卖行。1766 年由詹姆士·佳士得（James Christie）在伦敦创立。它是世界著名艺术品拍卖行之一，汇集了来自全球各地的珍罕艺术品、名表、珠宝首饰、汽车和名酒等精品。

错事。我认识了一些人，他们带我到处跑，请我吃饭，我和他们一起到乡下生活。谁知道，后来我发现他们根本就不是我该认识的人。到那会儿你想要甩掉他们，需要有非凡的勇气。

珀　　尔：那当然得甩掉他们。

公爵夫人：当然得这么做。桑顿，你还为这事烦恼，可真是个好心人。

克　　莱：我总莫名其妙地好动感情，这是我们美国人的另一个缺点。我记得到了伦敦两三年后，我和值得交往的人都混熟了，却从来没人邀请我去赫里福德①。那位公爵夫人无论如何也不喜欢美国人，尤其不喜欢我。不过，我下定决心要参加她的舞会。我觉得，这样的社交场合不能少了我呀。

珀　　尔：她的那些舞会没有丁点儿意思。

克　　莱：我知道。不过，好像只有她的舞会得有请帖才能参加。嗨，我发现那位公爵夫人有个寡居的姐姐，跟两个女儿住在乡下。她是海伦·布莱尔勋爵夫人。我亲爱的，她是个五十五岁的古板、邋遢的女人，而她的两个女儿比她更古板、邋遢。如果有女儿比母亲老的情况发生，那她们就真的比母亲还显老。她们习惯在社交季到伦敦来。有人把我介绍给她们，于是我大展身手。我带她们去看戏，带她们去参观美术学院②，请她们吃饭，给她们送内部展览会的请帖。整整一个月，我忙得团团转。终

---

① 赫里福德（Herefordshire）：英国英格兰西米德兰兹的名誉郡、单一管理区，西接威尔士边界。
② 英国皇家美术学院（The Academy）：自1768年成立以来，迄今已有二百四十五年。

于,公爵夫人让人送来了请帖,她的两个女儿给她们的小伙子搞到了五六张入场券,我也拿到一张。谢天谢地,我总算没有白费力气。当然,请帖一搞到手,我就把她们甩掉了。不过,你们可知道,我为此总觉于心不安。

公爵夫人: 我看她们也习惯了那样的事。

克　莱: 海伦·布莱尔公爵夫人真是蠢得出奇。她还写信问我,我一直不去找她们,是不是有什么事得罪了我?

珀　尔: 我真希望那些男人都来了,我们好跳舞。

公爵夫人: 哦,那可真是太诱人了!跳舞不是很好的锻炼吗?我听说你跳舞跳得很棒,哈维先生。

弗莱明: 这我不清楚,我确实会跳舞。

公爵夫人: [对亲王夫人] 哎,我亲爱的,你知道我前几天晚上跟谁跳的舞吗?[强调说] 是欧内斯特。

亲王夫人: 噢!

公爵夫人: 我亲爱的,别这么说"噢"!你不知道欧内斯特是谁吗?

珀　尔: 欧内斯特是伦敦城最吃香的人。

亲王夫人: 你不会是说那个教跳舞的人吧?

公爵夫人: 哎,我亲爱的,你可不能这么称呼他。他会火冒三丈的。他不是职业舞蹈教师。他教课一个小时要一几尼①,可那还是面子呢。所有最高级别的舞会都会邀请他。

弗莱明: 舞会上最让我惊奇的一件事是总能看见这些舞蹈教

---

① 几尼:英国旧时的金币名称。

师。这是因为英国女孩儿喜欢那些希腊人、外国佬①和鲍威利街区的流氓抱着她们乱摸吗？

克　莱：你们这些住在美国的美国人也太假正经了。

公爵夫人：相信我，我会去参加任何有一线希望能遇到欧内斯特的舞会。跟他一起跳舞真是一个最美妙的梦。他教给我一种新步子，可我还没有学会。要是不能很快再遇到他，我真不知道该怎么办。

亲王夫人：那您为什么不让他给你上一课呢？

公爵夫人：我亲爱的，一个小时得十几尼！我可能都付不起呢。我相信一两天内能在舞会上遇到他，这样我就能免费上一课。

珀　尔：您该让他爱上您呀。

公爵夫人：噢，亲爱的，要是他能爱上我就好了！可是许多人都在追他呢。

[布利恩和托尼·帕克斯顿从阳台进入]

公爵夫人：你们可来了！

托　尼：我们刚才在花园散步了。

珀　尔：我希望你已经带他参观过我的茶室。

贝　茜：那是珀尔的新玩意儿，你肯定很欣赏。

珀　尔：我很为之自豪。你知道，乔治不允许我在这里放任何东西。他说这是他的家，不让我在这里放任何乱七八糟的东西，甚至不许我换上新的印花布。喏，就在那儿有一个破旧的凉

---

① 外国佬（Dagos）：对意大利人、西班牙人、葡萄牙人的蔑称。

亭,已经破烂不堪、摇摇欲坠,看起来很恐怖,他们却谓其美丽如画。可这个地方周围的风景很美,是个很好的去处,适合饮茶;我想把它拆掉,改建成一个漂亮的日式茶室,可乔治偏不听,就因为他母亲——一个丑女人——过去老在那儿坐着做针线活。好嘛,我就等机会。前不久,乔治去伦敦了,我就把那个破旧的凉亭拆了,又把我买的日式茶室从城里运来。二十四小时后,等乔治从伦敦回来,我把一切都安排妥当了。他气得几乎中风。要是他那回中风了,我倒是一举两得。

贝　茜：珀尔!

亲王夫人：我不明白,你为什么要那么精心地布置这个地方?

珀　尔：哦,我想着天热时我有时可以在那儿睡上一觉。睡在那儿就像睡在户外一样。

芬威克：这些年轻人想要开始跳舞了,珀尔。

珀　尔：你们想要在哪儿跳舞?在这儿开着留声机,还是在客厅里用自动钢琴?

贝　茜：,在客厅吧。

珀　尔：那咱们都去那儿吧。

贝　茜：[对克莱] 过来帮我把地毯卷起来。

克　莱：好,就来。

[他们出去,后面跟着公爵夫人和珀尔、托尼、芬威克和布利恩]

弗莱明：[对亲王夫人] 您不去吗?

亲王夫人：不了,我想在这里待会儿。你不用管我,去跳吧!

弗莱明：不算我,男人也够多的啦。我敢说,桑顿·克莱一个人顶一大群呢。

亲王夫人：你不喜欢桑顿吗？

弗莱明：自从我到伦敦以来，他一直待我很好。

亲王夫人：他讲赫里福德公馆舞会的故事时，我注意到你的脸色了。你一定得学会掩饰自己的情绪。

弗莱明：您不觉得他讲的很恶心吗？

亲王夫人：我认识桑顿有十年了，都习惯他了。就像你说的，他人很好。

弗莱明：那就是生活很复杂的原因。人的好坏不像象棋盘上的黑白格子一样分明，甚至一无是处的人也有可取之处，所以我们会感到很难应对他们。

亲王夫人：[微微一笑] 你不赞同桑顿·克莱的做法吧？

弗莱明：一个人明明知道自己不受欢迎，却非要硬挤到别人家里，还以此为豪。您觉得我会对他有什么想法？他以收到的请帖数量来衡量成功，还拿自己做榜样。他告诉我，要是我想进入社交界，就得为之努力。在英国，不知人们怎么看像桑顿这样的人？他们没有轻视他吗？

亲王夫人：到处都一样。在纽约也就像在伦敦一样，有大批的人挤破头想进社交界。这种现象太常见了，所以人们也不觉得这有什么可耻的。珀尔会告诉你说，英国社会有点儿道貌岸然，他们喜欢能让他们大笑的人。桑顿在这方面很擅长，他总是兴高采烈、引人发笑，能活跃聚会的气氛。

弗莱明：我想着一个人在生活中应该发挥比这更大的作用。

亲王夫人：桑顿很有钱。他再去把时间花在赚更多的钱上面，你觉得有必要吗？有时候我觉得美国的钱已经太多了。

弗莱明：一个人除了赚钱，还可以做许多事情。

亲王夫人：您知道，美国的财富已经多得足以产生一个有闲阶层了。桑顿就是最早进入这个阶层的人中的一个。也许他的这个角色演得还不够好，不过您得记住，他还没有时间学会他们在欧洲早就学会的那一套。

弗莱明：[微笑] 恐怕您会认为我不太宽宏大量吧？

亲王夫人：你还年轻。能认识你这样一个善良、纯洁的美国青年，我从心底里感到高兴。还有，我很高兴你没有像我们那么多同胞一样，被这种英国式的生活搞得眼花缭乱。你在这里好好玩玩，学学其中一些好东西，然后再回美国。

弗莱明：我是想回去。也许我本来就不该来这里。

亲王夫人：恐怕你在这里不太开心吧。

弗莱明：您怎么会觉得我不开心？

亲王夫人：不难看出，你爱贝茜。

弗莱明：您知道吗？我以前和她订过婚。

亲王夫人：[诧异地] 我不清楚。

弗莱明：我去哈佛大学读书前就和她订婚了。那时我十八岁，她十六岁。

亲王夫人：在美国，你们年轻人那么早就定了终身大事啊！

弗莱明：也许那件事有点儿荒唐，幼稚。不过，当她写信对我说我们最好解除婚约时，我发现我对这个婚约倒是非常认真的。

亲王夫人：你是怎么跟她说的？

弗莱明：我不能拿她还是中学生时许下的诺言来约束她，就回信说，我同情她，理解她。

亲王夫人： 这是什么时候的事儿？

弗莱明： 几个月前的事儿。于是，我找了个机会来欧洲，想看看是怎么回事。没过多久，我就明白了一切。

亲王夫人： 你能忍受这一切，真不错。

弗莱明： 哦，我唯一能做的就是显得若无其事、开心的样子。假如我再向她求爱，只会惹她厌烦。她把我们的婚约当成一个好玩的笑话，那我还能怎样，只有接受她的这个想法。她正享受着人生的快乐。最初我还想着她也许会慢慢厌倦这一切舞会和聚会，到那时，我要是在她身边，也许能劝她和我一起回美国。

亲王夫人： 也许你现在还能这样做。

弗莱明： 不行了，我没有机会。我刚来的第一天，她就对我说，她觉得英国的这种生活方式很美妙，丰富多彩，美在其中。

亲王夫人： 可那听起来像是挖苦啊。

弗莱明： 珀尔对我很好。她带着我到处跑，我不断跟她一起开车出去，坐到她的包厢里看歌剧，现在我又是她的客人。要是我顾面子的话，就不该说这么多。

亲王夫人： 怎么回事？

[*突然慷慨陈词*] 在这个环境中，有些事情让我感到实在难以忍受。我怀疑，在光鲜的表面之下隐藏着人人皆知的各种丑陋、可耻的秘密，可又人人佯装不知。这是一个奇怪的家庭，丈夫从来不露面，而阿瑟·芬威克那个粗俗的老色狼却俨然一家之主；还有一场精彩的好戏，那就是这位浓妆艳抹的公爵夫人把她贪婪的眼光盯在一个年轻得足以做她儿子的小伙子身上。还有他们的谈话——不是我假正经，实在是我觉得这儿的人说话比我以

往认识的人更不要脸。不过，总该有一些没有情夫的女人，总该有荣誉、体面和自我约束力。假如贝茜非要待在英国的话，我但愿她立刻和她所爱的勋爵结婚，尽快脱离这个环境。

亲王夫人：你认为她会幸福吗？

弗莱明：她们哪一个幸福呀？她们还能指望幸福吗？既然她们结婚是为了……［亲王夫人突然一愣，弗莱明猛地住嘴］对不起，我忘了。请原谅。您知道，您和她们截然不同。

亲王夫人：抱歉，我把你的话打断了。你刚才要说什么？

弗莱明：没什么。您瞧，我一直在思量着这个问题，弄得我心烦意乱。我又不能把我心里想的告诉任何人。实在抱歉。

亲王夫人：你刚才是要说，既然她们结婚是为了虚有其表的头衔，那她们怎么能指望幸福？你认为她们是小人，是庸俗的势利小人，她们生活中的痛苦正是可耻的欲望带来的应有惩罚。

弗莱明：［非常抱歉地］亲王夫人。

亲王夫人：［挖苦地］亲王夫人。

弗莱明：相信我，我没有一点儿伤害您的意思。

亲王夫人：我知道。你讲的都是实情。我们这些嫁给外国人的女人当中，大多数都是势利小人。可这都是我们的过错吗？没有人给我们指出更好的生活出路，甚至没有人提醒过我们该为自己的国家尽责任。人们指责我们嫁给了外国人，可报纸专栏却对我们进行宣扬，把我们的照片刊登在所有杂志上。我们的朋友又兴奋又嫉妒，毕竟我们也是人哪。人们最初称呼我亲王夫人的时候，我不禁感到飘飘然。当然，这是势利。

弗莱明：您这么说，让我感到自己成了卑鄙无赖的人了。

亲王夫人：不过有时候也有其他动机。你可曾想到，势利中有现成的浪漫精神吗？我嫁给马里诺时才二十岁，并没有把他看作为了财产才娶我的外国人，而是把他看作政治家和军事家的名门之后。他家出过一位教皇，十多个红衣主教，有一个祖先还让提香①画过画像。几个世纪以来，他们驰骋沙场，掌握着生杀大权。我见过他们宏伟的封建时代城堡，有成百的房间，他们在那儿作为独立的君主独霸一方。马里诺来向我求婚时，我感到他好像就是这传奇故事的化身，传奇故事在向我召唤。我想起曾经游览过的罗马宫殿，还想到我将成为那里的女主人呼风唤雨，我幻想着也将跻身于所有伟大的贵族夫人之列：奥尔西尼、科朗纳、盖塔尼、阿尔多弗兰尼②，就爱上了他。

弗莱明：不用说，动机毫无价值的话，您从来不会做的。

亲王夫人：我婆家在投机买卖中破产了，他不得不卖掉自己的所有，共得五百万美元。当时我是爱他的。你可以想象得到以后的日子。开始时他对我冷淡，接着他厌烦我，最后他憎恨我。唉，我忍受了多少屈辱啊！孩子一死，我再也无法忍受，便离开他，回到了美国。可我在那里格格不入，感到一切都很陌生、生疏。这样，我在家里也待不下去了。我便移居到英格兰，可在这里我们还是陌生人。因为我当初是个浪漫女孩儿，后来为此付出了昂贵的代价。

［贝茜上］

---

① 提香（Titian，1488？–1576）：文艺复兴时期意大利著名画家。
② 奥尔西尼、科朗纳、盖塔尼、阿尔多弗兰尼：均为意大利历史上古老显赫的家族。

贝　茜：真的，弗莱明，你坐在这儿和亲王夫人谈情说爱，真不像话。我们想让你来跳舞呢。

［亲王夫人局促不安，站起来走向花园］

贝　茜：［从背后瞅着她］怎么回事？

弗莱明：没什么。

贝　茜：你还来不来跳舞？

弗莱明：我晚饭后和布利恩伯爵谈了好一会儿，贝茜。

贝　茜：［微笑］是吗？

弗莱明：你准备接受他在你眼前晃动的小王冠吗？

贝　茜：你要是问我是不是准备接受他放在我脚前的小王冠，这才对头。

弗莱明：他是个不错的小伙子，贝茜。

贝　茜：我知道。

弗莱明：一开始我讨厌他。

贝　茜：为什么？

弗莱明：哦，我看不起为了钱去追求美国女孩儿的英国爵爷们。我本以为他是个没有头脑的二流子，滑头得只知道自己的市价，可实际上他是个谦虚的实在人。跟你说实话，我都给弄糊涂了。

贝　茜：［打趣］你真会想象！

弗莱明：我以为他干的是龌龊事，可好像他不是个下流胚。

贝　茜：他或许爱上我了，你知道。

弗莱明：他爱上你了？

贝　茜：没有。

弗莱明：你会嫁给他吗？

贝　茜：我也不清楚。

弗莱明：我看他来这里是向你求婚的吧？

贝　茜：［稍顿］一个月前他向我求过婚。我答应等他从罗马尼亚回来时给他答复……我正着急呢，他在找机会和我单独谈话。上回我还有一个缓冲时间，还能够轻易地把他打发掉，可现在我不得不正面回答"是"还是"不是"。我真有点儿坐卧不安了，不知道该怎么办。

弗莱明：别嫁给他，贝茜。

贝　茜：为什么不呢？

弗莱明：呃，首先，他并不爱你，你也不爱他。

贝　茜：还有呢？

弗莱明：这还不够吗？

贝　茜：我想知道，你是否知道他将给我的是什么。你知道一个英国贵族夫人的地位意味着什么吗？

弗莱明：生意人叫你一声"夫人阁下"就那么重要吗？

贝　茜：你这个傻瓜，弗莱明。要是我嫁给个美国小伙儿，我这辈子就完了。如果我嫁给哈利·布利恩，那我将会开始新的生活。你瞧瞧珀尔，她能做到的，我也能做到。我还能有更大的作为，乔治·格雷斯顿胸无大志。我可以让哈利根据我的喜好做事情。他会进入政界，我要有个沙龙。啊，我想做什么就能做什么。

弗莱明：［冷冷地］那我不明白你怎么还会着急呢，你分明已经打定主意了嘛。你将举办一个盛大的婚礼，教堂外挤满了成群的人，所有报纸上都将刊登你的照片，你将会出门旅游度蜜月，然后再回来。然后你做什么呢？

贝　茜：做什么？在这里定居下来生活呀。

弗莱明：你会像亲王夫人一样因为你丈夫有了情妇而心碎吗？或者像苏兰纳公爵夫人那样弄几个情人吗？或者你会像珀尔一样，因为你丈夫是个规矩人，要你尽你的责任而让你烦死吗？

贝　茜：弗莱明，你没有权利对我说这些话。

弗莱明：要是我惹你生气了，我向你道歉。可我必须得说。

贝　茜：你确实是为我着想才不愿让我嫁给布利恩勋爵吗？

弗莱明：是的，我是为你着想。你解除我们婚约的时候，我没有怪你。你要是在乎我，就不会那么做；你不爱我，这不是你的错。我来这儿以后，发现我能从你那里得到的只有友谊。平心而论，你得承认，我这个月对你丝毫没有显示出任何其他的要求。

贝　茜：哦，你一直都很好，一向是我最好的朋友。

弗莱明：如果在我内心的某个角落还保留着对你的爱，那纯粹是我个人的事情。我觉得这没有给你带来任何不便，于我却是快乐。我现在确实只考虑你的幸福。回美国去吧，去爱上某个好小伙儿，嫁给他吧。我会由衷地祝福你。或许你今后的生活不会那么丰富多彩或者激动人心，可是会更为实在、完整，更为得体。

贝　茜：你是我的贴心人，弗莱明。如果我刚才说了什么让你不愉快的话，请原谅我。我不是有心的，我将永远要你做我最亲爱的朋友。

[布利恩勋爵从阳台进来]

布利恩：我到处找你，不知道你到哪儿去了。

[稍顿。弗莱明·哈维把眼光从贝茜身上移向布利恩。]

弗莱明：我真的得去和公爵夫人跳舞了，要不然她饶不了我。

布利恩：我刚跟她跳过舞。我亲爱的伙计，这是我参加过的最剧烈的运动。

弗莱明：我今天竞技状态很好。

[弗莱明下]

布利恩：愿上帝保佑他。

贝　茜：你干吗为他祝福？

布利恩：多谢他把我们两个单独留了下来。再问我第二个问题吧。

贝　茜：我没有第二个问题。

布利恩：那么我问你一个问题。

贝　茜：请别问了。你给我讲讲罗马尼亚的事吧。

布利恩：罗马尼亚是个巴尔干半岛上的国家，首都是布加勒斯特。它一向以矿泉水闻名。

贝　茜：你今晚兴致很高。

布利恩：你可能很奇怪。每一件事都凑到一起了，真让人扫兴。

贝　茜：哟，哪有的事啊！

布利恩：首先，我到英国三十六个小时后才有机会见到你；第二，我到这儿时，你却已经去上楼更衣了；然后，当我指望着能坐在你旁边用餐时，却被安排坐在格雷斯顿勋爵夫人和亲王夫人之间；最后，我想和你跳舞，你却叫我拼命弹那该死的自动钢琴。

贝　茜：呃，这一切你不都熬过来了嘛。

布利恩：我是想给你看看，我在这样的情况下还是兴致很高，可见我的脾气很好。

贝　茜：我做梦也没有否认过你的好脾气。

布利恩：那就好。

贝　茜：你是要向我求婚吧？

布利恩：不，我不会向你求婚。

贝　茜：请原谅，我搞错了。

布利恩：我是一个月前向你求婚的。

贝　茜：从那时到现在，月亮也换了一个新的啦。在新的月亮底下，过去的求婚无效了。

布利恩：我对那倒一无所知。

贝　茜：你到乡下看过你母亲了吧。

布利恩：她让我代为向你问好。

贝　茜：你对她说了吗？

布利恩：我一个月前就跟她说了。

[贝茜沉默了片刻。再开口说话时，语气更为严肃]

贝　茜：你知道，我想和你开诚布公地谈谈。你不会怪罪我吧，我并不爱你。

布利恩：我知道。不过，你并不是完全不喜欢我吧？

贝　茜：不是。我很喜欢你。

布利恩：那你不冒冒险试试吗？

贝　茜：[几乎悲切地] 我下不了决心。

布利恩：我会尽全力使你幸福，我还会尽量使自己不惹人讨厌。

贝　茜：我很清楚，要是你没有爵位的话，我是不会嫁给你的；我也很清楚，要不是我有些钱，你也不会想要娶我。

布利恩：哦，不，你没有钱，我也会娶你。

贝　茜：你这样说，我很感激。

布利恩：你不相信我说的话吗？

贝　茜：我想，我不是个十足的傻瓜。我该把事情说得清楚些。我知道你不可能娶一个没钱的姑娘。人人都知道我有多少家底。珀尔在努力让大家了解这一点，否则你也不会想到我。我们是在做一笔交易，你拥有的是爵位和地位，而我富有的是金钱。这本来就是个司空见惯的事儿，可我总感到不舒服。

[布利恩踌躇片刻，踱步思索着]

布利恩：你的话让我感到很卑贱。最糟糕的是，你说的话中有一部分是事实。我不会傻得连你姐姐在撮合我们俩都看不出来。我不想显得像头逞能的驴子。不过，像我这样身份的人也会很自然地认识到，许多人在把我当作猎物。有时，家中有待嫁女儿的母亲的心思很明显，你知道，她们觉得不能因为自己没有尽力而使女儿嫁不出去。

贝　茜：嗯，我绝对相信这一点。我注意到美国的母亲们也是这样。

布利恩：之前我知道，我跟你结婚会是一桩好姻缘。要不是别人告诉我说你很富有，我恐怕不会想到你有钱。可现在说这话就太残酷了。

贝　茜：我不明白为什么。

布利恩：因为过了不久,我发现我爱上了你,就不在乎你有没有钱了。我要娶你——因为没有你的话,我不知道该怎么办。

贝　茜：哈利。

布利恩：你一定要相信我。我发誓这是真话,我压根儿就不在乎钱。毕竟,没有钱,我们一样能活下去。问题是,我爱你。

贝　茜：谢谢你说这番话。我由衷地感到高兴和荣幸。

布利恩：你真的相信我,是吧?

贝　茜：是的。

布利恩：那你会嫁给我吧?

贝　茜：要是你愿意娶我,我就嫁给你。

布利恩：我当然愿意。

［他拥抱她,吻她］

贝　茜：当心,可能有人会进来。

布利恩：［微笑,开心］和我一起到花园去吧!

［他伸出手,她犹豫了片刻,笑了笑,挽住他的手,一起往外面的阳台走去］

［过了一会儿,乐曲声音更大了。接着,公爵夫人和托尼·帕克斯顿上。公爵夫人往椅子上一倒,不停地扇扇子。托尼走到桌旁,点了一支烟］

公爵夫人：你看到了吗?那是哈利·布利恩和贝茜。我还说他们到哪儿去了呢。

托　尼：你两只眼像山猫一样犀利啊。

公爵夫人：我敢肯定，他们手拉着手。

托　尼：看来，贝茜终于把布利恩弄到手了。

公爵夫人：我看不见得。看起来好像是布利恩把贝茜弄到手了。

托　尼：她可不是大家都看好的宝。我要是个贵族，就要把自己卖个比一年八千美元高得多的价钱。

公爵夫人：别站那么远，托尼。过来，坐到我旁边的沙发上来。

托　尼：［走向她］喂，我刚才在跟布利恩谈双座汽车。

公爵夫人：［冷冷地］哦！

托　尼：［从眼角打量了她一下］他说我最好买一辆塔尔博特①。

公爵夫人：你非要自己买辆车干什么，你可以随便用我的哪一辆车嘛。

托　尼：那不一样啊。其实，那车花不了几个钱。只要一千二百镑，我就能买辆很棒的车身很漂亮的车。

公爵夫人：你说得倒轻巧，就好像一千二百镑不算什么似的。

托　尼：得了吧，这个数目对你算得了什么。

公爵夫人：又是所得税，又是这啦那啦，我现在可不是钱多得不得了。没有人知道我有多少开销。一个人一旦有点儿钱，人们就觉得他是钱造出来的。他们没有意识到，钱花到这方面，那

---

① 塔尔博特（Talbot）：1903 年至 1994 年英国产的一个汽车品牌。

方面就没法花了。我光是把房子重新装修一下就花了七千镑。

托　尼：［闷闷不乐地］你说过我可以买一辆车的嘛。

公爵夫人：我只是说会考虑一下，并不记得说过马上去买呀。

托　尼：可实际上我现在已经订购了一辆。

公爵夫人：你想要一辆车，就是想摆脱我。

托　尼：哼，你得了吧。你总不能指望老把自己拴在你的裙带上。如果我想带人去打高尔夫球，都得给你打电话，问你能不能用一下你的车，也太叫人受不了了。人家会把我看作笨蛋。

公爵夫人：如果你只是为打高尔夫球要买车的话，那我相信，任何人都愿意坐一辆舒适的劳斯莱斯①去高尔夫球场，而不愿意坐一辆双座汽车去。

［一阵沉默］

托　尼：既然你不想送我一辆车，那你为什么还说要给我车？

公爵夫人：［把手放到他身上］托尼！

托　尼：看在上帝的分上，别碰我。

公爵夫人：［既痛苦又感到羞辱］托尼！

托　尼：我并不想强迫你送我礼物。没有双座汽车，我一样可以过得很好。假如有必要，我也可以乘坐公交车到处跑。

公爵夫人：你不爱我了吗？

托　尼：但愿你不要老问我爱不爱你。这会把我烦得发疯的。

公爵夫人：唉，你怎么能对我这么冷酷无情啊！

---

① 劳斯莱斯（Rolls–Royce）：英国生产的高级轿车。

托　尼：[恼火地] 你觉得这个地方最适合吵闹吗？

公爵夫人：我全心爱着你，我从没有像爱你这样爱过任何人。

托　尼：没有人受得了你这种过分的爱。不管我走到哪儿，你的眼睛都紧盯着我，你觉得我很舒服吗？我一伸手，就会发现你在准备抓我的手。

公爵夫人：我太爱你了，忍不住就这样子啦。那是我的秉性啊。

托　尼：是，你是热情，不过你也没必要这样表现出来。你为什么不等我主动和你调情呢？

公爵夫人：要是我等你的话，就不会有什么调情了。

托　尼：你把我弄得像个傻瓜。

公爵夫人：难道你不知道吗，我为了你，什么都肯干。

托　尼：[迅速地] 那你为什么不和我结婚呢？

公爵夫人：[喘息] 我不能，你知道我不能那样做。

托　尼：为什么不能？你还可以称自己是苏兰纳公爵夫人。

公爵夫人：不行。我常告诉你，什么都不能诱惑我结婚。

托　尼：这就显示出你有多爱我啦。

公爵夫人：结婚是中产阶级的一套做法。它把爱情的浪漫情调全都一扫而光。

托　尼：你就是想要自己自由，而把我的手脚绑住。你知道别人在怎么议论我，我听了好受吗？毕竟我也有自尊心。

公爵夫人：我保证很快给你找个好工作。这样，就没人说什么了。

托　尼：我对这一切都受够了。我跟你直说吧，我恨不得尽快结束这种状况。

公爵夫人：托尼，你不会是说要离开我吧。你要是离开我，我就自杀。我受不了啦，我受不了啦。我要自杀。

托　尼：天哪，别这么瞎吵吵。

公爵夫人：你说，你没这个意思吧，托尼。我要喊了啊。

托　尼：毕竟我也得考虑我的自尊。好像眼前最好的选择是，我们把这个事做个了断。

公爵夫人：啊，我不能失去你。我不能。

托　尼：我们了断了以后，就没有人会说我贪财了。不过岂有此理，人都得考虑自己的未来。我不会一直都二十五岁，我总得成家立业。

公爵夫人：你不再喜欢我了吗？

托　尼：我当然还喜欢你。要不我怎么会让你给我做那么多事呢？

公爵夫人：那你为什么弄得我这么不开心？

托　尼：我并不想让你不开心，只不过你有时候真是太不讲理了。

公爵夫人：你是指汽车那个事吗？

托　尼：我并没有想汽车的事儿。

公爵夫人：你要是喜欢，我就给你买。

托　尼：我现在不想要了。

公爵夫人：托尼，别那么不近人情啊！

托　尼：我不会从你那里再要任何礼物了。

公爵夫人：我不是想要不近人情。我是想让你有辆汽车，托尼。明天我就给你开张支票。［甜言密语地哄他］给我说说，车身是什么样的。

托　尼：［闷闷不乐地］呃，是鱼雷式的车身。

公爵夫人：你会带我偶尔坐坐这车吗？

［他转过身来看着她。她伸出手来。他的脸色缓和下来，开心地笑了］

托　尼：我说，你对我太好了。

公爵夫人：你真的喜欢我，是吗？

托　尼：当然。

公爵夫人：你心眼儿真好，托尼。

托　尼：［亲吻她，既欣喜又兴奋］前天我在特拉法尔加广场①的一个商店看到一辆汽车，它的车身漂亮极了。我想着让给你做车身的厂家给我照样做一辆呢。

公爵夫人：那你怎么不在看到的那家商店直接买一辆呢？我们这些人去的商店卖的车太贵，而且我们买的未必比其他地方好到哪儿去。

托　尼：哦，你知道，我对那家商店不太了解。我路过的时候碰巧看到了。

公爵夫人：那你星期四在特拉法尔加广场到底干什么了？我还以为你去拉内拉赫②了呢。

---

① 特拉法尔加广场（Talfalgar Square）：英国伦敦著名的广场，坐落在伦敦市中心。适中的地理位置和美丽的建筑使它成为伦敦的名胜之一。它是为纪念著名的特拉法尔加港海战而修建的，广场中央耸立着英国海军名将纳尔逊的纪念碑和铜像。
② 拉内拉赫（Ranelagh）：伦敦的一个公园。

托　尼：我没赶上去拉内拉赫。我没事可做，就想着随便去国家美术馆消磨半个小时。

公爵夫人：我绝对想不到你会去那个地方。

托　尼：我偶尔也会去那里看看画。

［公爵夫人突然怀疑，他是跟珀尔一起去的，可她不露声色，托尼未能看出］

公爵夫人：［温柔地］你看到布伦齐诺的画了吗？

托　尼：［陷入圈套］看到了。前几天阿瑟·芬威克在克里斯蒂美术馆买了一幅。他还出了大价钱呢。

公爵夫人：［握紧拳头，竭力掩藏内心的不安］哦？

托　尼：我真的觉得，人们为买早期绘画大师的作品出大价钱实在太荒谬。我绝不会为一幅画付一万镑的。

公爵夫人：咱们这几天一起去国家美术馆看看，好吗？

托　尼：我可不想养成这样的习惯，你知道。

［珀尔和桑顿·克莱上。在大家谈话期间，公爵夫人偷偷观察珀尔和托尼，看他们之间是否有眉来眼去的迹象］

珀　尔：我有个大好消息告诉你们。贝茜和哈利·布利恩订婚了。

公爵夫人：哎呀，我亲爱的，我太高兴了！你该有多么高兴啊！

珀　尔：是啊，我很开心。你们得来祝贺他们。

克　莱：首先，我们得彼此庆贺。珀尔，我们大家都为之努力过嘛。

托　尼：他也够吃力的啦，可怜的家伙，不是吗？

珀　　尔：咱们再跳个舞吧，然后阿瑟要打扑克。你们一定要来。

克　　莱：[对公爵夫人]您和我跳这个舞吧，明尼？

公爵夫人：好哇。

[克莱向她伸出胳膊。她瞟了托尼和珀尔一眼，撇了一下嘴唇，和克莱下]

珀　　尔：你还没有和我跳舞呢，托尼。你也该对你的女主人有点儿礼貌的。

托　　尼：我说，别去吧。

珀　　尔：为什么不去？

托　　尼：我想和你说句话。

珀　　尔：[轻浮地]要是你想跟我咬耳朵说情话，那没有比跳一步舞的时候更方便的了。

托　　尼：你真是个小妖精，珀尔。

珀　　尔：你跟明尼谈了好长一会儿哈。

托　　尼：唉，都把我烦死了。

珀　　尔：可怜的家伙，她情非得已，太爱你啦。

托　　尼：我真希望她不爱我，而是你爱我。

珀　　尔：[咯咯笑]亲爱的，你对我的唯一吸引力就是她爱你爱得发狂。来和我跳个舞吧！

托　　尼：你有一缕头发乱了。

珀　　尔：是吗？

[她从手提包里拿出一面小镜子，照了照。托尼趁机踱到她后面，亲吻她的脖颈]

你这个傻瓜,别这样。会被人看见的。

托　尼:我才不在乎呢。

珀　尔:我在乎。阿瑟的嫉妒心强得很。

托　尼:阿瑟在弹自动钢琴。

珀　尔:我的头发好了吧。

托　尼:没问题。你今晚美极了。我不知道你身上有股什么魅力。

珀　尔:你真是个傻瓜,托尼。

托　尼:咱们去花园走走吧!

珀　尔:不行,他们会好奇,问我们去哪儿了。

托　尼:岂有此理!去散散步,不去跳舞,这有什么稀奇的。

珀　尔:我不想去散步。

托　尼:珀尔。

珀　尔:咋啦?

[她盯着他。一会儿两人相视无语。一股激情的火焰突然在两人之间升腾,吞噬着他们。两人忘记了一切,只知道自己是男人和女人。空气似乎突然凝重起来,压得他们喘不过气来。珀尔像一只网里的小鸟一样,挣扎着想要逃脱。他们的声音低沉下来,不自觉地低声耳语]

珀　尔:别傻啊,托尼。

托　尼:[声音嘶哑地]咱们到那边茶室去吧。

珀　尔:不,我不去。

托　尼:咱们在那儿会很安全。

珀　　尔：我不敢。太冒险了。

托　　尼：呸，冒险个鬼！

珀　　尔：[不安地] 我不能那样做！

托　　尼：我去那儿等着你啊。

珀　　尔：[呼吸急促地] 可是——要是他们问起我去哪儿了怎么办。

托　　尼：他们会以为你去楼上自己的房间了。

珀　　尔：我不来，托尼。

托　　尼：我会等你的。

[他出去时，阿瑟·芬威克进来。珀尔微微一愣，但随即镇静下来]

芬威克：听我说，除非你来跳舞，珀尔，要不我可不愿意再费力弹那架令人讨厌的自动钢琴啦。

珀　　尔：[筋疲力尽] 我累了，不想再跳舞了。

芬威克：可怜的小妞儿，你看起来脸色苍白呀。

珀　　尔：是吗？我还以为搽了不少胭脂嘞。我看起来很难看吗？

芬威克：你总是那么可爱。你美极了。我真不明白你看上我这样的老头子什么了。

珀　　尔：你是我认识的人中最年轻的一位。

芬威克：你太知道该怎么说话来让我开心了！

[他正要搂住她，她却本能地退让开]

珀　　尔：咱们去打扑克，好吗？

芬威克：宝贝，你累了就算了。

珀　　尔：我打牌永远不会累。

芬威克：你不知道我有多么爱你。你能让我爱我，真是我莫大的荣幸。

珀　　尔：［重新镇定自若］哎，你又胡说！你再那样说，我会狂妄自大的。

芬威克：你确实爱我，是吧？我太需要你的爱了。

珀　　尔：哎呀，我很爱你呀，你这个愚蠢的老家伙。

［她用手捧住他的脸，亲吻他，却躲避他要拥抱她而伸过来的胳膊。她向门口走去］

芬威克：你要去哪儿？

珀　　尔：我去自己的房间补补妆。

芬威克：天哪，我太爱你了，小妞儿！我愿意为你做世界上的任何事情。

珀　　尔：真的吗？

芬威克：没有什么我不愿意为你做的。

珀　　尔：那你按铃叫波尔来，让他摆好牌桌，把筹码拿来。

芬威克：我本来准备送你一件貂皮大衣或钻石皇冠头箍儿。

珀　　尔：我更喜欢灰鼠皮和绿宝石。

芬威克：［握住她的手］你真得去补补妆吗？

珀　　尔：真的呀。

芬威克：那就快点儿。我一会儿看不见你，就受不了。

［他亲吻她的手］

珀　　尔：［温柔地看着他］亲爱的阿瑟。

［珀尔下。芬威克按铃，然后走到阳台上大叫］

芬威克：桑顿，我们要打扑克。让他们过来，好吗？

克　莱：[在外边] 好嘞！

[珀尔上]

芬威克：喂，波尔，把牌桌准备好。

波　尔：是，老爷。

芬威克：我们还要筹码。用那副我上次来时带来的珍珠母牌吧。

波　尔：是，老爷。

[亲王夫人上。波尔着手把牌桌放到房间中央，然后支开桌子。他从抽屉里拿出一盒筹码，放到桌子上]

芬威克：珀尔刚刚回房间了。她一会儿就过来。

亲王夫人：[看着这牌场] 这看起来更乱了。

芬威克：我们准备打会儿扑克牌。我看不会打太久的。珀尔看起来相当疲乏。

亲王夫人：我不觉得奇怪。她太活跃了。

芬威克：她体质很好，是个了不起的女人。你很难遇到像珀尔这样的女人。她的头脑相当灵活。我常跟她探讨生意上的事。我实在惊讶，她对复杂的事情都看得一清二楚。我很感激她，她又很善良，亲王夫人，她很善良，有一颗金子般的心。

亲王夫人：我对此深信不疑。

芬威克：她一向爱帮助人。她是我见过的最大度、最慷慨的女人。

[他正说这话时，公爵夫人上]

公爵夫人：你说谁呢？

芬威克：我们在说咱们的女主人呢。

公爵夫人：我明白了。

［她手里拎着手提包。趁人不注意，将手提包塞到了沙发底下］

芬威克：我可以毫不犹豫地说，珀尔是英格兰最出色的女人。半个内阁在她的掌控之中，她的权势可大啦。

公爵夫人：我常想，她要是生活在查理二世时代①，那她自身一定是个女公爵。

芬威克：［天真地］有可能。她会使任何地方光彩四溢。她具有计谋、智慧、活力和美貌等一切优势。

公爵夫人：还有贞操。

芬威克：我要是英国人，就选她做首相。

亲王夫人：［微笑］你真是最棒的朋友，芬威克先生。

芬威克：当然。你听说过她在伦敦专门为年轻妇女创办的公寓吗？

公爵夫人：［温柔地］听说过。报纸上登载了很多这样的消息，是吧？

芬威克：这是我欣赏她的一个原因。她对广告的价值有当今全新的理解。

公爵夫人：是啊，她是有全新的理解。

芬威克：哦，请相信我，那个女子公寓全是她自己一手构思、建造、捐赠、打理的，共花费了两万镑。

---

① 英国王政复辟时期的国王，1660年至1685年在位，荒淫无度。

公爵夫人：不过这两万镑肯定是你出的了？珀尔可没有那么多的钱投放到慈善事业上。

芬威克：是我出的钱,不过钱并不重要。这项慈善活动的发起、组织、成功都归功于珀尔。

公爵夫人：这肯定是近年来慈善计划方面宣传得最好的一项。

［桑顿·克莱、贝茜、布利恩和弗莱明上］

克　莱：我们都等着打扑克呢。

芬威克：桌子摆好了。

贝　茜：珀尔在哪儿？

芬威克：她在自己的房间，一会儿就回来。

［他们围着桌子坐下］

贝　茜：你要打牌吗，亲王夫人？

亲王夫人：哦，我不想打，就在旁边看看。我过会儿睡觉去。

贝　茜：哎，您一定得打牌。

［公爵夫人笑笑，耸耸肩，走近桌子］

芬威克：给珀尔留个位儿。

公爵夫人：你们也得给托尼留个位儿。

克　莱：他在干什么？

公爵夫人：他很快就来。

芬威克：我来发筹码吧？你们想玩多大的？

亲王夫人：不要太大。

公爵夫人：你多扫兴啊，弗洛拉！我觉着今晚我运气正好呢。

芬威克：我们可不想让任何人输成穷光蛋。以先令打底①，你看怎样？

亲王夫人：很好。

芬威克：［对克莱］白子一先令，桑顿，红子两先令，蓝子五先令。哈维先生，你来帮忙分一下筹码，好吗？

弗莱明：当然可以。

［他们三人开始点筹码］

公爵夫人：哎呀，我真蠢，忘带手提包了。

芬威克：不要紧，我们都相信你。

公爵夫人：哎，我喜欢现付。这可以省掉许多麻烦。而且，我不喜欢手里没手提包。

亲王夫人：人越是没有带手提包，越是想要上卫生间。

公爵夫人：亲爱的贝茜，我把手提包忘到珀尔的新茶室了。你赶紧去帮我取回来吧。

贝　茜：好啊。

布利恩：别，我去吧。

贝　茜：你不熟悉路。可以从小树林穿过去，只有二十码远。你来数筹码吧。

［贝茜下］

芬威克：这是五镑。亲王夫人，请拿着！

亲王夫人：谢谢。这是我的钱，给你。

公爵夫人：等贝茜取回我的手提包，我就把五镑给你。

---

① 发牌之前，玩家先下底注（Ante）。发了牌后可以再加赌注。

克　莱：您怎么能把手提包忘到茶室呢？

公爵夫人：我太不小心了。我经常把手提包东丢西丢的。

弗莱明：我这里也是五镑。

亲王夫人：这些筹码真漂亮啊！

芬威克：你们喜欢，我就很开心。这是我送给珀尔的，上面还刻着她名字的第一个字母呢。

克　莱：珀尔来之前咱们先打几圈。谁抽到最小的牌，谁发牌。

[各人抽牌]

弗莱明：输赢按个人的台面筹码吗？

芬威克：哦，是的。这样限制更好玩。

克　莱：你发牌，芬威克。

芬威克：押上底注，亲王夫人。

亲王夫人：对不起，我忘了。

[她拿出一个筹码，芬威克发牌。其他人拿起各自的牌]

芬威克：两先令。

弗莱明：我跟进。

布利恩：我也跟进。

芬威克：我不应该跟进，可我还是跟了。您要跟进吗，亲王夫人？

亲王夫人：我也跟，是吧？

芬威克：我就是这样发财的，把钱投到无底洞去。您要牌吗？

亲王夫人：我要三张。

[芬威克发给她三张牌]

克　莱：亲王夫人有一对二。

弗莱明：我要一张。

[芬威克发给她一张牌]

布利恩：人哪能那么容易就拿到现成的好牌呀，哈维。我要五张。

芬威克：那才是我说的真正会打牌。

克　莱：胡说，这只意味着他不会打牌。

布利恩：要是我拿到一副同花顺，那可对您大有好处哩。

克　莱：是啊，可你还没有拿到嘛。

[芬威克把牌发给他，布利恩看着牌]

布利恩：您说对了，我没有拿到。

[他把牌扔下。随后，他们一边打牌，一边谈话]

芬威克：您不再要牌了吗，公爵夫人？

公爵夫人：不要了。我打出去了。

克　莱：我要三张。我还想着你们运气不错呢。

公爵夫人：等一会儿。你会大吃一惊的。

芬威克：我拿两张。

克　莱：谁下注？

亲王夫人：我丢掉了。

克　莱：我说了那是一对二。

弗莱明：我加五先令。

克　莱：我跟进，再加五先令。

芬威克：我想我得冒冒险。我该拿出多少？十先令？

弗莱明：这儿有五先令，我再加五先令。

克　莱：不，够了，我不跟了。

芬威克：我要跟，再跟进你的牌。

弗莱明：好，再加。

芬威克：我要看看你的牌，跟到底。

[贝茜上。公爵夫人一直注视着她。贝茜极为不安]

公爵夫人：啊，贝茜来了。

芬威克：[对弗莱明] 你有什么牌？

公爵夫人：你找到我的手提包了吗？

贝　茜：[倒吸一口气] 没有，那儿没有。

公爵夫人：咦，可我明明记得放那儿了的。我自己去找找看。芬威克先生，请和我一起去。

贝　茜：不，别去——你进不去茶室。

亲王夫人：[奇怪地] 贝茜，怎么回事？

贝　茜：[声音紧张地] 茶室的门锁着呢。

公爵夫人：哦，不可能。我刚才看见珀尔和托尼进去了。

[贝茜突然掩住脸，泪如泉涌]

亲王夫人：[霍然而起] 明尼，你这个混账！你搞什么鬼？

公爵夫人：别问我做什么了。

芬威克：您一定搞错了。珀尔去自己的房间了。

公爵夫人：去找找她……

[芬威克刚要从椅子上站起身来，亲王夫人把手按在他肩上]

亲王夫人：你要去哪儿？

公爵夫人：我刚才看见她了。

[稍顿，一片寂静]

克　莱：[尴尬地] 喂，我们最好还是接着打牌吧。

[亲王夫人和布利恩俯身安慰贝茜,试图让她镇静下来]

弗莱明:那是您的钱。您赢了,芬威克先生。

芬威克:[涨红了脸,两眼充血直瞪着,喘着粗气]贱货,贱货。

[公爵夫人从沙发垫底下抽出自己的手提包,拿出唇膏、镜子,开始涂抹]

克　莱:你发牌吧,弗莱明。亲王夫人大概不玩牌了。

公爵夫人:发牌给我,我要打牌。

克　莱:布利恩,开始吧。我们还是继续打下去吧。你拿贝茜的筹码吧。

[布利恩走来。弗莱明发牌。暴风雨前的沉寂笼罩着全场,只是偶然有关于打牌的简短对话,他们打着牌以求缓解紧张的气氛。他们都在焦急地等待珀尔的到来,知道她一定会来,又担心她来,害怕她正好此时到来。他们既紧张,又强作镇静]

克　莱:你的底注,布利恩。

[布利恩拿出一个筹码。大家在静默之中发牌]

克　莱:我要牌。

[芬威克看看自己的牌,拿出两个筹码,却一言不发。弗莱明拿出筹码]

弗莱明:您要牌吗?

布利恩:三张,请给我。

克　莱:两张。

芬威克:[竭力克制住自己]我要三张。

［弗莱明按各人的要求发给他们牌。他刚发给芬威克牌，珀尔进来了，后面跟着托尼。托尼在吸烟］

珀　　尔：咦，你们已经开始了吗？

芬威克：［凶巴巴地］你去哪儿了？

珀　　尔：我？我有点儿头痛，刚才到花园转了一圈儿。我发现托尼在对着月亮作十四行诗。

芬威克：可你刚才说要去房间的。

珀　　尔：你们在谈什么？

［她向周围观望，看到公爵夫人愤怒却又得意的神情，愣了一下］

公爵夫人：又一次啊，我亲爱的，又是一次。

［珀尔若无其事，看见了贝茜。贝茜正用忧伤的眼神盯着她，现在她遮住了脸。她冷冷地转向托尼］

珀　　尔：你这个该死的傻瓜，我给你说过这太冒险了。

幕落

第三幕

布　　景：同上幕，在肯顿庄园的起居室。

时　　间：第二天，星期天下午，大约三点，阳光明媚。

［亲王夫人、桑顿·克莱和弗莱明坐着，弗莱明点上了另一

支香烟]

亲王夫人：你吸这么多香烟，有好处吗？

弗莱明：不会有好处。

克　莱：他有点儿事情做才会好一些。

亲王夫人：也许一会儿你可以来场网球赛。

弗莱明：打网球太热了。

克　莱：问题是，谁会打呢？

亲王夫人：你们两个可以单打。

克　莱：要是我们有份星期天的报纸就好了。

亲王夫人：在这样的地方，你别指望会有报纸。我看星期天这里没有几趟火车。

克　莱：不知今天的晚餐是否也会像午餐时那样快乐。

弗莱明：珀尔有没有让人来说一声她为什么不来吃午餐啊？

亲王夫人：我不清楚。

克　莱：我问管家她去哪儿了，他说她在床上用午餐。真没想到。

亲王夫人：只怕餐桌上太沉默了。

克　莱：沉默！我怎么也忘不了那顿午餐。明尼蔫了，不说话；托尼沉着脸，也不说话；贝茜吓坏了，不吭声；布利恩一副尴尬的样子，也不说话；芬威克很恼火，默不作声。我想活跃一下气氛，说几句闲话，却像是想让金字塔开口一样死气沉沉。你们两个表现得也不怎么样，本该帮我说些话嘛。

弗莱明：我怕说错话。看公爵夫人和贝茜的样子，似乎只要稍微触动她们，就会大哭起来。

亲王夫人：我在想着珀尔。这是多么大的屈辱！多么可怕的屈辱！

弗莱明：您们觉得她现在会做什么？

克　莱：那也是我在想的问题。我觉得她不会在我们离开之前露面。

亲王夫人：我希望她会如此。她一贯那么自命不凡，我不忍看到她那苍白、屈辱的脸。

克　莱：她很有勇气。

亲王夫人：我知道。她会硬着头皮来见我们，对我们也是个可怕的考验。

弗莱明：您认为她现在会觉得很难堪吗？

亲王夫人：她要是不觉得难堪，就不近人情了。我想她昨晚上不会比我们其他人睡得好到哪里去。可怜的人儿，她肯定像个霜打的茄子。

弗莱明：昨天那个场面真可怕。

亲王夫人：我永远都不会忘记明尼说的那些话。我真是难以置信，那样的话会出自一个女人之口。唉，简直不堪入耳。①

克　莱：那真让人震惊。我从来没有见过一个女人那么张狂，又没法阻止她。

弗莱明：而且贝茜也在场。

亲王夫人：她正哭得厉害，不一定听得见。

克　莱：幸好，明尼歇斯底里地发作时，我们能够关心关

---

① 第二幕落幕后，肯定发生了一场风波。可以想到，公爵夫人对珀尔说了一些极为难听的不堪入耳的话。

心她,拍拍她的脸,拍拍她的手。这正好可以分散她的注意力。

弗莱明:她常那样发作吗?

克　莱:我知道,在托尼之前,有一个年轻人抛下她和一个有钱的继承人结婚后,她发作过。我想,只要发生了爱情危机,她就会发作。

弗莱明:天哪,桑顿,别像说笑话一样谈论这事。

克　莱:[惊讶地]怎么了,弗莱明?

弗莱明:这么随意地编排整个事情,我觉得不舒服。

克　莱:喂,我是同情,并不是编排。是谁拿提神药给她闻闻的?是我。

弗莱明:[耸耸肩]我的神经简直都有点儿绷紧了。您知道,我之前只是觉得事情很奇怪而已。结果呢,唉,真令人震惊!我发现这些人之间竟然是这样的。尤其令我难以置信的是,我发现在这些人中间,我是唯一不把这一切看作理所当然的人。

克　莱:我们将永远无法使你成为一个懂得人情世故的人,弗莱明。

弗莱明:亲王夫人,恐怕您说的话听起来也不太客气。请原谅。

亲王夫人:要是我用你的标准去要求别人,那我就没有什么朋友了。我学会了不对我周围的人评头论足。

弗莱明:有必要去容忍他们的恶习吗?

亲王夫人:你不懂。这并不完全是他们的错。问题在于他们受生活环境的影响。他们拥有太多的钱,却承担极为有限的责任。处于我们这样地位的英国女人有她们生来就需要承担的责任,可我们是生活在外国土地上的外国人,只能尽情享乐了。

弗莱明:哦,我要感谢上帝,布利恩是个正派人,他会带贝茜远离这一切。

[公爵夫人上。她不像亲王夫人一样身着适合乡间穿的夏装,而是一身城市打扮,戴着一顶帽子]

亲王夫人:你在不断地换上衣啊,明尼。

公爵夫人:是,再过八个小时我就离开这座房子。要是可以的话,我今天早上就走了。我本来就觉得这是个讨厌的鬼地方。可好,现在我发现星期天这里只有两趟火车,一趟是九点的,另一趟是四点半的。我简直找不出词来形容这个地方。

克　莱:您词汇量很大的嘛,明尼。

公爵夫人:我在这儿就感觉像犯人一样,好像有人用锁和钥匙把我关起来了。我被迫吃那个女人的饭,觉得每一口都会呛住我。

亲王夫人:你要保持镇静,明尼。你知道,自寻烦恼只会损害你的身体。

公爵夫人:我一发现没有火车,就叫人去车库,告诉他们我要立刻坐车去伦敦。你能相信吗,我竟然要不来一辆车。

克　莱:怎么会要不来车呢?

公爵夫人:一辆车一大早就去城里了,另一辆车正在大检修。除此之外,只有一辆行李车。我总不能乘行李车去伦敦吧。实际上,我不得不真的乘行李车去车站。那会显得很可笑的。

克　莱:您叫行李车了?

公爵夫人： 叫了。一会儿就到门口来。

克　莱： 到底珀尔叫车到伦敦去干什么了？

公爵夫人： 去发泄她的怨恨。

亲王夫人： 那不是她的风格。

公爵夫人： 我亲爱的，她是我十五年来最亲密的朋友。我太了解她了！我跟你讲，她没有一丝悔过之心。否则，她为什么安排今天检修车呢？举行宴会，至少得保证车是否可以运转开吧。

亲王夫人： 哦，也许那只是碰巧而已，你不能为此责备她。

公爵夫人： 我只有一点要感谢上帝的，那就是她还有一点儿廉耻之心，躲在房间里不出来。我要说句公道话，这证明她至少还是有点儿羞耻心。

克　莱： 您知道，明尼，珀尔有一颗善良的心。她并不是有意让您痛苦的。

公爵夫人： 你会原谅她吗，桑顿？

克　莱： 不，我认为她是不可原谅的。

公爵夫人： 我也这么看。我不想再和她来往了。我第一次见到她，就不喜欢她。一个人应该相信第一印象。现在我大开眼界，再也不跟她说话了，我不会理她。我希望你告诉她这一点，桑顿。

克　莱： 假如这是您给我的差使，那可没有那么愉快哟。

亲王夫人： 你能让我和明尼谈几句话吗？

克　莱： 哦，当然可以。过来，弗莱明。

［克莱和弗莱明·哈维走入花园］

公爵夫人： 我亲爱的，你要是让我把另一边脸转过去的话①，那你就别说了，我不会那么做。我要不惜一切代价报复那个女人，我要揭露她，告诉每个人，我做她的客人时她是怎么对待我的。

亲王夫人： 你为自己考虑考虑，说话也得当心哪，明尼。

公爵夫人： 我对她了如指掌，能让她在伦敦无立足之处！我要毁了她！

亲王夫人： 那托尼怎么办？

公爵夫人： 哼，我和他完了。啊！我这种女人可受不了他对待我的方式。我希望他沦为街头的乞丐。

亲王夫人： 你不再在乎他了？

公爵夫人： 我亲爱的，即使他饿得跪在我面前讨要一片面包，我也不会给他。他让我恶心。

亲王夫人： 嗯，这就好。之前看到你和一个年轻人那种关系，我感到不是滋味。你跟他分手了好。

公爵夫人： 我亲爱的，你不必跟我说这话。他就是个十足的坏家伙，这就是他的本质。他没脸没皮，甚至都不为自己找个借口。更有甚者，他甚至不想见我。

亲王夫人：［瞟了她一眼］毕竟他从未真正爱过你，任何人都能看出这一点。

---

① 《新约圣经·路加福音》第六章第二十九节："有人打你这边的脸，连那边的脸也由他打；……"意思是基督徒应当效法耶稣那样与人无争，如同羔羊那样柔顺，甚至连仇敌也要爱。这里公爵夫人的意思是，别指望她会受珀尔的气。

公爵夫人：[声音突变]唉,别那么说,弗洛拉。我受不了。他以前爱我。在那个女人插足到我俩中间之前,我知道他是爱我的。他没法不爱我,我为他做了一切。[她泪如泉涌]

亲王夫人：明尼,我亲爱的,别这样。你知道,他是个不值一提的人,你就没有一点儿自尊吗?

公爵夫人：他是我唯一爱过的人。我一见不着他,就受不了。没有他,我可怎么活?

亲王夫人：当心,他来了。

[托尼上。看到公爵夫人,他一愣。她转过身,赶紧把眼泪擦干]

托　尼：呃,对不起。我不知道这里有人。我是来找香烟的。

[他尴尬地站在那儿,进退两难。亲王夫人若有所思地看看他,沉默了一会儿,然后耸耸肩,走了出去。他看看背朝他站着的公爵夫人,犹豫了片刻,几乎是踮着脚尖走到放香烟处,将自己的烟盒装满。他又看了一眼公爵夫人,正要踮脚走出房间,她用问话把他止住了]

公爵夫人：你要去哪儿?

托　尼：也不去哪儿。

公爵夫人：那你最好在这儿待着。

托　尼：我以为你想一个人静静。

公爵夫人：那就是你要整天躲着我的理由吧?

[他悻悻地一屁股坐到一个单人沙发上。公爵夫人终于转过身来,面对着他]

公爵夫人：你还有什么要为自己辩解的吗？

托　尼：辩解又有什么用？

公爵夫人：你至少可以说，你给我造成了痛苦，对不起我。要是你对我还有一丝情义，你本来也不会这么躲避我的。

托　尼：我早知道你会当众大吵大闹的。

公爵夫人：天哪，你总不能指望我忍气吞声吧？

托　尼：整桩事儿很不幸。

公爵夫人：哈！不幸。你伤透了我的心，然后还说很不幸。

托　尼：我不是那个意思。我是说你把我们当场抓住了，这很不幸。

公爵夫人：喂，闭上你那臭嘴。你越说就会越不幸。

托　尼：我知道，我说什么你都会生气，所以我觉得我最好还是避开你。

公爵夫人：你真是没心肝，没心没肺。你要是有一丝羞耻之心，就不会还那样子吃得下午饭。你却在狼吞虎咽，大吃大喝。你就吃吧，我恨不得杀了你。

托　尼：哎，可我饿了呀。

公爵夫人：你还知道饿呀。

托　尼：那这事儿你想怎么办？

公爵夫人：是说你的胃口吗？上帝会让你再吃一口时噎死你。

托　尼：不是说胃口，是说另一件事。

公爵夫人：我今天下午就要离开这座房子了。

托　尼：你也要我一起走吗？

公爵夫人：你走不走和我有关系吗？

托　尼：要是你走，我也得走。

公爵夫人：那你该马上动身。这儿离车站有四英里，要是你不和我坐同一辆车走，我得谢谢你嘞。

托　尼：我不会走着去的。他们会弄辆车送我。

公爵夫人：只有一辆行李车，我要坐那辆车走。

托　尼：车上没有我的地儿吗？

公爵夫人：没有。

托　尼：你要我什么时候搬出那套公寓？

公爵夫人：那关我什么事？

托　尼：你很清楚，我付不起房租。

公爵夫人：那是你自己的事。

托　尼：我要到海外殖民地去。

公爵夫人：你最好到那里去。我希望你去开山、挖土、刷含铅的油漆。我希望你过地狱般的生活。

托　尼：喔，不过这也有它好的一面。

公爵夫人：好什么？

托　尼：我将成为自己的主人。我可以告诉你，我早受够了这种生活。

公爵夫人：是啊，你现在可以这么说。

托　尼：我从来不能说我的灵魂属于我自己，你觉得这还不够糟糕吗？我早就烦透了。

公爵夫人：你这个缺德鬼！

托　尼：那好，我干脆告诉你真话得了。

公爵夫人：你是要说你从来没有在乎过我吗？甚至在开始时也没有吗？

［他耸耸肩，并未作答。她接下来说话时气喘吁吁，情绪越发激动，话音微弱下来。他站在她面前，阴沉着脸，默不作声］

公爵夫人：托尼，我对你无微不至，就像母亲一样对你。你怎么能这么忘恩负义？你真没良心。你要是有良心，早就该求我原谅你。你早就该努力去……你就不想让我原谅你吗？

托　尼：你这话什么意思？

公爵夫人：如果你求我，只要表示道歉，我也只是恼你，只会一个星期不跟你说话，可我会原谅你——会原谅你，托尼。可你从不给我机会。你太狠心，太狠心了！

托　尼：哦，不管怎么说，现在太晚了！一切都无法挽回了！

公爵夫人：你希望事情不可挽回吗？

托　尼：现在抱怨过去也没用了，一切都结束了。

公爵夫人：你就不觉得对不起我吗？

托　尼：我不知道。也许有点儿。我并不想让你不愉快。

公爵夫人：要是你想对我不忠，为什么没有防范我，以免让我发现？你甚至没有费心稍微采取点儿防范措施。

托　尼：我是个该死的傻瓜，我很清楚。

公爵夫人：你爱那个女人吗？

托　尼：不爱。

公爵夫人：那你为什么那样做？唉，托尼，你怎么可以那样做？

托　尼：要是一个人在夜里能像第二天早上那样头脑清醒，

他的生活会太平得多。

公爵夫人：要是我跟你说，让过去的事过去吧，咱们重新开始，你会怎样说，托尼？

[她把脸转过去，他若有所思地盯着她]

托　尼：我们现在已经闹崩了，还是就这样分手吧。我要到殖民地去。

公爵夫人：托尼，你这不是认真的吧。你绝对受不了那个罪。你知道，你身体并不壮实，你只会死掉的。

托　尼：呃，那又怎样，人总得有一死嘛。

公爵夫人：我为我刚才说的话道歉，托尼。我并不真是那个意思。

托　尼：没关系。

公爵夫人：没有你，我没法儿过，托尼。

托　尼：我已经下了决心，说什么也没用了。

公爵夫人：我对不起你，让你厌烦了，托尼。我再也不会那样了。把这一切都忘掉，好吗？只要你不离开我，我为你做什么都行。

托　尼：我现在的处境很糟糕，我得考虑考虑将来怎么办。

公爵夫人：唉，可是，托尼，我会为你安排好一切的。

托　尼：你对我是不错，可还不够好。咱们还是作为好朋友分手吧，明尼。我要是步行去车站的话，现在该走了。[他向她伸出手]

公爵夫人：你的意思是说再会吗？是永远再会吗？啊，你怎么能这么狠心呢！

托　尼：一个人一旦下了决心，最好立即采取行动。

公爵夫人：啊，可我受不了啊，我受不了。［她开始大哭］唉，我真是个傻瓜！我本应该假装什么都没看见。我真希望我根本就不知道这事，那样你也就不会想着离开我了。

托　尼：嗨，亲爱的，振作起来。你会熬过来的。

公爵夫人：［不顾一切地］托尼，要是你想和我结婚——我愿意嫁给你。［稍顿］

托　尼：那我不还是得靠你。我花五镑都得向你张口要，你想我会舒服吗？

公爵夫人：我会为你解决这个问题，让你独立。我一年给你一千镑，你看行吗？

托　尼：你真好，明尼。［他走过去，在她身边坐下］

公爵夫人：你还会对我很好，对吧？

托　尼：当然啦！你听我说，你不必送我那辆双座汽车了，我可以开劳斯莱斯。

公爵夫人：你并不是真的想去殖民地吧？

托　尼：不太想去。

公爵夫人：啊，托尼，我太爱你啦。

托　尼：这就对啦。

公爵夫人：我们一分钟也不要再待在这座房子里了。你按一下铃，和我一起坐行李车走，好吗？

托　尼：［按铃］我当然想乘车去，这比步行强多了。

公爵夫人：没有一辆车把行李送到车站，真不像话。这座房子让我太不舒服了。

托　尼：唉，太可恶了。你知道吗，我的卧室和浴室没有连在一起。

［波尔上］

公爵夫人：行李车准备好了吗，波尔？

波　尔：我问一下，公爵夫人。

公爵夫人：我的女佣明早随行李一起走，帕克斯顿先生跟我一起走。［对托尼］你的行李怎么样了？

托　尼：哦，没问题。我带了仆人。

波　尔：我家夫人马上就下楼来了，公爵夫人。

公爵夫人：哦，她要来？谢谢你，你可以走了，波尔。

波　尔：是，公爵夫人。

［波尔下。他刚关上房门，公爵夫人一跃而起］

公爵夫人：我不想见她。托尼，你看看桑顿在不在阳台。

托　尼：好。［他走到落地长窗前］他在。要不要我叫他一声？克莱，请你来一下！

［托尼下。桑顿·克莱上，亲王夫人和弗莱明紧随其后］

公爵夫人：桑顿，波尔说珀尔要下楼来。

克　莱：她终于露面了。

公爵夫人：我不见她。我坚决不见她。

亲王夫人：我亲爱的，那该怎么办？我们总不能让她一直待在楼上自己的房间里呀。

公爵夫人：是不能。不过，桑顿可以去跟她说。显然她自己也嫌丢人。我只有一个请求，等我走了以后她再下来。

克　莱：我尽量跟她说说。

公爵夫人：行李车备好之前，我要在这儿来回走走。今天我还没有锻炼呢。［她下］

克　莱：要是珀尔在发脾气，这话就不好传给她了。

亲王夫人：你不会碰到她发脾气的。要是她正心烦意乱，你就慢慢告诉她明尼的话。

弗莱明：贝茜来了。［贝茜上］好像珀尔就要下楼来了。

贝　茜：她会下来吗？

亲王夫人：你今天早晨见到她了吗，贝茜？

贝　茜：没有。她让佣人来叫我去她那儿，可我头痛，没有去。

［他们好奇地看着她。她显得烦躁，不想说话。他们看得出，她下了决心要采取某种行动，可是不确定到底要干什么。弗莱明走过来，坐在她旁边］

弗莱明：我想，下周六我会去美国，贝茜。

贝　茜：亲爱的弗莱明，你走了，我会很遗憾的。

弗莱明：我看你会忙得没空想到我。你要和各类人打交道，而且你还要准备嫁妆。

贝　茜：亲王夫人，您要是能和我一道去巴黎帮我处理那事就好了。

亲王夫人：我吗？［她意识到贝茜的意思］当然，只要我能够帮上你，亲爱的孩子……［她拉着贝茜的手，对她怜爱地一笑。贝茜扭过头，很快掩藏起泪眼模糊的样子］

也许这是个好主意。我们得商量一下。

［珀尔上。她身着时髦而又大胆的服装，镇静自若，显露出前所未有的美丽，她也为此洋洋得意。她的神态一点儿也未显示

出前一夜曾经发生的那一幕]

珀　　尔：[欢快地] 早上好。

克　　莱：下午好。

珀　　尔：我知道你们都会骂我下来得这么晚。今儿天气这么好，我都不舍得起床了。

克　　莱：别说自相矛盾的话了，珀尔，天太热了。

珀　　尔：太阳照进我的房间，我说，像这么好天气的早晨不起床就是罪过。我越对自己说该起床，就越觉得躺在床上舒服。你的头痛病怎么样了，贝茜？

贝　　茜：哦，好点儿了，谢谢你。

珀　　尔：我听说你身体不舒服，很遗憾。

贝　　茜：我昨晚没睡好。

珀　　尔：你跟你的小伙子怎么样了？

贝　　茜：哈利吗？他在写信。

珀　　尔：我想他在到处传播你们的好消息吧。你该给他妈妈写封信，贝茜，这样显得你对她格外尊重。既亲密又坦率地写几句，就是人们期望天真的姑娘发自内心写的那种信。

克　　莱：我敢肯定你是想自己写的吧，珀尔。

珀　　尔：而且我们得想到给《晨报》送去一份声明。

弗莱明：您想得很周到，珀尔。

珀　　尔：我很认真地履行着贝茜的监护人的职责。至于我在她的婚礼上要穿的服装嘛，我也已经有了个绝妙的主意。

弗莱明：哇！

珀　　尔：我亲爱的弗莱明，别说"哇"，太美国腔了，说

"天哪"。①

弗莱明：我那么说会笑出声的。

珀　尔：笑？为什么你不能按照英国人的发音念"笑"这个词？②

弗莱明：我不想那么念。

珀　尔：你太固执了。当然，既然贝茜要嫁给英国人，她就必须学习英国腔。我认识一位很出色的女子，是她教所有美国籍的贵族夫人学说英国腔的。

弗莱明：您真让我开眼。

珀　尔：她的教法很高明，她会让你大声朗读，她有一张列得很长的字表，你一天得反复读二十遍——像"一半"该读作"哈啊夫"而不是"海夫"，像"洗澡"该读作"巴思"，而不是"白思"，还有"不能"该读作"抗特"，而不是"坎特"。③

弗莱明：那也得说"天哪"，不能说"哇"？

珀　尔：贵族夫人们不说"天哪"，弗莱明。她教她们说"上帝保佑"，不说"老天爷保佑"。④

---

① 哇：原文是 Gee。天哪：原文是 By Jove。珀尔这里指美国人喜欢说 By Jove，不说 Gee。下文她又说贵族夫人不说 By Jove。
② 英语中"笑"（Laugh）一词在英国英语和美国英语中的读音不同。这里珀尔纠正弗莱明的美国口音（Laff），要他按照英国英语的发音读"笑"一词。
③ 这里珀尔以"一半"（Half），"洗澡"（Bath）和"不能"（Can't）为例，说明英国英语与美国英语的读音差异。
④ 这里珀尔仍然在告诉他们英国英语和美国英语中用词方面的差异，英国人不说"天哪"（By Jove），而说"上帝保佑"（Good Heavens），也不说"老天爷保佑"（Mercy）。

弗莱明：她靠教这个赚钱吗？

珀　尔：她赚大了。她很可爱。爱利奥·多塞特刚来时，美国口音很重，非常刺耳，可她只花了三个月就让他全改过来了，比我的口音还轻。

贝　茜：［站起来，对弗莱明］天太热了吧，到花园去转转？

弗莱明：呃，不热啊。

贝　茜：我们还是去吧？

［他们一起出去］

珀　尔：贝茜怎么了？她昨晚肯定吞了一张扑克牌，那她睡不着就不足为奇了，这叫谁都消化不了。

克　莱：你知道明尼今天下午要走吗，珀尔？

珀　尔：是啊，我听说了。真要命，没有车送她去车站，她得乘行李车走。

克　莱：她不想见你。

珀　尔：哦，可我想见见她。

克　莱：我敢说她的确不愿意见你。

珀　尔：可我一定得见她。

克　莱：她让我转告你，她只希望你做一件事，那就是在她走之前你不要再露面。

珀　尔：那你可以去告诉她，她要是不见我，就别想要到行李车。

克　莱：珀尔！

珀　尔：这是我的底线。

克　莱：我怎么能给公爵夫人传那样的话呢？

珀　　尔：这儿离车站有四英里远，一路上没有一点儿树荫。

克　　莱：毕竟她的要求不无道理呀。

珀　　尔：她要是想要行李车，就得像个贵夫人一样来向我告别。

克　　莱：[对亲王夫人] 我该怎么办？昨晚我们用光了所有的提神药。

亲王夫人：要不我去跟她说吧。你真的坚持要见她吗？

珀　　尔：是的，这很重要。

[亲王夫人下。珀尔面带微笑看着她走出去]

我看弗洛拉给吓坏了，她就不应该认识这样的人。

克　　莱：真的，珀尔，你的所作所为也太不像话了。

珀　　尔：你甭管我的行为。给我讲讲你们的午餐是怎么收场的。

克　　莱：我亲爱的，那就像一群相互痛恨的亲戚在聚会一样，他们参加了一位有钱姨母的葬礼之后聚到一起，可她偏偏把所有的钱捐给了慈善机构。

珀　　尔：那一定非常有趣。当时我要是在场就好了。

克　　莱：你为什么不来呢？

珀　　尔：哦，我知道会有好戏，而我从来不善于在午饭前参与这种好戏。我从战争中学来的一点就是，一位将军应当选择自己合适的时间去指挥一场战斗。

克　　莱：明尼今天早上就一个劲地要走。

珀　　尔：我知道她走不了。我还知道，不到下午，他们一个都走不了。

克　　莱：这里的火车服务条件太糟糕了。

珀　　尔：乔治说这是这个地方的一大优点，它使这个地方保持着乡土特色。九点钟有一班车，另一班车是在下午四点半。我知道，甚至最为激烈的骚乱在八点钟也不会把人们惊醒起床，他们不到十点决不会吃早饭。我一醒来，就做了必要的准备工作。

克　　莱：[打断话] 你睡了？

珀　　尔：哦，是啊，我睡得可美哩。没有什么比一点儿刺激更能让我一夜睡个好觉了。

克　　莱：喔，你当然受刺激了。我还从来没有亲眼目睹过这么可怕的场面。

珀　　尔：我差人到车库，派人立刻拆卸修理那辆旧的劳斯莱斯，把另一辆车开到伦敦去了。

克　　莱：你为什么这么做？

珀　　尔：你别管，你很快就会知道。接下来我打了几个电话。

克　　莱：为什么你慌着阻止所有人离开这里？

珀　　尔：要是我的客人在星期天早上就离开这里，我就不能说我的聚会成功了。我想，到下午他们会改变主意的。

克　　莱：假如那是你这么做的唯一理由，我觉得那也不是什么好主意。

珀　　尔：这不是好主意。不过，桑顿，我实话告诉你，我能想象得出，有人会把这个插曲编撰成一个很有趣的故事。我从来不在乎流言蜚语，可是我会尽可能不让自己成为众人嘲笑的对象。

克　　莱：我亲爱的珀尔，你当然可以相信你那些客人的判断力。你觉得谁会把这事捅出去呀？

珀　　尔：你。

克　莱：我？我亲爱的珀尔，我以人格担保。

珀　尔：［镇静地］我亲爱的桑顿，我才不在意你的人格呢！你是个以娱乐为业的人，你会为了讲一个有趣的故事而牺牲一切。喂，你不记得你讲的关于你父亲死亡的绝妙故事吗？你靠着这个故事，整整一个季度在宴会上骗吃骗喝的。

克　莱：哎，那可是个绝妙的故事啊。我可怜的老父亲比谁都喜欢这个故事。

珀　尔：我可不准备冒这个险，桑顿。我觉得其他人没有故事可讲的话会更好一些。

克　莱：没有人能将时钟倒转，珀尔。吃午饭时，我就不由地想到，那件事确实是一个绝佳的故事素材。

珀　尔：而且你会讲出去的，桑顿，是吧。那时我就会说：我亲爱的，这听起来可能吗？他们都十分开心地待到星期一早上，斯塔利勋爵和阿林顿公爵夫妇星期天晚上在这里用餐，我们度过了一个欢乐的夜晚。再者，只要两天以后，我和明尼又会在一起进午餐。我会说，可怜的桑顿，他是个很糟糕的骗子，对吧？

克　莱：我承认，要是你和明尼和解了，我的故事就没有那么精彩了。那么，你准备把阿瑟·芬威克怎么办？

珀　尔：他是个好色鬼，好色鬼总好动感情。

克　莱：在午宴上他把我吓坏了。当时他正在吃调好味了的螃蟹，他的脸色变得越来越紫。我以为他的中风要发作呢。

珀　尔：桑顿，你要知道，吃着喜欢的饭菜时中风可不是什么不愉快的死法啊。

克　莱：你知道，你没有理由替自己辩解的，珀尔。

珀　　尔：人的本性可以解释一切,桑顿。

克　　莱：你真的不该招惹托尼。此前,你偷情的习惯也给你带来过麻烦。

珀　　尔：人都很自私。越是我朋友爱着的男人,我偏偏越想要。我体谅我的朋友们的个性,那为什么他们不能体谅我的个性呢?

[公爵夫人上,腰板笔挺,趾高气扬,俨然一副博阿迪西亚①面对罗马大军的气势。珀尔转向公爵夫人,面带殷勤讨好的微笑]

珀　　尔：啊,明尼。

公爵夫人：有人跟我说,离开这座房子的唯一办法是服从可恶的安排,非得见你不可。

珀　　尔：我希望您还是别走嘛,明尼。斯塔利勋爵今晚来用晚餐,阿林顿公爵和夫人也要来。我总是费尽周折把贵宾请来,我讨厌有人在最后时刻拆我的台。

公爵夫人：只要有机会走,我马上会离开。难道你以为能有什么东西留我待到晚上吗?

珀　　尔：不跟我告别就走,恐怕不太合适吧。

---

① 博阿迪西亚(Boadicea):是古代英格兰东部凯尔特人的爱西尼部落,居住在现在的诺福克和沙福克地区。国王普拉苏塔古斯(Prasutagus)是罗马人的傀儡,罗马人企图在他死后并吞爱西尼。公元1世纪时,王后博阿迪西亚领导全东英吉利进行反抗。罗马人打败义军后,大杀爱西尼人。爱西尼人只剩下一个小部落,首府为现在的诺福克郡的凯斯特·圣爱德蒙(Caister St. Edmund)。而博阿迪西亚以领导英国反抗古罗马的侵占而有名。在古罗马作家卡修斯笔下,她是个有才能而看上去让人害怕的人。她长着一头浓密的红头发。现今,博阿迪西亚已成为自由、独立的代名词。

公爵夫人：别说废话，珀尔。

珀　　尔：您知道吗？昨晚您太不像话了，我本该很生您的气的。

公爵夫人：我？桑顿，这个女人疯了。

珀　　尔：您真不该在哈利·布利恩面前大吵大闹。还有，您知道，告诉阿瑟那件事也不是玩的。要是您想把那事捅出去，干吗不告诉乔治呢？

公爵夫人：首先，他不在这儿，我在这里从来没有见过他。

珀　　尔：我知道。他说，现在社交界时兴到乡间度周末，而他更愿意待在伦敦。

公爵夫人：我绝不饶恕你！绝不！绝不！绝不！你有了阿瑟·芬威克，怎么还不满足？要是你还想跟其他人再弄些风流韵事来，为什么不去找桑顿？在你的朋友中，他是你唯一还没有勾搭过的男人。你偏偏漏掉了他，这似乎太明显了吧。

珀　　尔：桑顿当着其他人的面才跟我调情。他在看歌剧时，坐在我包厢第一排，总是充满激情的。

克　　莱：你们说的话涉及的个人生活越来越多了，我得走了。[他下]

珀　　尔：我坚持要您来见我，对不起！可我有重要的事情要告诉您。

公爵夫人：在你把话讲出来之前，珀尔，我希望先告诉你，我要和托尼结婚了。

珀　　尔：[大为震惊] 明尼！哦，我亲爱的，您这么做是为了报复我吗？您知道，说实话，我对他没有一点儿兴趣。哎，明尼，您得好好考虑考虑。

公爵夫人：那是我能拥有他的唯一办法。

珀　　尔：您觉得您们会幸福吗？

公爵夫人：你还关心我幸福不幸福吗？

珀　　尔：我当然关心啦。您觉得您这样做很聪明吗？您是把自己送到了他手中。唉，我亲爱的，您怎么能冒这个险呢？

公爵夫人：他说他要到海外殖民地去。我爱他……我相信你一定很难过。你真是太奇怪了，珀尔！也许这对于我来说是最好的选择，他可以安定下来。有时候我真的很寂寞，你知道。每当我郁闷时，我就懊悔自己不该离开家乡。

珀　　尔：我在千方百计地帮他找工作。今天早上我还给我认识的所有内阁大臣打了电话，终于搞定了一份工作。这就是我要告诉您的事情。我原想您会很开心的。可现在，我想他不会再想要这份工作了。

公爵夫人：哦，我肯定他会要的。你知道，他很自傲。这是我喜欢他的一点。他以前一直靠我，那是他总想跟我结婚的部分原因。

珀　　尔：当然，您得保留您的公爵夫人头衔。

公爵夫人：哦，是的，我会保留的。

珀　　尔：[*走向公爵夫人，好似要吻她*] 啊，亲爱的，我衷心祝福您。

公爵夫人：[*后退*] 我不会原谅你的，珀尔。

珀　　尔：可您已经原谅托尼了呀。

公爵夫人：我不怪他，他是受了你的迷惑。

珀　　尔：嗨，明尼，不要再怨恨我啦。让过去的事情过去吧。

公爵夫人：无论如何，我都不会再在这座房子里待一晚上了。

珀　　尔：这里的火车很慢。再说您要是真走，也喝不成茶了。

公爵夫人：我不在乎。

珀　　尔：您八点半才能到伦敦，还得到饭店吃晚饭。

公爵夫人：我也不在乎。

珀　　尔：您会又脏又热。托尼会很饿，他会发脾气的。您会显老的。

公爵夫人：你答应过我，让我坐行李车的。

珀　　尔：〔叹了口气〕您可以坐，可是得坐在车板上。那车根本就没有座位。

公爵夫人：珀尔，那车去车站的路上不会抛锚吧？

珀　　尔：哦，不会。您怎么能怀疑我会那样捉弄您呢……〔带有一丝遗憾〕我从来没有那样想过。

〔桑顿·克莱上〕

克　　莱：珀尔，我原想着你会很高兴地得知芬威克要来向你告别。

公爵夫人：我去告诉托尼，你给他找到了工作。我忘了问，是什么工作？

珀　　尔：哦，是教育部的一个差使。

公爵夫人：太好了。他们在那里做什么？

珀　尔：也不干什么。不过，可以让他从上午十点忙到下午四点。

［公爵夫人下］

珀　尔：她要跟托尼结婚了。

克　莱：我知道。

珀　尔：我真是个做媒高手！先是把贝茜和哈利·布利恩撮合到一起，现在是明尼和托尼·帕克斯顿，我还要给你找个伴儿，桑顿。

克　莱：你到底是怎么让她平息下来的？

珀　尔：我给她讲理呀。毕竟，她应当感到庆幸，托尼那个孩子是在结婚前干的荒唐事。再说，即使他做了明尼的丈夫，她也不能指望他会一直对她忠诚；现在他还不是她的丈夫，她这么要求好像不太正常。

克　莱：可她还是要走。

珀　尔：我还有一刻钟的时间。把你的手帕给我，好吗？

克　莱：［把手帕递给她］你不会大哭吧？

珀　尔：［她用手帕猛擦脸颊］我想，阿瑟进来的时候，我应该显得憔悴、苍白。

克　莱：珀尔，你把你所有的秘密都告诉给我了，所以，你永远不会爱我的。

珀　尔：要我告诉你该怎么对待这种情况吗？请听我给那些到伦敦想去伦敦塔①观光的美国人的劝告："你就说去过了，但

---

① 伦敦塔（Tower of London）：英国伦敦一座标志性的宫殿、要塞，位处泰晤士河畔。

不必再去了。"

克　莱：你认为你能让阿瑟回心转意吗？

珀　尔：要是他爱我的话，我一定能。

克　莱：我亲爱的，他很宠你的。

珀　尔：别傻了，桑顿。他爱我是哪种爱，那是另一码事。我只有一次机会，他把自己看作铁石心肠的人。我要给他来点儿小花招。

克　莱：你是个最不择手段的女人，珀尔。

珀　尔：大部分女人都差不多。你走开吧，我想让他看到我独自一人在这里。

［克莱下。珀尔坐下，神情忧郁地低头盯着地毯，手里沮丧地拿着一本打开的诗集。一会儿阿瑟进来，她假装没有看见他。他是个坚强的男人，虽然受到打击，却未被打垮，在竭力克制着自己的情感］

芬威克：珀尔！

珀　尔：［一跳］哎哟，你吓了我一跳。我没有听见你进来。

芬威克：我敢说，你见到我一定觉得惊讶。我想，在我离开这座房子之前，我们有必要稍微谈谈。

珀　尔：［看着别处］我很高兴还能再见到你。

芬威克：你该明白，我们之间一切都结束了。

珀　尔：要是你下了决心，那我也没什么可说的。我知道，你一旦做出决定，就没有什么办法让你改变主意。

芬威克：［稍微控制情绪］是的。那一直是我一部分力量的源泉。

珀　尔：我并不是要你做个没有主意的人。

芬威克：我不想和你吵吵闹闹分手，珀尔。昨晚我本可以打你个半死的。

珀　尔：那你怎么没有那么做呢？我爱的人打我，你以为我会因此记恨吗？

芬威克：你知道我从来不会动手打一个女人。

珀　尔：我一整夜都想着你了，阿瑟。

芬威克：我一夜没有合眼。

珀　尔：真是无法想象。你一定是个铁石心肠的人。

芬威克：我想，有时候我确实是那样。

珀　尔：我脸色很苍白吗？

芬威克：有一点儿。

珀　尔：我觉得快要崩溃了。

芬威克：你得去躺会儿，病了就不好了。

珀　尔：哦，别为我操心，阿瑟。

芬威克：这么长时间以来我一直为你操心，很难一下子改掉这个习惯。

珀　尔：你说的话字字刺痛了我的心。

芬威克：我很快就说完了，然后我就走。就只有这一句话：我一直供给你的补贴，当然还会继续给你。

珀　尔：啊，我不能接受，不能接受了。

芬威克：你一定得理性些，珀尔。这是正事。

珀　尔：这个问题我不谈。以前要不是我爱你，我怎么也不会接受你的帮助。既然现在我俩之间一切都完了——不，不，我一想起这事就心痛。

芬威克：我就怕你会采取那种态度。不要忘记,你一年只有八千镑的收入,怎么够你生活呢。

珀　　尔：我可以忍饥挨饿。

芬威克：珀尔,为了我自己,我得这么做。你已经习惯了这种生活方式,要是没有我在背后支持你,你不可能维持得了。我在道义上有责任帮你,所以,我得尽到自己的义务。

珀　　尔：我们以后只能做朋友啊,阿瑟。

芬威克：我没有经常让你为我做什么,珀尔。

珀　　尔：我要把你送给我的礼物还给你。我马上就把珍珠项链还给你。

芬威克：小妞儿,你不用那么做。

珀　　尔：[装作要把项链摘下来] 我解不开这个钩环,你帮我解开吧。

[她走到他跟前,转过身,让他可以帮忙解开钩环]

芬威克：我不能,我不能这么做。

珀　　尔：我会把它从我脖颈上扯下来。

芬威克：珀尔,你真伤我的心。你难道就那么不在乎我,甚至都不愿戴我送给你的小礼物吗?

珀　　尔：你这样说,我真要哭了。你没有看出来我在拼命克制自己吗?

芬威克：这真叫人难受,比我预想的更痛苦。

珀　　尔：你瞧,你要坚强很容易,可我很软弱。这就是为什么我把自己托付给你。我总能凭直觉感受到你的力量。

芬威克：我知道，我知道，正因为我觉得你需要我，我才爱你。我一直想为你遮挡一切风雨，不让你受到一丝伤害。

珀　尔：你为什么不拯救我，使我不受自己的伤害呢，阿瑟？

芬威克：我看到你那可怜、苍白的小脸蛋儿，真不知你离了我该怎么办，小妞儿。

珀　尔：[声音发抖] 应该会比较艰难吧，我早就习惯依赖你了。以前一旦有事，我都会去找你，你都会帮我解决。我已经开始在想，你没有什么做不了的事。

芬威克：我一向迎难而上，喜欢去克服困难。那让我兴奋不已。

珀　尔：你好像把我的力量都抽走了，我在你身旁总觉得异常软弱。

芬威克：我们两个不需要都很坚强。因为你软弱，我才爱你的。我喜欢你遇到困难就来求助于我。能帮你解决所有的问题，我感到很开心。

珀　尔：你总能够干成不可能成功的事情。

芬威克：[威严地] 我从来没有觉得有做不成的事。

珀　尔：[深深被打动] 除了原谅我这一件事。

芬威克：啊，我看你很了解我。我绝不会忘记那件事，我也绝不会原谅你。

珀　尔：我想，那就是人们说你不可思议地像拿破仑的原因。

芬威克：也许是吧。不过——虽然你只是个女人，却把我毁了，珀尔！你把我毁了！

珀　尔：啊呀，不，别那么说。我受不了。我要你还是那么坚强，毫不留情。

芬威克：我生活中的一些东西永远消失了。我觉得你几乎伤透了我的心。我曾经那么为你感到骄傲，为你的成功感到欣喜。啊，每次我在报纸的社交栏里看到你的名字，就会常常产生一种满足感。可你现在打算怎么办，小妞儿？你现在打算怎么办？

珀　尔：我不知道。我无所谓。

芬威克：这个家伙，他管你吗？他会给你快乐吗？

珀　尔：托尼吗？他要跟公爵夫人结婚了，[芬威克克制住震惊的心情]我不会再见他了。

芬威克：那么，要是我离开了你，你就只有你丈夫一个人了。

珀　尔：没有其他人了。

芬威克：那你会很孤独的，小妞儿。

珀　尔：你有时会想到我吧，阿瑟？

芬威克：我永远也忘不了你，小妞儿。我永远也忘不了你以前常常从你梅菲尔区的豪宅到闹市区和我共进午餐。

珀　尔：你常常让我享用美味佳肴。

芬威克：我看你穿着漂亮衣服，跟我分享同一块猪排，共饮同一瓶啤酒，真是高兴极了。你我还可以同享一块猪排吗，珀尔，可以吗？

珀　尔：你还记得我们经常吃的那些美味的小葱头吗？[她好似在嘴里品味]嗯……嗯……嗯……一想到这些美食，我就会流口水。

芬威克：女人中很少有像你这样会品美食的，珀尔。

珀　尔：你知道吗，要是你再和我一起用餐，我已经想好了给你准备一系列地道的英国菜,有苏格兰牛肉汤、鲱鱼、烤什锦、羊脊肉,还有大髓骨。

[芬威克激动得难以自制,脸涨得通红,眼睛凸显,喘着粗气]

芬威克:啊,小妞儿![义无反顾地]让咱们共享这顿晚餐吧。[他将她一把搂入怀里,亲吻她]

我离不开你,你也十分需要我。

珀　尔:阿瑟,阿瑟,你能原谅我吗?

芬威克:错误人人会犯,饶恕是圣德①。

珀　尔:啊,这多像是你说的!

芬威克:要是你一定要欺骗我,最好别让我发现。我非常爱你啊!

珀　尔:我以后不会这么做了,阿瑟,我答应你再不会这么做了。

芬威克:来,坐到沙发上,让我看看你。我好像是第一次看见你。

珀　尔:你知道,你是不会喜欢步行到车站去的。那要在太阳底下走四英里路。你是个要面子的老头子,你的靴子总是小得夹脚。

[贝茜上。她看见珀尔和芬威克手拉手坐着,赶紧停下脚步]

珀　尔:你要出去吗,贝茜?

贝　茜:等哈利写好几封信,我们就出去散散步。

---

① 这是18世纪大诗人亚历山大·蒲柏(1688-1744)的长诗——《论批评》中的名句。

珀　尔：[对芬威克]你不要当着贝茜的面捏我的手,阿瑟。

芬威克：贝茜,你真幸运,有珀尔这样的姐姐。她是天下最了不起的女人。

珀　尔：你在胡说,阿瑟。去换上法兰绒之类的衣服吧。你穿着身上这套服装,我看着都感到热。我们喝完茶后还要打会儿网球呢。

芬威克：现在,你一定不要累着自己,珀尔。记着,你现在可是脸色苍白哦。

珀　尔：[对他抛媚眼]呃,我很快就能恢复原来青春靓丽的脸色。

[她伸出手,让他亲吻,他走了出去。珀尔从手提包里拿出一面小镜子,若有所思地看着自己的脸庞]

珀　尔：男人真是一文不值的蠢货。他们是心眼儿好,可他们的脑袋呀,哎呀,哎呀,真可怜。他们真没用,可怜的家伙,他们真没用。

贝　茜：珀尔,明天我们回到伦敦后,我就要走了。

珀　尔：你要走?去哪儿?

贝　茜：亲王夫人要带我去巴黎待几天。

珀　尔：哦,就几天?不要离开得太久啊。眼前你该待在伦敦。

贝　茜：我回来后,准备跟亲王夫人待在一起。

珀　尔：[镇静地]净胡扯。

贝　茜：我不是来请求你允许的,珀尔!我是在告诉你我的打算。

珀　尔：［若有所思地打量了她片刻］你也是要跟我吵架吗？今天下午已经吵过两次架了，我吵够了。

贝　茜：请你不要担心，我没有什么要说的了。

［她装出像要离开房间的样子］

珀　尔：别傻了，贝茜。你在整个社交季都得跟我在一起，我不允许你离开我家，去跟弗洛拉住在一起。我们不能做出格的事让人们说三道四。

贝　茜：请你不要跟我争辩了，珀尔。我没有权利指责你的所作所为，可我也不能袖手旁观。

珀　尔：你不是个小孩子了，贝茜。

贝　茜：我曾经高高兴兴地过得很开心，却从来没有静下心来想想这样或那样的事情该作何解释。我从来没有想到……这里的生活这么快乐、光鲜——我从来没有想到在这一切背后……啊，珀尔，别逼我说出我内心想说的话，让我悄悄走掉算了。

珀　尔：贝茜，亲爱的，你得讲道理。你要是突然离开了我家，想想别人会怎么说。他们会问各种各样的问题，天知道他们会编造出什么谎言来。人都没有那么仁慈，你要知道。我不想苛责于你，可我不能允许你做出那样的事。

贝　茜：既然我知道自己在做什么，要是继续待在这里的话，就会看不起自己了。

珀　尔：我不明白你怎么会这么无情无义。

贝　茜：我也不想那样，珀尔。可我现在就是这种心情，我必须走。

珀　尔：［动情地］我那么喜欢你，贝茜。你不知道我多想你跟我在一起。毕竟过去这些年来我见你的时候不多。有你在我身边，对我是莫大的安慰。你过去是那么漂亮、年轻、可爱，就像是这个家的一道四月的阳光。

贝　茜：恐怕你觉得女人也像男人一样，是一文不值的蠢货吧，珀尔。

[珀尔抬头看见贝茜丝毫不为所动，未显示出一丝怜悯的神情]

珀　尔：[冷冰冰地] 你小心些，别太过分了，贝茜。

贝　茜：我们不必争吵。我下了决心，你再说也没用。

珀　尔：弗洛拉是个傻瓜。我会告诉她，我不让她把你从我这里带走。你得在这里待到出嫁时。

贝　茜：你是想让我告诉你，我简直不想和你说话吗？你让我感到羞耻、恶心。我再也不想看见你。

珀　尔：你真要把我逼得忍无可忍！我想我一定是世界上最有耐心的女人，今天我忍受了不得不忍受的一切。我到底做什么了？我只不过有些傻，不小心而已。瞧你大惊小怪的，让人觉得好像从未有人也会不小心、也会犯傻一样。而且，这事和你有什么关系，你怎么不操心自己的事？

贝　茜：[心酸地] 你说起话来好像你和阿瑟·芬威克的关系很正常似的。

珀　尔：上帝保佑，你不会装作不知道阿瑟吧。毕竟我比别人坏不到哪里去。喂，我们美国人喜欢伦敦的一个原因就是我们可以按照自己的方式生活，而人们会理所当然地接受一切。爱丽奥·格洛斯特、莎蒂·特克南、梅米·哈特儿波——你以为她们对丈夫都忠诚吗？她们不是为了那个才结婚的。

贝　茜：啊，珀尔，你怎么能这么说？你怎么能这么说？难道你就没有一点儿羞耻心吗？刚才我进来的时候，我看到你跟那个粗野、低俗、淫荡的老家伙一起坐在沙发上——唉！［她作出恶心的样子］你不会爱他的，我本该明白是否……可是——唉，真丢人！真恶心！你看上他什么了？他只不过是有钱……［她停了停。当她想到了什么，脸色变了。这让她十分恐惧］不就是因为他有钱吗？珀尔，啊！

珀　尔：贝茜，你实在太傻了！我不想再跟你说话。

贝　茜：珀尔，我说的不对吗？你回答我，回答我！

珀　尔：［粗暴地］管好你自己的事！

贝　茜：昨天晚上他那样骂你是对的。他骂得太对了，你甚至都没有在意。几个小时之后，你就跟他手拉手坐在了一起。你真是个贱货！他就是这么骂你的。贱货！贱货！

珀　尔：你好大胆哪！住口！你放肆！

贝　茜：一个靠男人养活的姘妇！这就是你的本质！

珀　尔：［恢复常态］我犯不着跟你发脾气。

贝　茜：你凭什么跟我发脾气？我说的都是事实。

珀　尔：你是个傻乎乎的毛丫头，贝茜。如果说阿瑟帮了我一点儿，那是他的事，也是我的事。他的钱多得不知道怎么花；看我花他的钱，他高兴。要是我愿意，我能从他那里一年要两万镑。

贝　茜：你自己没钱吗？

珀　尔：你完全知道我有多少钱，一年就八千镑。你说我靠那点儿钱能拥有今天的地位吗？在你的印象中，你不会以为就是因为我有魅力,全世界的人才来我家里的吧?我并不是那么有魅力。你不会以为英国人喜欢我们在这里吧?你不会以为他们喜欢我们嫁给他们英国男人吧?上帝保佑,你在英国待到和我一样久时就会认识到,他们在心底仍然把我们看作野蛮人和红种印第安人。我们得让他们喜欢我们,我让他们开心,所以他们来我这里。在社交生活中我很早就发现,那些英国人喜欢白吃白拿。要是有一个当红的舞蹈家来这儿,他们就会到我家里来看她跳舞。要是一个小提琴手轰动一时,他们就会来我举行的音乐会上听他演奏。我为他们举办舞会,为他们举办宴会,我让自己成为红人,我有了势力,有了影响。可我获得的一切——我的成功、我的名誉、我的恶名都是我花钱买来的,买来的,买来的!

贝　茜:真丢脸!

珀　尔:最终,我给你买来一个丈夫。

贝　茜:这不是真的,他爱我。

珀　尔:要是我没有让他在这些场合看到你,要是我没有让他在这些有头有脸的人中间发现你而让他眼花缭乱,你觉得他会爱你吗?你不懂爱情到底是什么。你觉得听到首相问候你也没什么,是吧?那当然也是我花钱买来的。

贝　茜:[惊愕地]真恐怖!

珀　尔:现在你知道真相了。这些对你未来的婚姻生活都会很有用。快去和哈利·布利恩一起散会儿步吧,我得去化妆了。

[珀尔下。留下贝茜既羞愧,又目瞪口呆。布利恩上]

布利恩:让你久等了,对不起。

贝　茜:[木然地]没关系。

布利恩：我们上哪儿走走？你熟悉这一带的路，我不熟。

贝　茜：哈利，我想让你解除我们的婚约，我不能嫁给你。

布利恩：［惊呆地］为什么？

贝　茜：我想回美国，我被吓住了。

布利恩：被我吓住了？

贝　茜：哦，不是。我知道你是一个值得尊敬的好人；我是怕我将来不知会变成什么样子。

布利恩：可是我爱你呀，贝茜。

贝　茜：那我更得离开这里了。我必须向你坦言，我并不爱你，只是喜欢你。你要不是贵族，我绝不会想着嫁给你。我要的是个头衔，那也是珀尔嫁给她丈夫和公爵夫人嫁给她丈夫的原因。你让我走吧，哈利。

布利恩：我早就知道你不爱我，可是我想你以后会爱上我的。我想，要是我努力，我能让你爱上我。

贝　茜：你不了解，我只是个只顾自己的、没心没肺的小人。

布利恩：我不管你怎么说自己，我知道你就是个真诚实在、可爱的人。

贝　茜：在你昨晚看到那一切以后，你还那么看？在你了解了这个家以后，你还这么想？你对我们所有的这些人不反感吗？

布利恩：你不会以为我会把你跟公爵夫人和……［他住嘴］

贝　茜：珀尔在我这个年纪跟我现在没什么两样。是生活导致了她现在的这一切状况。

布利恩：可是，或许你不想过那种生活。你在这里的生活圈并不是英国唯一的生活圈，因为它处于公众的视野中，所以能引起轰动，它的一切活动都被报纸公诸于众。但是这并不是个很好的社交圈，有许多人并不太赞赏它。

贝　茜：你一定得让我尽量把我心里的话讲出来，请耐心听我说。你以为我能适应你的生活，我已经时不时地得到了一些暗示。我从珀尔的笑声和公爵夫人的讥笑中看出了一些迹象。你的生活有尊严，承担着对公众的责任和义务。

布利恩：〔苦笑〕你把我的生活说得很艰苦、很紧张啊。

贝　茜：你这个阶层的英国姑娘会觉得这种生活很自然，她们已经养成了这种生活习惯，而且她们从小就过着这种生活，我们却不然。对于我们而言，这种生活很无聊，这种尊严令人厌倦。我们觉得厌烦，就只有寻求享乐。你给我讲过你的家，对于你它意味着一切，原因在于它和你的童年、你的先辈联系在一起。如果我爱你，它才能对我有一定的意义。可我不爱你。

布利恩：你让我感到很难受，我不知道该对你说什么。

贝　茜：如果我现在让你感到难受，那是为了避免我们以后的不愉快。我很高兴我不在乎你，否则我会更难离开你。我现在得走了，我不能嫁给你，我想回家。如果我结婚的话，也得在我自己的国家，那是我的家。

布利恩：你在最后做决定之前，能稍微等等吗？

贝　茜：别给我设置障碍了。你看不出来我们都不够坚强，难以适应这里的生活吗？我们被这种生活冲昏了头脑，失去了生活的方向；我们抛弃了自己的生活准则，又无法遵守我们来到的这个国家的准则。我们漂泊在外，无所适从，只有寻欢作乐，结果只能毁了自己。可在美国我们很安全，也许美国能接纳我们。我们来到这里，就像士兵在战时背弃了自己的祖国。啊，我思念故乡——美国，直到现在我才意识到它对我意义重大。让我回去吧，哈利。

布利恩：如果你不愿意嫁给我，我当然不会勉为其难。

贝　茜：别生气啊，让我们做永久的朋友吧。

布利恩：做永久的朋友。

贝　茜：毕竟三个月前你不认识我。再过三个月，你就会忘记我。然后你娶个英国姑娘，她可以和你共享你的这种生活方式，和你分享你的想法。愿你们幸福。

[珀尔上。她已经将脸颊涂上胭脂，又与平时一样容光焕发，带着明显的欣喜的神情]

珀　尔：车刚从伦敦回来。[她走向落地长窗呼叫]明尼！

贝　茜：我明天告诉珀尔。

布利恩：那我就不邮寄我的那些信了。我去把它们从信箱里取出来。

贝　茜：请原谅我。

[布利恩下。公爵夫人和克莱出现在落地窗处]

公爵夫人：你叫我了？

珀　尔：车刚从伦敦回来，可以送您去车站了。

公爵夫人：真幸运。我真不喜欢坐行李车去车站。弗洛拉在哪儿？我得跟她告别。

珀　尔：哦，现在时间还早。车送您过去只要十分钟就够。

[托尼上。接着，亲王夫人和弗莱明上]

公爵夫人：托尼，车回来了，要送我们去车站。

托　尼：感谢上帝！我要坐行李车的话，肯定像个十足的傻子。

克　莱：可你到底为什么要把车开到伦敦去呢？

珀　尔：你很快就会明白。

［阿瑟·芬威克上。他已经换上了法兰绒衣裳］

芬威克：刚到的那位先生是谁，珀尔？

珀　尔：一位神秘人士。

［波尔上，后面跟着欧内斯特］

波　尔：欧内斯特先生到。

［波尔下］

公爵夫人：欧内斯特！

克　莱：欧内斯特？

［欧内斯特矮小黝黑，大眼睛，长头发贴着头皮，梳得光亮整齐。他打扮得像个服装店的模特，身穿黑外套，戴着白手套和丝质帽子，脚蹬名牌皮靴。欧内斯特是一位舞蹈教师，一副绅士派头，以一种装腔作势的口吻讲话］

欧内斯特：亲爱的格雷斯顿勋爵夫人！

珀　尔：［跟他握手］我非常高兴您能光临。［对其他人］昨天晚上你们在谈论欧内斯特，我想我们今天晚上没有什么事做，他会给我们带来快乐的。我就派车到伦敦去，命人死活把他请过来了。

欧内斯特：我亲爱的格雷斯顿勋爵夫人，我敢说我的麻烦多了去了。今天下午我得出席各种场合，还得赴宴，我还答应到格洛斯特公爵夫人举行的舞会跳几圈。但我觉得不能拒绝您，您一直是我那么要好的朋友，亲爱的格雷斯顿夫人。您得原谅我穿着外衣来到这里，您的司机说没有时间等，我就这么来了。

珀　　尔：可您看起来像一幅完美的图画啊。

欧内斯特：呃，可别那么说，亲爱的格雷斯顿夫人。我知道，到乡下来不应该穿这种衣服。

珀　　尔：你还记得苏兰纳公爵夫人吗？

欧内斯特：哦，我当然记得公爵夫人。

公爵夫人：亲爱的欧内斯特！

欧内斯特：亲爱的公爵夫人！

公爵夫人：我还以为再也见不到你了呢，欧内斯特。

欧内斯特：呃，您千万别那么说，听起来挺让人伤心的。

珀　　尔：您一定要走，明尼，这真遗憾哪。要不然欧内斯特可以教您各式各样的新步子呢。

欧内斯特：哟，亲爱的公爵夫人，我一来，您就要走吗？太不给面子了。

公爵夫人：［勉强地］我一定得走，我得走。

欧内斯特：您练习了我那天教你的小步了吗？我亲爱的朋友特克南侯爵夫人——不是以前的那个，您知道的，是那个新的——已经开始跳得很好了。

公爵夫人：［思想斗争］我们还来得及吗，珀尔？我只是想让欧内斯特和我跳一次两步舞。

珀　　尔：当然来得及。桑顿，把留声机打开。

［桑顿·克莱连忙打开留声机，响起了两步舞的乐曲声］

公爵夫人： 可以请你跳个舞吗，欧内斯特？

欧内斯特： 我喜欢和您跳舞，公爵夫人。

[他们开始各就各位]

公爵夫人： 稍等等。我和你跳舞总是很紧张，欧内斯特。

欧内斯特： 哎，您不必那样，亲爱的公爵夫人。

[他们开始跳舞]

欧内斯特： 现在摆正您的肩膀，拿出贵夫人的样子。弯一下背，我亲爱的，弯一下背。不要看着像一袋土豆似的。要是您的脚那样放，我会踢着的。

公爵夫人： 喂，欧内斯特，别跟我发脾气。

欧内斯特： 我是要跟您发脾气，公爵夫人。您一点儿不注意听我的话。您得专心点儿。

公爵夫人： 我专心！我专心！

欧内斯特： 不要像个卖鱼老太婆那样跳舞，拿出点儿精神来。关于这些新式舞，我总是这么说，您需要有两样东西，精力和智力。

公爵夫人： [哀怨地] 欧内斯特！

欧内斯特： 别叫了。您要知道，我说这些都是为您好。您的问题是缺乏激情。

公爵夫人： 喂，欧内斯特，你怎么能这么说。我一直自认为是个很有激情的女人。

欧内斯特： 我不了解那一点，亲爱的公爵夫人，可是您没有把激情投入到您的舞蹈中来。那也是我那天跟亲爱的特克南侯爵夫人说的话——不是这位新的夫人，您知道，是原来的那位夫人。我说了,您得把激情投入到跳舞中来。这些新式舞蹈需要这一点:激情!激情!

公爵夫人:我完全明白你的意思,欧内斯特。

欧内斯特:您跳舞时也得用上您的眼睛,您知道的。您必须显得好像您的吊袜带里有一把刀,要是我看另外一个女人,您就要把我杀掉一样。您没有看见我的眼神吗?我的眼神好像在说,该死的女人!我多么爱她呀。就是那样!

[音乐声止,他们俩分开]

公爵夫人:我的水平提高了吗,欧内斯特?

欧内斯特:是的,您的水平是提高了,亲爱的公爵夫人,可是您还得多练练。

珀　尔:明尼,您干吗不继续待在这儿呢,欧内斯特今天晚上会好好给您上一课。

欧内斯特:您真需要好好上一课,公爵夫人。

[公爵夫人的内心在挣扎]

公爵夫人:托尼,我们能不走吗?

托　尼:我本来就不想走。今天晚上回城里是很糟糕的。就我们两个人,回城里后到底能干什么呀?

公爵夫人:好啊,珀尔,只要你高兴,我们就不走了。

珀　尔:您可真好,明尼。

公爵夫人:有时候你可真捣蛋,珀尔!不过,你心眼儿很好,我还是会不由地喜欢你。

珀　尔:[展开双臂]明尼!

公爵夫人:珀尔!

［她们紧握对方的手，热情地拥抱］

欧内斯特：一个多么美妙的场面——两位贵族夫人相互亲吻。

贝　茜：［对弗莱明］没必要在她们身上多费工夫。我下星期六乘船回美国去！

全剧终

The Constant Wife
坚贞的妻子（三幕喜剧）

人　物

卡尔弗太太
玛莎·卡尔弗
（卡尔弗太太的二女儿）
芭芭拉·福西特
（职业妇女）
约翰·米德尔顿，英国皇家外科医师学会会员
（康斯坦丝·米德尔顿的丈夫）
莫蒂默·德拉姆
（玛丽·路易丝的丈夫）
本特利（管家）
康斯坦丝·米德尔顿
（卡尔弗太太的大女儿）
玛丽·路易丝（约翰情妇，康斯坦丝最要好的朋友）
伯纳德·柯塞尔（追求过康斯坦丝·米德尔顿，在日本经商）

故事发生在位于哈利街的约翰家

第一幕

布　景：康斯坦丝家的客厅，布置得极为雅致。康斯坦丝有装饰天赋，把她的房间布置得既漂亮又舒适。

时　间：某日下午。[卡尔弗太太独自坐着。她是一位风韵犹存的贵妇人，穿着一身家常外出的衣服。门开，管家本特利引玛莎·卡尔弗出场。玛莎·卡尔弗是卡尔弗太太的女儿，年轻貌美]

本特利：卡尔弗小姐来了。

[本特利下]

玛　莎：[惊讶地] 妈妈。

卡尔弗太太：[很镇静地] 哎，乖女儿。

玛　莎：没想到您会在这儿。您从未给我说过您要来看康斯坦丝啊。

卡尔弗太太：[和蔼地] 我从你明亮的眼睛中看出你要来，我才来的。我想，我得赶到你前面到这儿。

玛　莎：本特利说康斯坦丝出去了。

卡尔弗太太：是啊……你打算等她回来吗？

玛　莎：当然了。

卡尔弗太太：那我也等吧。

玛　莎：那再好不过啦。

卡尔弗太太：你说话倒蛮亲切的，但你的语调有点冷淡啊，乖女儿。

玛　莎：我不懂您的意思，妈妈。

卡尔弗太太：乖女儿，我们不是彼此相处好多年了吗？都不便提及各人的年龄了。

玛　莎：有什么不便提及的，我三十二岁。我一点也不为我的年龄感到羞愧。康斯坦丝三十六岁。

卡尔弗太太：然而，我还是认为我们彼此之间不要太率直。我们女人天生喜欢讳莫如深。

玛　莎：总不会有人说我不坦率吧。

卡尔弗太太：当然，率直是一种短暂的状态。有时它是一种掩饰内心想法的有效的烟幕弹。

玛　莎：妈妈，我觉得您好像对我有点不满意。

卡尔弗太太：何止如此啊，我认为你愚蠢之极。

玛　莎：就是因为我要把康斯坦丝本应该知道的事儿告诉她吗？

卡尔弗太太：哦，正如我所料，你来就是要告诉她你已经解除了婚约，留下我们三个可怜的人遭受煎熬的。

玛　莎：是的。

卡尔弗太太：请问，为什么你认为康斯坦丝应该知道这事儿呢？

玛　莎：为什么？为什么？为什么？这类问题简直无需回答。

卡尔弗太太：我早就注意到了，凡是无需回答的问题都是最难回答的问题。

玛　莎：这个问题一点都不难回答。因为那是实情，她应该知道真相。

卡尔弗太太：当然，真相是可贵的。但是，说出真相之前你得明白，你之所以说出真相是为了对方好，而不是为了自己一吐为快。

玛　莎：妈妈，康斯坦丝很不幸啊。

卡尔弗太太：胡说。她吃得好，睡得好，穿得好，并且还在减肥。一个女人在这种情况下有什么不幸的。

玛　莎：当然，如果您不理解，我也无法让您理解我。您是一位好母亲，但您也是一位最不近人情的母亲。您的态度简直令我吃惊。

［*门开了，本特利引福西特太太登场。福西特太太四十岁，身材苗条，职业女性模样。*］

本特利：福西特太太来访。

卡尔弗太太：啊，芭芭拉，见到你很高兴。

芭芭拉：［*走上前吻她*］本特利告诉我您在这儿，康斯坦丝出去了。你们在干什么？

卡尔弗太太：拌了几句嘴。

芭芭拉：为什么拌嘴啊？

卡尔弗太太：为康斯坦丝的事儿。

玛　莎：很高兴你正好来这儿，芭芭拉……你知道约翰和玛丽·路易丝关系暧昧吗？

芭芭拉：我不愿意直接回答这么敏感的问题。

玛　莎：我看，除了我们，所有人都知道了。你知道多久了?有人说他们已经勾搭好几个月了。真搞不懂我们怎么才听说。

卡尔弗太太：[冷嘲地]这正暴露出人的本性。我们有那么多好朋友,怎么直到今天才有人向我们透露消息。

芭芭拉：或许那位好朋友是今天早上才听到的。

玛　莎：刚听到时我还不相信。

卡尔弗太太：只是最初听说时我不相信,我的好女儿。你就爱轻信流言蜚语,然后火冒三丈,简直令我窒息。

玛　莎：当然,我是根据事实来推断的。震惊之余,我什么都明白了。我只是诧异,之前我怎么从来没有想过这事。

芭芭拉：您很难过吗,卡尔弗太太?

卡尔弗太太：一点也不难过。我从小在母亲的严格管教下长大,相信男人生性恶劣。无论他们做什么,我都不会感到奇怪,也不会难过。

玛　莎：妈妈简直让人发疯。她把这事儿看得像一排别针一样无关轻重。

卡尔弗太太：康斯坦丝和约翰结婚已经十五年了,约翰是一个和善的人。我有时会想,他是否会比大多数男人对妻子更忠诚一些。不过,这实在与我无关,我不必费神去考虑这种事。

玛　莎：康斯坦丝到底是不是您的亲女儿啊?

卡尔弗太太：你就是喜欢这么单刀直入,乖女儿。我的答案是肯定的。

玛　莎：您就准备静静地坐在这儿,听任约翰和他最亲密的情人鬼混吗?

卡尔弗太太： 我看，只要她不知道，这对她就毫无伤害。玛丽·路易丝娇小可爱，当然，她有点头脑简单，但这正是男人喜欢的。如果约翰瞒着康斯坦丝在外面鬼混，他的情人最好是我们熟悉的人。

玛　莎：［面向芭芭拉］你曾经听说过一个体面的女人——喏，我妈妈就是个体面的……

卡尔弗太太：［打断对方］哦，相当体面。

玛　莎： 会那么说吗？

芭芭拉： 你认为我们应该怎样处理这件事儿？

玛　莎： 我决定要采取行动了。

卡尔弗太太： 嗯，乖女儿，我也决定了，至少有一件事你不能做，你不能告诉康斯坦丝实情。

芭芭拉：［有点吃惊，问玛莎］你还要告诉她吗？

玛　莎： 应该有人告诉她。如果妈妈不告诉她，我就非告诉她不可。

芭芭拉： 我特别喜欢康斯坦丝。当然，我早就得悉这件事了，一直十分担心。

玛　莎： 约翰让她的处境糟糕之极。哪有男人像他羞辱康斯坦丝那样羞辱自己的妻子！他弄得她被人戳脊梁骨哩。

卡尔弗太太： 如果妻子因为丈夫的背叛而遭到嘲笑，那么，世上就平添了许多本不该有的快乐。

芭芭拉：［兴致勃勃地］你们知道今天他们又共进午餐了吗？

玛　莎： 这个我们没听说，但前天晚上他们是在一起共进晚餐的。

卡尔弗太太［欢快地］：我们还知道那顿晚餐他们吃的是什么。你知道今天午餐他们吃的什么吗？

玛　莎：妈妈……

卡尔弗太太：我看她吃那顿午餐时俨然一副理所当然的样子。

玛　莎：妈妈，您讲不讲礼仪啊？

卡尔弗太太：哎呀，我亲爱的，别跟我谈礼仪。礼仪早就随维多利亚女王一起烟消云散了。

芭芭拉：［面对卡尔弗太太］但是，您不能赞同约翰公然和康斯坦丝的闺蜜厮混啊。

卡尔弗太太：也许我年龄大，脑子不好使了。我并不觉得男人有点花花肠子有什么大不了的，我认为这是男人的天性。约翰是个勤奋的外科医生，如果他喜欢时不时地和一个娇美的女人在一起吃午餐或晚餐，那也无可厚非。一个礼拜七天，一日三餐每天都面对同一个女人，那是令人生厌的。每天晚餐都面对玛莎，我都有点烦。而男人是不能像我们女人一样耐得住寂寞的。

玛　莎：我真得谢谢您这么说，妈妈。

芭芭拉：［意味深长地］不过，他们并不只是在一起吃顿午餐或晚餐那么简单啊。

卡尔弗太太：亲爱的，你是怕发生那种最糟糕的事情吧？

芭芭拉：［严肃地］可事儿已经出来了。

卡尔弗太太：我认为这也是一种聊以慰藉的事儿。关起门来说，一个丈夫只要对妻子温存有加，即使偶尔出轨，又有什么可责怪的呢？

玛　莎：您是说，夫妻之间违背结婚誓言也无所谓吗？

卡尔弗太太：我认为,妻子应该遵守诺言。

玛　莎：但是,这太不公平了。为什么男人不遵守结婚诺言,而妻子一定要遵守呢?

卡尔弗太太：因为她们一般都喜欢遵守。我们把妻子对丈夫的忠诚视为极大的贤德。就目前而言,我认为我们还配不上这种贤德。我们女人天生是忠诚的,我们之所以忠诚,是因为我们别无选择。

芭芭拉：我不相信您说的。

卡尔弗太太：我亲爱的,你一人寡居,是个自由身。有的事别人说你不该做,你难道还会强烈渴望去做吗?

芭芭拉：我有我的工作。每天辛苦工作八小时后,你对谈情说爱就毫无兴趣了。晚上,疲惫的女人只想看看音乐喜剧,或者打打牌,不想再为爱慕她的男人心烦意乱了。

玛　莎：顺便问一下,你的生意怎么样?

芭芭拉：业务在快速增长。事实上,我今天来这儿就是想问问康斯坦丝,看她是否愿意和我一起干。

卡尔弗太太：她为什么要和你干?约翰收入够多的啦。

芭芭拉：哦,我是想,如果她的婚姻陷入危机,经济独立对她而言是一种保障。

卡尔弗太太：哦,你也想让他们闹僵?

芭芭拉：不,我当然不希望他们那样。但您知道,他们不能这样下去。康斯坦丝还蒙在鼓里,这简直是个奇迹。她一定会察觉的。

卡尔弗太太：我想那是早晚的事儿。

玛　莎：我希望她尽快知晓此事。我还认为，妈妈您有责任告诉她。

卡尔弗太太：我可没心思告诉她。

玛　莎：如果您不告诉她，我想我该告诉她。

卡尔弗太太：我可不许你那么做。

玛　莎：他对她的羞辱让她忍无可忍，她的处境叫人难以忍受。我简直无法用语言来表达我对玛丽·路易丝的厌恶。一见到她，我就会把对自己的看法直截了当地告诉她。她简直是个令人厌恶、无耻下流、卑鄙低劣的小狐狸精。

芭芭拉：无论如何，如果万一有什么事情发生，康斯坦丝可以来找我，这对她也是个安慰。

卡尔弗太太：可约翰会给她一笔可观的赔偿金，他是个慷慨大方之人。

玛　莎：［愤怒地］您认为康斯坦丝会接受吗？

芭芭拉：玛莎说的对，卡尔弗太太。这种情况下，没有女人愿意接受男人一分钱的。

卡尔弗太太：她会这么说，但她会小心吩咐律师为她争取最大利益。没几个男人会知道，我们女人是多么巧妙地以无所谓的姿态把实利的双眼盯在获利的大好机会上。

芭芭拉：您说话太刻薄了吧，卡尔弗太太？

卡尔弗太太：我希望并非如此。但当女人彼此相对时，为什么总是口是心非呢？本来不是那种人，却非要煞费苦心地装成那种人。这种做法可以休矣。

玛　莎：［生硬地］我怎么没觉得自己在假装啊。

卡尔弗太太：我敢说你没有，我的好女儿。不过，我一直觉得你是个小傻瓜。这一点随你父亲。在我们家里，康斯坦丝和我算是有头脑的人。

［康斯坦丝进来。她是个三十六岁的漂亮女人。她从外边回来，头戴帽子］

芭芭拉：［热心地］康斯坦丝。

康斯坦丝：抱歉，我不在家。谢谢大家都在等我。您好吗，亲爱的妈妈？

［她挨次吻了她们］

玛　莎：你今天一整天都在忙些什么，康斯坦丝？

康斯坦丝：哦，我和玛丽·路易丝购物去了，她就会上来的。

芭芭拉：［惊愕］她来了？

康斯坦丝：是的，她在外边打电话。

玛　莎：［讥讽地］你和玛丽·路易丝真是形影不离呀。

康斯坦丝：我喜欢她，觉得她挺有趣。

芭芭拉：你们一起吃午饭了吗？

康斯坦丝：没有，她和情人吃的。

玛　莎：［瞥了一眼卡尔弗太太］哦，是吗？［若无其事地］约翰经常在家吃午饭，对吗？

康斯坦丝：［非常坦率］当他不需要太早去医院上班时就在家吃饭。

玛　莎：他今天在家和你一起吃午饭了吗？

康斯坦丝：没有，他有个约会。

玛　莎：去哪儿啦？

康斯坦丝：天啊，我不知道。和我结婚时间一样长了，你就不会关心丈夫去哪儿啦。

玛　莎：我不懂得为什么不关心。

康斯坦丝：［微笑地］因为他也可以这样问你啊。

卡尔弗太太：另一个原因是，你如果是个聪明的女人，就得信任丈夫。

康斯坦丝：约翰从未给我片刻的不安全感。

玛　莎：你好幸运啊。

康斯坦丝：［言不由衷地］或者说，是我聪明吧。

［玛丽·路易丝上。她是个大眼睛的娇小美人儿，穿着很漂亮］

玛丽·路易丝：哎呀，我不知道这儿有个聚会啊。

卡尔弗太太：我和玛莎正要走。

康斯坦丝：玛丽·路易丝，你认识我妈妈吧？

玛丽·路易丝：当然认识啦。

康斯坦丝：她是个好母亲。

卡尔弗太太：我头脑清醒，而且到了这个年纪还很灵敏。

［玛丽·路易丝吻芭芭拉和玛莎］

玛丽·路易丝：你好！

玛　莎：［看着她的衣服］玛丽·路易丝，是新衣服吧？

玛丽·路易丝：是的，我这还是第一次穿。

玛　莎：哦，你是为了和男朋友吃午饭才穿的吧？

玛丽·路易丝：你怎么认为我是和男友一起吃的午饭呢？

玛　莎：康斯坦丝告诉我的。

康斯坦丝： 我只是猜的。［面对玛丽·路易丝］刚才见到你的时候，我注意到你的双眸里闪着幸福的光芒，看起来完全是一副女人被夸作天下最可爱的人时的表情。

玛　莎： 告诉我，他是谁呀，玛丽·路易丝。

康斯坦丝： 别告诉她这些，玛丽·路易丝。保守秘密，给我们谈谈其他事儿吧。

芭芭拉： 你丈夫好吗，亲爱的？

玛丽·路易丝： 哦，他很好。我刚才还和他通电话呢。

芭芭拉： 我还从来没有见过哪个男人像他这样，如此明显地深爱自己的妻子。

玛丽·路易丝： 是的，他对我很好，不是吗？

芭芭拉： 有时不会让你不安吗？你要做到不辜负他的深情厚意，一定颇伤脑筋吧。万一他发现你不是他想象中的那样，对他将是一个沉重的打击。

康斯坦丝： ［可爱地］玛丽·路易丝正是他想象中的好妻子。

玛丽·路易丝： 即使我不是他想象的那样，我想他也需要亲眼见到才会相信……

康斯坦丝： 听，约翰来了。［她走向门口叫道］约翰！约翰！

约　翰： ［在楼下］哎。

康斯坦丝： 你上来吗？玛丽·路易丝在这儿。

约　翰： ［在楼下］是的，我就上来。

康斯坦丝： 他做了一下午手术，我想他一定累坏了。

玛　莎： ［看了一眼玛丽·路易丝］我敢说他午餐只吃了一块三明治吧。

[约翰进来。他瘦高个，大约四十岁]

约　　翰：天哪，在家里我从没见到过这么多人。您好吗，岳母大人？

卡尔弗太太：我还真是个岳母哩。

约　　翰：[吻卡尔弗太太，然后对芭芭拉说]你知道，我之所以娶了康斯坦丝，是因为我岳母不要我。

卡尔弗太太：那时候我太年轻，总不能嫁一个比自己年轻二十岁的小伙子吧。

康斯坦丝：但这并不妨碍您和这个宝贝一直打情骂俏呀。幸亏我不是一个爱吃醋的女人。

约　　翰：你一整天都忙了些什么，亲爱的？

康斯坦丝：一直跟玛丽·路易丝逛街购物。

约　　翰：[和玛丽·路易丝握手]哦，你好！你们在一起吃的午饭吗？

玛　　莎：不是，她是和男友一起吃的。

约　　翰：但愿是我啊。[面向玛丽·路易丝]近来怎么样？我们似乎好多年没见到你啦。

玛丽·路易丝：总见不到你。可是，我和玛丽·路易丝常在一起。

约　　翰：你那位有钱的丈夫呢？

玛丽·路易丝：刚才我还一直和他通电话。真烦人，今晚他得去伯明翰。

康斯坦丝：那你就来和我们一起共进晚餐吧。

玛丽·路易丝：啊，多谢你的美意。但是我太累了，得回去躺会儿,吃个鸡蛋什么的就可以了。

约　翰:我正要告诉你,康斯坦丝。我不在家吃晚饭了,我得做一个急性阑尾炎手术。

康斯坦丝:哎,真讨厌。

玛　莎:约翰,你的职业很好。你想做什么,或者想去哪儿,只需说你有个手术要做,没人能证明你是在撒谎。

康斯坦丝:哎,好妹妹,你别往我纯洁的头脑中灌输猜疑,约翰是从来不会骗我的。[朝着约翰] 会吗?

约　翰:我不可能骗得了你,亲爱的。

康斯坦丝:[略带微笑] 我想,有时确实如此。

玛丽·路易丝:真高兴能看到你和约翰这么一对相亲相爱的夫妻。你们已经结婚十五年了,是吗?

约　翰:是的,我们觉得时间过得太快了。

玛丽·路易丝:啊,我得回去了。已经很晚了。再见,亲爱的!再见,卡尔弗太太!

康斯坦丝:再见,亲爱的。我们下午在一起玩得多开心啊。

玛丽·路易丝:[向约翰伸出手] 再见。

约　翰:哦,我和你一起下去。

玛　莎:我也得走。玛丽·路易丝,我和你一起走。

玛丽·路易丝:[镇定地] 约翰,不知你是否有时间帮我看看膝盖?最近一两天老是酸痛得很厉害。

约　翰:当然可以,来我诊室吧。膝盖骨这东西一旦出毛病,就很麻烦。

玛　莎:[坚持地] 我等你,时间不会太长吧?我们可以合打一辆出租车。

玛丽·路易丝：我自己有车。

玛　莎：太好了！那我可以搭你的顺风车啦。

玛丽·路易丝：当然可以，我很乐意效劳。

[约翰为玛丽·路易丝打开门，跟随她出去。康斯坦丝看着这一小场戏，表面若无其事，但心存戒备]

玛　莎：她膝盖怎么啦？

康斯坦丝：扭了一下。

玛　莎：咋回事儿？

康斯坦丝：她人也滑倒了。

玛　莎：你对这些到约翰诊室看病的女人就从未防备吗？

康斯坦丝：没事儿，假如她们试图对他动手动脚，他还有个护士呢，一叫就到。

玛　莎：[温和地] 护士这会儿在吗？

康斯坦丝：无论如何，我总会想到，在弥漫着消毒液味道的诊室里和人调情的，一定是那种穿着叫人恶心的白色内衣的女人。我才不会去妒忌她们呢。

玛　莎：就在几天前，玛丽·路易丝拿了两件无袖衬衫给我做样子。

康斯坦丝：哦，她给你的是那件有爱尔兰镶丝花边的樱桃红色衣服吗？我觉得好看，就照样子做了一件。

芭芭拉：玛丽·路易丝的确长得漂亮极了。

康斯坦丝：玛丽·路易丝是很可爱。她和约翰彼此相识好长时间了，约翰当然喜欢她，不过，他老说她没头脑。

玛　莎：男人总是口不照心。

康斯坦丝：幸亏如此。否则，我们就永远不知道他们在想什么了。

玛　莎：你不认为约翰有什么事儿瞒着你吗？

康斯坦丝：我想会有的。当然，作为妻子，你只能装作不知道丈夫对你隐瞒的那些鸡毛蒜皮的小事儿。这是婚姻生活中应该遵守的基本准则。

玛　莎：不要忘了，男人总爱骗人。

康斯坦丝：我的好妹妹，你说起话来像个抱定独身主义思想的老处女。哪个女人不是甘愿受骗才被欺骗的呀？你真的认为男人很神秘莫测吗？其实，他们只是些孩子。哎呀，我的好妹妹，四十岁的约翰还没有十四岁的海伦成熟呢。

芭芭拉：你的女儿好吗，康斯坦丝？

康斯坦丝：哦，她很好。她喜欢寄宿学校，你是知道的。男人们，他们就像小男孩，有时他们相当调皮，你必须得假装对他们生气。他们对那些完全无关紧要的事情看得那么重，简直让人可怜。他们真是无用。你照顾过生病的男人吗？那才叫人心疼呢。他们就像一只狗或一匹马，在雨中淋着，却无所适从。一群可怜的小东西。他们很多时候无能，却又有可爱之处。他们和气、善良、愚蠢，却又无聊、自私，你无法不喜欢他们，他们是那么的天真，那么的单纯，他们不会用心机、耍手腕。虽然我觉得他们可爱，可是要对他们太认真就荒谬了。妈妈，您是个聪明的女人，您看呢？

卡尔弗太太：我看你并不爱你的丈夫。

康斯坦丝：您胡说些什么呀！

［约翰上］

约　翰：玛丽·路易丝在等你，玛莎。我刚刚用绷带给她的膝盖稍微包扎了一下。

康斯坦丝：我希望你不是那么笨手笨脚。

玛　莎：［对康斯坦丝］再见，亲爱的。妈妈，您和我一起走吗？

卡尔弗太太：我再待会儿。

玛　莎：再见，芭芭拉。

［玛莎和约翰下］

芭芭拉：康斯坦丝，给你提个建议。你知道，我的生意发展迅速，单靠我一个人经营有点吃力。不知道你是否愿意跟我合作。

康斯坦丝：哎呀，亲爱的，我不是经商的料。

芭芭拉：你鉴赏力强，头脑灵活。你能干各种装饰活儿，我打算专门经营家具买卖业务。

康斯坦丝：可是我没有资金啊。

芭芭拉：所需资金我已经筹齐。我需要的是帮手，没有人比你更合适了。利润我们五五分成，我保证你每年能挣一千到一千五百英镑。

康斯坦丝：这么多年来，我一直闲居无事。要我每天工作八个小时，恐怕有点吃不消。

芭芭拉：你考虑一下吧。你要知道，这种工作很有趣。你生性爱动，整天无所事事的，不觉得无聊吗？

康斯坦丝：恐怕约翰不会赞成。毕竟这会显得好像他无力养活我。

芭芭拉：喂，都现在这个时代了，你肯定不能这么讲了。没人有理由不让女人和男人一样拥有自己的事业。

康斯坦丝：我认为我的事业就是照顾好约翰——替他管好家，招待好他的朋友，让他感到愉快舒适。

芭芭拉：你把所有鸡蛋都放在一个篮子里，难道就对吗？假如你的事业失败了怎么办？

康斯坦丝：怎么会呢？

芭芭拉：当然，我不希望如此。不过，你知道男人是会变的，并且每个男人都不一样。自立是最好的保障。一个女人只有在经济上独立了，才能满怀信心地展望未来。

康斯坦丝：感谢你的好意。可是，只要我和约翰还快乐地生活在一起，我就不能傻乎乎地做出让他烦心的事来。

芭芭拉：当然，我并不急于让你马上做出决定。谁也不知道未来会发生什么。我只想让你知道，假如你改变了想法，我这儿的工作还会等着你。我觉得，我决计找不到比你更能胜任那份工作的人选。你要来，我随时恭候。

康斯坦丝：啊，芭芭拉，你对我太好啦。承蒙好意，感激不尽。如果我说希望永远不需接受你的盛情相邀，你不会说我不识好歹吧。

芭芭拉：当然不会。再见，亲爱的。

康斯坦丝：再见，亲爱的。

［她们吻别，芭芭拉下。康斯坦丝按门铃。］

卡尔弗太太：你很开心吗,亲爱的女儿?

康斯坦丝：哦,很开心呀!您看不出来吗?

卡尔弗太太：我该说能看得出来。单从面容上看,我就该说你没有一丝烦恼。

康斯坦丝：您错了。我的厨师已经通知我她要走了,她做的蛋白甜饼可是我吃过的饼中最好吃的。

卡尔弗太太：我喜欢约翰。

康斯坦丝：我也喜欢。他有成为好丈夫的一切基本优秀品质:脾气好,有幽默感,又不铺张浪费。

卡尔弗太太：女儿,你能认识到好男人的这些基本的优秀品质,真是太聪明了。

康斯坦丝：使男人成为好丈夫不是那七大德行,而是三百个和蔼和温存。

卡尔弗太太：当然,人在生活中需要妥协。一个人有时不得不随遇而安,不能对别人期望过高。如果一个人想拥有自己的快乐,必须让别人拥有他们的快乐。假如你有什么得不到满足,聪明的办法就是决心不要它。最重要的是不要让虚荣心扭曲了你理智的头脑。

康斯坦丝：妈妈,妈妈,您镇静一下。

卡尔弗太太：现在每个人都是那么聪明,他们什么都明白,就是不明白最浅显的道理。我发现,我只是简单地说出了那些最浅显的道理来,就被认为是一位最有创意和有趣的老太太。

康斯坦丝：请不要再说了,亲爱的妈妈。

卡尔弗太太：[深情地]无论何时,你有什么不顺心的事儿都会告诉妈妈的,对吧?

康斯坦丝: 当然会。

卡尔弗太太: 我怕你不快乐,怕你出于愚蠢的傲慢不让妈妈安慰你,不让妈妈给你出主意。

康斯坦丝: [激动地] 不会的,亲爱的妈妈。

卡尔弗太太: 几天前,我碰到了一件相当奇怪的事儿。我的一位年轻朋友来看我并告诉我说,她丈夫一直对她视而不见。我问她,为什么告诉我而不告诉她自己的母亲。她说,她母亲从来就不想让她嫁给他,如果她现在说自己错了,会觉得无地自容。

康斯坦丝: 哦,好了,约翰从来没有对我漠视过,妈妈。

卡尔弗太太: 当然,我把她好好教训了一顿,她从我这儿并没有得到多少同情。

康斯坦丝: [微笑说] 那您不有点儿太冷酷了吗?

卡尔弗太太: 我对婚姻有我自己的看法。如果一个男人对妻子视而不见,那是妻子做得不够好。如果丈夫对她一贯不忠诚,十之八九只能怪她自己。

康斯坦丝: [按门铃] "一贯"是个残酷的词。

卡尔弗太太: 没有一个理智的女人会对丈夫偶尔的不忠大惊小怪的,那都是时间和机缘造成的。

康斯坦丝: 还有,我们可以说是男人的虚荣心造成的吗?

卡尔弗太太: 我告诉我那位年轻的朋友,如果她的丈夫对她不忠诚,那是因为他发现别的女人比她更有吸引力。她为什么对此要火冒三丈呢?她应该让自己比她们更有魅力。

康斯坦丝: 您不是人们所称的女权主义者吧,妈妈,对吧?

卡尔弗太太：归根结底，什么是忠诚？

康斯坦丝：妈妈，我把窗户打开，您介意吗？

卡尔弗太太：那不是开着的嘛。

康斯坦丝：那我关上它好吗？我觉得，像您这个年龄的女人提出这个问题时，我应该做出某种象征性的举动。

卡尔弗太太：别让人笑话。当然，我相信女人应该忠诚。我认为，从来没人对它的必要性提出过质疑。可是，男人就不同了。女人应该记住，她们有自己的家、自己的名誉和地位，有自己的家庭。当她们看到不愿发生的事情时，如果有可能，应该学会视而不见。

［本特利上］

本特利：您按铃叫我了吗，太太？

康斯坦丝：是的。

康斯坦丝：我在等伯纳德·柯塞尔先生，别让人进来。

本特利：是，太太。

康斯坦丝：米德尔顿先生在诊室吗？

本特利：是的，太太。他在诊室。

康斯坦丝：好。

［本特利下］

卡尔弗太太：你这是客气地告诉我最好离开吗？

康斯坦丝：当然不是。相反，我特别想让您留下。

卡尔弗太太：那位神秘的先生是谁？

康斯坦丝：是伯纳德，妈妈。

卡尔弗太太：你等于什么也没说。该不是圣伯纳德①吧，乖女儿？

康斯坦丝：别逗啦，亲爱的！您一定记得伯纳德·柯塞尔吧！他向我求过婚的。

卡尔弗太太：呀，乖女儿，你总不能指望我记住所有向你求过婚的小伙子的名字吧。

康斯坦丝：我没有这么指望过。不过，他向我求婚的次数比其他人都多。

卡尔弗太太：为什么？

康斯坦丝：我想，是因为我拒绝了他吧。我想不出任何其他理由。

卡尔弗太太：我对他一点儿印象也没有啊。

康斯坦丝：我想他没有努力给您留下什么印象。

卡尔弗太太：他长得什么样？

康斯坦丝：个头高高的。

卡尔弗太太：他们的个头都高啊。

康斯坦丝：他的头发和眼睛都是棕色。

卡尔弗太太：他们都是棕色的头发、棕色的眼睛呀。

康斯坦丝：他的舞跳得极好。

卡尔弗太太：他们的舞都跳得很好啊。

康斯坦丝：我差一点都嫁给他啦，您知道。

---

① 又名圣伯纳，产自丹麦的一种犬。这种犬善良、友爱、忠于主人，容易训练，擅长救生。在丹麦，每当暴风雪来临，它们便大显身手，在茫茫雪原中救出过无数遇险者。

卡尔弗太太：那你为什么不嫁给他呢？

康斯坦丝：当时我觉得他有点太窝囊，他甚至情愿我爬到他头上欺负他。

卡尔弗太太：这么说，他是没有幽默感了。

康斯坦丝：我敢肯定他是爱我的，但我从来不敢肯定约翰是不是真的爱我。

卡尔弗太太：那现在你敢肯定了，我的乖女儿，是吗？

康斯坦丝：哦，是啊，约翰是爱我。

卡尔弗太太：那么，那个小伙子来干什么？

康斯坦丝：他不再是个年轻小伙子了。那时他二十九岁，现在该快四十五岁啦。

卡尔弗太太：他还爱着你吗？

康斯坦丝：不会了吧。您想，都过去十五年了，还可能吗？肯定不可能。别那么看着我，妈妈！我不喜欢那样。

卡尔弗太太：别在我面前胡诌八扯，孩子。你当然知道他是不是还爱着你。

康斯坦丝：可是，自从我和约翰结婚以后，就再也没有见过他。你知道，他是个商人，去了日本，在神户做生意。战争期间，他离开日本到这儿度假，但那时我病得厉害，并没有见到他。

卡尔弗太太：呃，那他现在为什么要来这儿？你和他一直有通信联系吗？

康斯坦丝：没有。我怎么能给一个十五年都没有见过的人写信呢？他倒是每年在我生日那天派人送花给我。

卡尔弗太太：他这个人真好。

康斯坦丝：几天前我收到了他的来信。他说他在英国，想来看我。所以，我约他今天来。

卡尔弗太太：我还迷惑呢，你今天怎么打扮得这么漂亮。

康斯坦丝：当然，他可能变化非常大。男人衰老得很快，是不是？现在，他也许秃顶发胖了。

卡尔弗太太：他也可能结婚了呐。

康斯坦丝：哎呀，如果他结婚了，我想他就不会来看我了，是吧？

卡尔弗太太：我明白了，你还幻想着他仍然爱你。

康斯坦丝：唉，我不是这个意思。

卡尔弗太太：那你为什么这么魂不守舍？

康斯坦丝：我不想让他看到我又老又憔悴。这是很自然的事儿。他爱过我，妈妈。我想，在他印象中，我还是过去的样子。如果他一进来，脸就拉下来一码半，那反倒不太好。

卡尔弗太太：我看，我最好还是离开，让你单独来面临这种考验吧。

康斯坦丝：不，妈妈，您一定得留下来陪我，我特别需要您。您知道，他可能很令人讨厌，我可能一辈子都不想再见到他啦。如果你在这儿，那就好多了。也许我根本就不想和他单独待在一起。

卡尔弗太太：哦。

康斯坦丝：［眼里闪着幸福的光芒］不过，也许。

卡尔弗太太：你似乎要把我置于尴尬的境地。

康斯坦丝：听着，妈妈。如果我觉得他惨不忍睹，我们就只谈几分钟有关天气和农作物的话题。然后，我们就意有所指地停顿一下，我用眼盯着他。那就会使得一个男人感觉自己像一个十足的傻瓜，而就在他有这种感觉的那一刻，他就会站起身来离开了。

卡尔弗太太：有时他们都不知道是怎样离开的，可怜的宝贝，而大地又不会裂一条缝让他们钻进去。

康斯坦丝：相反，如果我觉得他相当潇洒，就会掏出手绢，然后漫不经心地把它放在钢琴上。

卡尔弗太太：这是干吗？

康斯坦丝：妈妈，这就表示您老人家可以站起来说，您得走了。

卡尔弗太太：好，我知道了。可是，你为什么要漫不经心地把它放在钢琴上呢？

康斯坦丝：因为我是个易冲动的人。我一冲动，就好把我的手绢放在钢琴上。

卡尔弗太太：哦，很好。但我从来就不相信冲动。

［本特利上，通报伯纳德·柯塞尔到。柯塞尔是一个个头高挑、长相漂亮的男人，他的皮肤被太阳晒得黝黑，看起来很健康，完全看不出来已有四十五岁］

本特利：柯塞尔先生来了。

康斯坦丝：你好！你还记得我的母亲吗？

伯纳德：［和她握手］我敢肯定她记不起来我了。

［康斯坦丝从手提包里拿出一块小手绢］

卡尔弗太太：这是个怒气顿消的委婉回答。

康斯坦丝：泡茶有点晚了，不是吗？喝点酒好吗？

[她边说边去按铃，并把手绢放在钢琴上]

伯纳德：不用了，谢谢！我刚喝过一杯。

康斯坦丝：你是为来见我壮胆的吧？

伯纳德：我有点紧张。

康斯坦丝：我的变化有你想象的那么大吗？

伯纳德：哦，我不是为这个紧张。

卡尔弗太太：你真有十五年没见过康斯坦丝吗？

伯纳德：是啊，我上次回国没有见到她。从军队复员后，我又去了日本打理我的生意。在此之前，我没有机会回来。

[康斯坦丝一直不断地用眼神向母亲示意，但她并没有注意到。康斯坦丝从她的手提包里拿出第二块手绢，趁机把它整齐地放在第一块手绢的旁边]

卡尔弗太太：你在国内要待多久啊？

伯纳德：一年。

卡尔弗太太：你的太太和你一起来的吗？

伯纳德：我还没结婚呢。

卡尔弗太太：哦，康斯坦丝说你娶了个日本小姐做老婆。

康斯坦丝：哪里话，妈妈！我从未说过那样的话。

卡尔弗太太：哦，或许我扯到茱莉娅·林顿身上了。她嫁给了一位埃及巴夏[①]。我相信她会很快乐，那个巴夏无论如何也还

[①] 旧时对土耳其和埃及大官的称呼。

不会杀掉她。

伯纳德：你的丈夫好吗？

康斯坦丝：他很好，他大概该回来了。

伯纳德：你不是有个小妹妹吗？她出去了吗？

卡尔弗太太：他是指玛莎。她刚才来这儿了，又回家了。

康斯坦丝：你知道，她比我小不了多少，现在都三十二了。

[卡尔弗太太没有理睬那两块手绢。康斯坦丝沉不住气了，从手提包中拿出第三块手绢，放在了那两块手绢的旁边]

卡尔弗太太：你喜欢东方吗，柯塞尔先生？

伯纳德：我在那儿过得挺不错的，您知道。

[卡尔弗太太一下子看到了那三块手绢，站起身来]

卡尔弗太太：什么时间了？

康斯坦丝：不早了，妈妈。晚上有宴会吗？您在换衣服出去赴晚宴前，最好先躺一会儿。

卡尔弗太太：希望能再见到你，柯塞尔先生。

伯纳德：太感谢了。

[康斯坦丝陪着她走到门口]

卡尔弗太太：再见，亲爱的。[悄声地] 我忘了你丢手帕是让我走，还是让我留。

康斯坦丝：您只要用眼一瞧，就能看得出他是个好人。分别十五年了，我自然要和他推心置腹地谈一谈。

卡尔弗太太：你一块接一块地往钢琴上放手绢，真把我搞糊涂了。

康斯坦丝：好走啊，妈妈。[大声地] 再见，亲爱的。很遗憾,您这么快就要匆匆离开。

卡尔弗太太:再见。

[卡尔弗太太下。康斯坦丝回到房间里]

康斯坦丝:我们说话时悄悄耳语,你不见怪吧?我妈妈喜欢打听别人的秘密。

伯纳德:见什么怪啊。

康斯坦丝:好,坐下吧,随便点儿。让我看看你,你没有多大变化。你瘦了点儿,或许添了几条皱纹。男人都很幸运,假如他们再有些性格,越老就越显得潇洒。你知道,我现在都三十六岁了。

伯纳德:那有什么啊。

康斯坦丝:我告诉你件事儿,好吗?你在信中告诉我,要来看我,一想到又要见到你啦,我非常高兴,就立刻回信,和你约定见面日期。接着,我就有点儿惊慌失措,都不知道是怎样把那封信给寄出去的。今天一整天我都提心吊胆的。你刚才进来的时候,没有看到我膝盖在发抖吗?

伯纳德:我的上帝,为什么呀?

康斯坦丝:啊,亲爱的,我看你有点儿笨。如果我不知道自己年轻时特别漂亮,我就是个十足的傻瓜。当一个人到了不得不承认自己容颜老去的时候,该是多么伤心啊。人们不会告诉你说,你已风姿不在,人们都不愿意承认岁月无情的残酷事实。而我宁愿知道最令人难堪的事实真相,这是我约你来的理由之一。

伯纳德:不管我怎么想,你都不会认为我会故意对你粗野无礼的。

康斯坦丝:当然不会。不过,我注意了你的表情,从你脸上看到的恐怕是这样的：天啊，她怎么衰老得这么厉害呀！

伯纳德：这是你从我的表情看出来的吗？

康斯坦丝：你刚进来的时候特别腼腆，你并没有经常想念我。

伯纳德：说实在的，十五年前你是个漂亮的姑娘，现在你是个妩媚可爱的少妇。你比以前美十倍。

康斯坦丝：你能这么说，真是太好了。

伯纳德：你不相信吗？

康斯坦丝：我想你说的是肺腑之言，我也感到心满意足了。现在，请告诉我，你为什么还不结婚呢？你知道你该结婚了，否则就太晚了。如果你不结婚，你的晚年将会很孤独。

伯纳德：除了你，我谁都不想娶。

康斯坦丝：哦，得啦，你不会告诉我，自从爱上我之后就再也没有爱上过其他人吧？

伯纳德：不，我恋爱过好几次，但每到最后关头，我发现我最爱的人还是你。

康斯坦丝：你这么说我爱听。要是你说你从来没有爱上过其他人，我不会相信，而且我会恼恨你把我当成傻子，以为我会信你的话。

伯纳德：你要知道，我爱别的人，就是因为她身上有你的特点。我爱一个女孩，是因为她的头发长得像你的头发；我爱另外一个女孩，是因为她的笑容让我想起你微笑的样子。

康斯坦丝：没想到我给你带来这么多不快。

伯纳德：可是，你并没有让我不愉快。这些年我过得很好；我喜欢自己的工作，挣了一些钱；而且生活也充满乐趣。我不怪你嫁给了约翰而没有嫁给我。

康斯坦丝：你记得约翰吗？

伯纳德：当然记得了。他这个人很好，我敢说他做丈夫做得肯定比我好。我的事业起起伏伏，有时我容易急躁。约翰能够给予你你想要的一切，你和他在一起生活要安稳得多。顺便问一下，我想我还可以叫你康斯坦丝吧？

康斯坦丝：当然。为什么不可以呢？你知道吗，我觉得你本质很好，伯纳德。

伯纳德：你和约翰在一起很幸福吧？

康斯坦丝：是的，很幸福，但这并不是说他从来没有让我不愉快过。记得有过那么一次，不过我控制住了自己的情绪，知道自己一定不能做傻事。我很高兴自己这样做了。我可以诚实地说，我们的婚姻是幸福美满的。

伯纳德：听了你的话我很高兴。恕我冒昧问一句，约翰爱你吗？

康斯坦丝：我相信他是爱我的。

伯纳德：那么，你爱他吗？

康斯坦丝：非常爱他。

伯纳德：我可以简短地跟你说两句吗？

康斯坦丝：只要你允许我在适当时候插嘴就可以。

伯纳德：我希望我待在国内的这一年时间里，我们可以多见见面。

康斯坦丝：我是要和你多见面的。

伯纳德：有几句心里话我想告诉你，以后就无需再提了。我还像十五年前向你求婚时一样疯狂地爱着你。我想,我将会终生爱着你。我太老了,耍不了新花样,但我想让你知道,你丝毫无需担心我会变成一个讨厌鬼去纠缠你。我认为在你和约翰之间插足是一件极不道德的事情。虽然我们人人都追求幸福,但我相信,追求幸福的最佳方式绝不是以破坏别人的幸福来换取自己的幸福。

康斯坦丝:这番话确实够简短的。宴会上人们所谓"说几句"要比这长得多啊。

伯纳德:我想得到的是你的友情。要是我回报给你的是我的爱情,我想那是我自己的事儿,和别人无关。

康斯坦丝:不关别人的事儿,我想我能成为你很好的朋友,伯纳德。

[门开,约翰上]

约　翰:哦,抱歉,我不知道你们在谈话。

康斯坦丝:没事儿,进来吧。这位是伯纳德·柯塞尔。

约　翰:你好吗?

伯纳德:恐怕你记不起来我了吧?

约　翰:要是你直截了当地问我,我想我最好还是承认好了。

康斯坦丝:别傻了,约翰!他过去常去我母亲家。

约　翰:你是说在我们结婚之前吧?

康斯坦丝:是的,他还和我们一起度过了几个周末呢。

约　翰:亲爱的,那是十五年前的事儿了。很抱歉,一时没能想起你。不过,我还是很高兴现在能见到你。

康斯坦丝: 他刚从日本回来。

约　翰: 哦,好。希望我们还会再见面。我打算在晚饭前去俱乐部打几圈桥牌,亲爱的。[对伯纳德]你在这儿和康斯坦丝一起吃晚饭,好吗?我还有个急性阑尾炎手术要做,康斯坦丝一个人怪孤单的,可怜的宝贝啊。

伯纳德: 嗯,太感谢你了。

康斯坦丝: 不客气,表示友谊嘛。你有空吗?

伯纳德: 是该表示永远的友谊。

康斯坦丝: 好极了,我八点十五分恭候你。

幕落

第二幕

布　景: 同前。

时　间: 两周后。

幕　启: [玛莎身穿家常外出的衣服,头上戴顶帽子,正在看画报。本特利上]

本特利: 小姐,柯塞尔先生来了。

玛　莎: 哦,请他上楼来吧。

本特利: 是的,小姐。[本特利下。一会儿又上,通报伯纳德先生到,然后下]

玛　莎：康斯坦丝在更衣，一会儿就好。

伯纳德：哦，好吧，不急。

玛　莎：你要带她去拉尼拉①娱乐园，是吗？

伯纳德：我们有这打算。今天，我认识的几个朋友正在那儿打马球呢。

玛　莎：你在伦敦过得好吗？

伯纳德：好极了。当一个男人像我这样在东方待久了，回到家容易感到陌生。可是，康斯坦丝和约翰对我实在太好了。

玛　莎：你喜欢约翰吗？

伯纳德：喜欢，他人很不错。

玛　莎：你知道吗，我倒是清楚地记得你的。

伯纳德：咦，不会吧。过去我常去你母亲家的时候，你还是个孩子。

玛　莎：那时我十六岁。你以为我会对康斯坦丝的男朋友无动于衷吗？

伯纳德：她有那么多男朋友，我想你关注不过来吧。

玛　莎：可是你是真心的追求者之一。我一直觉得你很浪漫。

伯纳德：那时我的确很浪漫。我想浪漫这个词是适合年轻人的。

玛　莎：我认为它也适合不太年轻的人。

伯纳德：你不要以为我现在还浪漫。我收入可观，人也发福

---

① 拉尼拉，位于爱尔兰首都都柏林的南郊，是著名的娱乐园。

了,可丝绸的价格①把我男子汉情怀中的爱情及青春美梦打破了。

玛　莎:你这简直是无稽之谈。

伯纳德:你要是这么说的话,我也只好反驳说,你也有点太无礼了吧。

玛　莎:当时你疯狂地爱着康斯坦丝,不是吗?

伯纳德:你知道,那是很久以前的事儿,我想不起来了。

玛　莎:当时我还劝她嫁给你,别嫁给约翰。

伯纳德:为什么啊?

玛　莎:喏,其中一个理由就是你住在日本。要是我,我就会嫁给一个能把我带到日本去的男人。

伯纳德:我还住在那儿啊。

玛　莎:哎呀,我并不是说我要嫁给你。

伯纳德:我忍不住会怀疑这一点嘛。

玛　莎:我真弄不懂她到底看中了约翰什么。

伯纳德:我想她是爱约翰的。

玛　莎:我不知道她是不是后悔嫁给了约翰而没有嫁给你。

伯纳德:哎,别这么说。她对约翰十分满意,唯约翰不嫁。

玛　莎:真气人,不是吗?

伯纳德:我不这么想。夫妻之间彼此两情相悦,一定能使生活过得更加舒适幸福。

玛　莎:你还爱着她,是吗?

伯纳德:一点儿也不爱。

---

① 伯纳德从事丝绸生意。丝绸的价格意指现实生活。

玛　莎：说句良心话，你有点厚颜无耻。哎呀，你这头蠢驴，你的一举一动都表明你是爱她的呀。你知道她在这个房间时你看她的表情吗？你知道你的眼睛直勾勾地盯她的脸时，眼神是什么样的吗？每当你叫她的名字时，听起来就像在亲吻它。

伯纳德：玛莎，你十六岁时就是个令人讨厌的孩子；而现在你三十二岁了，我觉得你是个可怕的女人。

玛　莎：我并没有什么可怕的。我只是喜欢康斯坦丝，而且有些喜欢你。

伯纳德：难道你认为要显示你的喜欢，非得管别人的事儿不可吗？

玛　莎：就因为我说了任何人只要看见你和康斯坦丝在一起五分钟，就看得出你在热恋她，你生气了吗？

伯纳德：亲爱的，我要在这儿待一年，我希望快乐，我不想给任何人增添苦恼或带来麻烦。我珍惜我和康斯坦丝之间的友谊，我讨厌有碍这种友谊的任何想法。

玛　莎：你难道不曾想过，她要的或许不只是你的友谊吗？

伯纳德：从未想过。

玛　莎：你没必要这么粗暴地和我讲话。

伯纳德：康斯坦丝和她的丈夫在一起很幸福。如果我打算插足别人的家庭，并试图破坏一个幸福美满的家庭，您一定认为我是个该死的畜生。

玛　莎：可是，你这个可怜的呆子，你不知道约翰对康斯坦丝不忠已经有好几年，而且他们已经声名狼藉了吗？

伯纳德：我不相信。

玛　莎：你随便问一个人去。我母亲知道这事儿，芭芭拉·福西特也知道。除了康斯坦丝，每个人都知道这事儿。

伯纳德：这肯定不是真的。两三天前，我在宴会上碰见德拉姆太太①，她还跟我说，约翰和康斯坦丝是她见过的最恩爱的夫妻。

玛　莎：是玛丽·路易丝这么对你说的吗？

伯纳德：是的，她是这么说的。

[玛莎大笑，她简直按捺不住]

玛　莎：太放肆了，玛丽·路易丝。哎呀，我可怜的伯纳德，玛丽·路易丝就是约翰的情妇啊。

伯纳德：玛丽·路易丝可是康斯坦丝最好的朋友啊。

玛　莎：是的。

伯纳德：如果你说的全是假话，我发誓会拧断你的脖子。

玛　莎：可以。

伯纳德：我说混话了，很抱歉。

玛　莎：噢，不怪你。我喜欢狂风骤雨般有正义感的男人。我看你正是康斯坦丝需要的那种男人。

伯纳德：你这话到底是什么意思？

玛　莎：再不能这样下去了。康斯坦丝总被人嘲笑，她的处境糟糕透了。我想应该把这事儿告诉她，既然别人都不愿意说，我原想就由我说好了。但我妈妈坚决不让我这么做，我只好答应对这事只字不提。

---

① 德拉姆太太，是指玛丽·路易丝，因为她的丈夫叫莫蒂默·德拉姆，故称德拉姆太太。

伯纳德：你不会幻想着让我去告诉她吧？

玛　莎：不，我认为你去告诉她并不合适。但事情总不能老这么下去啊。她注定会察觉到的。我想让你做的是……唉，等着瞧吧。

伯纳德：可是，玛丽·路易丝是有丈夫的啊。她的丈夫怎么样呢？

玛　莎：他人生的唯一目标就是挣钱，成为百万富翁。他是那种蠢货，认为只要他爱一个女人，这个女人也会爱他。玛丽·路易丝是能够把他玩弄于股掌之中的。

伯纳德：康斯坦丝就从未怀疑过吗？

玛　莎：从来没有。你只要看看她那样子就知道，她的自信有时简直让人气得发疯。

伯纳德：我在想，是不是她没有发现他们的丑事会更好。她是那么快乐，完全无忧无虑。你只要看看她那舒展的眉头和那双坦然、可信的双眼，就会知道。

玛　莎：我原以为你是爱她的。

伯纳德：正因为我爱她，所以我首先希望她能够幸福。

玛　莎：你都四十五岁了，对吗？我一下子把你的年龄给忘了。

伯纳德：亲爱的玛莎，你说话真有一套。

[传来了康斯坦丝在楼梯上的叫声：本特利，本特利]

玛　莎：哦，康斯坦丝来了。不知道妈妈去哪儿了。我想我得去那个褐色的房间写封信。

[伯纳德没有在意她说的话，她出去的时候，他也没有移动

身子。过了一会儿,康斯坦丝上]

康斯坦丝:让你久等了吧?

伯纳德:没关系。

康斯坦丝:喂!出什么事儿啦?

伯纳德:我吗?没事儿。怎么啦?

康斯坦丝:你的神色看起来非常奇怪,你的眼睛为什么突然呆滞了?

伯纳德:我不觉得啊。

康斯坦丝:你不会有什么事儿瞒着我吧?

伯纳德:当然不会。

康斯坦丝:日本方面传来了不好的消息吗?

伯纳德:没有。正相反,我的丝绸生意很兴隆。

康斯坦丝:那么,你打算告诉我你要和一个乡村姑娘订婚吗?

伯纳德:不,没有的事儿。]

康斯坦丝:我最讨厌别人对我保守秘密。

伯纳德:我对你没有隐瞒。

康斯坦丝:你以为我看不出你现在的表情吗?

伯纳德:不胜荣幸,我从来都不敢奢望你会多看一眼我这张丑陋的脸。

康斯坦丝:[突然怀疑]你来的时候玛莎不是在这儿吗?她没走吧?

伯纳德:她一直在等她母亲。她到那个房间写信去了。

康斯坦丝:你碰到她了吗?

伯纳德：［尽量很自然地］碰到了，我们聊了会儿天气。

康斯坦丝：［当即明白了咋回事儿］哦，我们该出发了吧？

伯纳德：时间足够了，到那儿太早也没意思。

康斯坦丝：那我把帽子摘了。

伯纳德：这儿很温馨，不是吗？我喜欢你的房间。

康斯坦丝：你认为我的房间不错吗？我自己布置的。芭芭拉·福西特想让我帮她做室内装饰生意。你知道，她一直在做这种生意，而且挣了好多钱。

伯纳德：［微笑着，来掩盖提问时内心的焦虑］你在家过得快乐吗？

康斯坦丝：［轻松快乐地］我认为不出去工作并不意味着待在家里不快乐。一直参加各种聚会很容易使人生厌。不过，事实上，我拒绝了芭芭拉的好意。

伯纳德：［连续问］你过得很快活，对吗？

康斯坦丝：很快活。

伯纳德：最近两周，你也使我很快乐。我感觉似乎从未离开过家乡。你对我真是太好了。

康斯坦丝：我很高兴你能这样想。我觉得没有为你做太多事儿。

伯纳德：不，你做了。你让我见到了你。

康斯坦丝：你知道，我也老让马路拐角处的警察看见我。

伯纳德：你一定不要以为，我总是有意只和你随便闲谈，就不再全身心地爱你了。

康斯坦丝：［冷静地］你刚回来时，我们就讲好了，你的感情完全是你自己的事情。

伯纳德：你介意我爱你吗？

康斯坦丝：难道我们所有人不都应该彼此相爱吗？

伯纳德：别取笑我了。

康斯坦丝：亲爱的，我不禁感到荣幸和十分感动，真是太美妙了，竟然有人对我关心得……

伯纳德：［插嘴］那么深切？

康斯坦丝：在这么多年以后。

伯纳德：如果十五年前有人问我是否十分爱你，我可能会说，我说不清。可现在我敢说我比当时更爱你十倍。

康斯坦丝：［继续自己说话］可现在我一点儿都不想你向我求爱啊。

伯纳德：我知道，我不打算向你求爱，我对你太了解了。

康斯坦丝：［觉得有趣，稍微愣了一下］我不太清楚，刚才那五分钟你算是在做什么。

伯纳德：我仅仅是在陈述一些明显的事实。

康斯坦丝：呃，对不起。我还以为你有别的意思呢。假如我说我很好奇，想看看你怎样求爱，恐怕你会误解我的意思吧。

伯纳德：［和蔼地］我觉得你是在取笑我。

康斯坦丝：我希望教会你怎么自己笑话自己。

伯纳德：前两周，我表现得相当不错，是吗？

康斯坦丝：是的，我一直自言自语地说：他真是一本正经啊。

伯纳德：唉，刚才我有点情不自禁了。

康斯坦丝：我要是你的话，就不会这么做。

伯纳德：是的，可你不是我。我想告诉你，我只说这一次：我诚心拜倒在你的脚下！在这个世界上，我的心中只有你一个人！

康斯坦丝：哦，胡说。还有六个，连我共七个。①

伯纳德：那七个都是你。我全心全意地爱你！在我认识的所有女人中，我最爱慕你，我也敬重你。每逢紧要关头，我都笨得要命。我不知道该怎么倾诉内心想说的一切才不像一头笨驴。我爱你。我想让你知道，要是你碰到麻烦并允许我帮助你的话，我将会把它看作最大的幸福。

康斯坦丝：你真是太好了！我不明白，为什么我会碰到麻烦呢。

伯纳德：任何时候，在任何情况下，你都可以绝对信赖我，我可以为你做任何事情。如果你需要我的话，只需招呼一下就可以了。为了你，我献出生命也会感到骄傲和幸福的。

康斯坦丝：你说得太好了。

伯纳德：难道你不相信吗？

康斯坦丝：[迷人地微笑着] 我相信。

伯纳德：我希望，哦，即使这话意义不大，可也多少会有点意义。

康斯坦丝：[几乎震惊] 很有意义。谢谢你！

伯纳德：好了，我们别再谈这个了。

---

① 康斯坦丝的意思是指伯纳德爱的不只是她一个人，还爱着别人。此语源自华兹华斯的《我们是七个》。

康斯坦丝：〔恢复了一贯的冷静〕可是，刚才你何必跟我说这些话呢？

伯纳德：我只是想把心中的话说出来。

康斯坦丝：哦，是吗？

伯纳德：你不生我的气吧？

康斯坦丝：哦，伯纳德，我不是那种傻瓜。很遗憾，玛莎是不准备嫁人的。

伯纳德：你别认为我想和玛莎结婚。

康斯坦丝：我没这个意思。我只是在想，对她来说，要是有个丈夫，她就有愉快、有用的事儿做了。你知道，她是个很好的女孩子。当然，她除了爱撒谎，其他方面都不错。

伯纳德：哦？

康斯坦丝：是啊，她是个撒谎高手，即使一般的女人也……我们该出发了吗？马球比赛结束了可不好。

伯纳德：好吧，我们出发吧！

康斯坦丝：我再把帽子戴上。顺便问一下，你让出租车一直在门口等着吗？

伯纳德：没有，我有车。我想要自己开车带你去。

康斯坦丝：敞篷车还是轿车？

伯纳德：敞篷车。

康斯坦丝：哦，亲爱的，那我得换顶帽子！戴着这么宽边的帽子乘敞篷车可是件麻烦事儿。

伯纳德：哦，对不起。

康斯坦丝：真的没关系。我几分钟就换好了。人能舒服的话，为什么不舒服一点儿呢？

［她下。一会儿后本特利领着玛丽·路易丝上］

玛丽·路易丝：哎，你好！［对本特利］请马上告诉米德尔顿①先生，就说我来了。

本特利：好的，太太。

［本特利下场］

玛丽·路易丝：［相当慌张地］我来这儿特别想找一下约翰，有几个病人正在等着他看病。我让本特利去问一下，看他能否来这里。

伯纳德：我马上就要离开。

玛丽·路易丝：很抱歉，但事情相当紧急。约翰不喜欢别人这么打扰他。

伯纳德：我到隔壁房间去等。

玛丽·路易丝：你在等康斯坦丝吗？

伯纳德：是的。我要带她去拉尼拉玩儿，她正在换帽子。

玛丽·路易丝：我知道了，本特利告诉我说她上楼了。再会，我只在这儿待几分钟。

［伯纳德走进隔壁房间。此时，约翰上］啊，约翰，很抱歉！你在看病，我却把你叫来了。

约　翰：他们的病不急，能等我一会儿的。

［伯纳德关上房门，约翰顿时换了口气。他们说话的声音很低，而且很快］出了什么事儿？

---

① 即约翰·米德尔顿。

玛丽·路易丝：莫蒂默①。

约　翰：莫蒂默怎么啦？

玛丽·路易丝：我猜他起疑心了。

约　翰：为什么？

玛丽·路易丝：昨天晚上他很奇怪，来我房间向我道晚安。他坐在我的床上和我闲聊了好一阵儿，然后问我整个晚上都干什么了……

约　翰：大概你没有告诉她吧。

玛丽·路易丝：没有，我说在这儿吃饭了。他突然站起来，只道了晚安转身就离开了。他的声音是那么特别，我禁不住多看了他一眼。他满脸通红，像一只雄火鸡一样。

约　翰：就这些吗？

玛丽·路易丝：今天他去市里之前没有跟我道早安。

约　翰：他可能走得有点儿匆忙。

玛丽·路易丝：他从来没有因为时间仓促不来向我道早安的。

约　翰：我看你有点儿大惊小怪了。

玛丽·路易丝：别傻了，约翰。你没看我紧张得像热锅上的蚂蚁一样吗。

约　翰：我能看得出，但我劝你，没什么好紧张的。

玛丽·路易丝：男人都是傻乎乎的，从来不懂得小事情会导致大问题——都吓死我了。

约　翰：你知道，怀疑和证据之间的距离差得远呐。

---

① 即莫蒂默·德拉姆，玛丽·路易丝的丈夫。

玛丽·路易丝：是啊，我认为他不可能有什么证据。但他可能会做出很不愉快的事情来，比如说他去告诉康斯坦丝呢？

约　翰：她绝不会相信他的。

玛丽·路易丝：万一出现最糟糕的情况，我能够对付得了莫蒂默，他很爱我。这是女人对付男人的有利法宝。

约　翰：当然，你能够随意地掌控莫蒂默。

玛丽·路易丝：如果康斯坦丝知道了，我会羞愧死的。毕竟她是我最好的朋友，而且我对她是真心的。

约　翰：康斯坦丝是个好人。当然，我根本不相信会出什么事儿。万一出了事儿，我会向她好好坦白的。

玛丽·路易丝：别啊！

约　翰：我料她会大闹一番——任何女人都一样——她会想尽办法帮助我们摆脱困境。

玛丽·路易丝：你太了解女人了。我敢说，她会帮你摆脱困境，却会用双脚把我踩在脚下。这只是人的本性使然。

约　翰：康斯坦丝不会。

玛丽·路易丝：说实在的，幸亏我很信任你，约翰。否则，你把康斯坦丝说得那么好，我会吃醋的。

约　翰：谢天谢地，你笑了！不紧张了吧？

玛丽·路易丝：说出来就舒服了。现在，看起来事情并没那么糟。

约　翰：我给你打包票，你不用怕什么。

玛丽·路易丝：也许那只是出于内疚。不过，我们总是那么冒险，真是太愚蠢了。

约　翰：谁让你长得那么漂亮呢？

玛丽·路易丝：你不应该下楼去看看你那些可怜的病人吗？

约　翰：我想我是该去了。你去看看康斯坦丝好吗？

玛丽·路易丝：也好。要是我不向她问声好就走，倒显得有点奇怪了。

约　翰：［准备走］那我走了。你不用担心。

玛丽·路易丝：我不担心，只是有点负罪感罢了。我也要走了，去洗个发。

［约翰正要走，玛莎上；伯纳德紧随其后］

玛　莎：［过分亲热］没想到你在这儿，玛丽·路易丝。

玛丽·路易丝：没什么要紧的事儿。

玛　莎：我在写几封信，顺便等等母亲。伯纳德刚刚告诉我说你来了。

玛丽·路易丝：我有些事儿找约翰。

玛　莎：希望你不会有什么病吧，亲爱的。

玛丽·路易丝：没有。最近莫蒂默看起来十分疲惫，我想让约翰劝他休休假。

玛　莎：哦，依我看来，这种问题该去找内科医生，不该找外科医生吧。

玛丽·路易丝：你知道他特别相信约翰。

玛　莎：他是对的，约翰是很可靠的。

约　翰：有什么我可以为您效劳的吗，玛莎？如果您想让我帮您切除盲肠或者扁桃腺，我非常乐意。

玛　莎：我亲爱的约翰，您已经只给我留下必要的器官了，我想我没什么可切除的了。

约　翰：我亲爱的，一个女人只要单腿能立地，就不需要对外科医生的关心和兴趣失去希望。

［康斯坦丝和卡尔弗太太上］

玛丽·路易丝：［吻康斯坦丝］亲爱的。

康斯坦丝：你的膝盖怎么样，还有毛病吗？

玛丽·路易丝：它总是有些毛病，你知道。

康斯坦丝：哦，当然，我想你算是很有耐心的了。站在你的立场上，我会跟约翰大发雷霆的。当然，如果我有什么病，我绝不会想到向他咨询的。

卡尔弗太太：对不起，玛莎让你久等了。你等得有点儿不耐烦了吧？

玛　莎：没有，我在这儿待得很愉快。

卡尔弗太太：好女儿，你是让别人愉快了，还是只是你自己愉快？

康斯坦丝：我在楼梯上碰到了妈妈，我换帽子时，她和我一起上来了。伯纳德要带我去拉尼拉玩儿。

约　翰：哦，好极了！

伯纳德：我们怕去太晚了。

康斯坦丝：晚点儿有关系吗？

伯纳德：没关系。

［本特利托着放有名片的小托盘上。他把名片递给康斯坦丝。她看过名片后，有点儿犹豫］

康斯坦丝：多奇怪啊！

约　翰：什么事儿啊,康斯坦丝?

康斯坦丝：没事儿。[她寻思了一下,问]他在楼下吗?

本特利：是的,太太。

康斯坦丝：不知道他为什么送张名片来。请他上楼吧!

本特利：好的,太太。

[本特利下]

约　翰：是谁啊,康斯坦丝?

康斯坦丝：来,坐下!玛丽·路易丝!

玛丽·路易丝：我得走了!你们也该走了!

康斯坦丝：时间足够。你看这顶帽子怎么样?

玛丽·路易丝：哦,我觉得它很好看。

康斯坦丝：你在这儿干什么,约翰?今天没病人吗?

约　翰：有,还有两三个病人。我这就下去。其实,我是想上来抽根烟。[他把手伸到后裤兜里摸]该死,我把烟盒丢哪儿啦?康斯坦丝,你见到我的烟盒了吗?

康斯坦丝：没看见。

约　翰：我到处找,找了一早上,就是想不起来丢哪儿啦。我得打电话到护士室,问问是否忘那儿啦。

康斯坦丝：我希望不会丢。

约　翰：哦,不会,肯定不会丢。我只是随手把它放在什么地方了。

[门开,本特利上,宣布客人来了]

本特利：莫蒂默·德拉姆先生到。

玛丽·路易丝：[吓得灵魂出窍]啊!

康斯坦丝：[很快抓住她的手腕] 坐下别动，你这个傻瓜！

[莫蒂默·德拉姆上场。他体型略胖，身材魁梧，大约四十多岁。长着一张红红的脸庞，脾气暴躁。此时，他情绪激动。本特利下]

喂，莫蒂默，这个时候你来这儿干什么？你送张名片过来到底是什么意思？

[他停下来，环视四周]

玛丽·路易丝：你怎么啦，莫蒂默？

莫蒂默：[面对康斯坦丝，强压怒火] 我想，你可能会知道你的丈夫是我妻子的情人。

玛丽·路易丝：莫蒂默！

康斯坦丝：[一只手紧握玛丽·路易丝，十分镇静地面对着莫蒂默] 哦？你怎么会那么想呢？

莫蒂默：[从口袋里掏出一个金色的香烟盒子] 你认识这个吗？我昨晚在我妻子的枕头下面发现的。

康斯坦丝：哦，这我就放心了。我还一直在寻思我把它丢在哪儿啦？[把烟盒从他手里拿走] 太感谢你啦。

莫蒂默：[恼怒地] 它又不是你的。

康斯坦丝：确实是我的。我在玛丽·路易丝的床上坐过，一定是我无意中把它给滑到枕头下面的。

莫蒂默：上面刻着约翰的缩写名字。

康斯坦丝：我知道。这是一个病人为了感谢他送给他的，我觉得这个烟盒很精致，就拿来自己用了。

莫蒂默：你把我当傻瓜了吧，康斯坦丝？

康斯坦丝：我亲爱的莫蒂默，如果这不是我的，我怎么会说是我的呢？

莫蒂默：昨天他们在一起吃的晚饭啊。

康斯坦丝：我可怜的莫蒂默，这我知道。昨天你去市里参加晚宴还是什么了，玛丽·路易丝就给我打电话，问我她是不是能来和我们吃顿便饭。

莫蒂默：你是说她在这儿吃的晚饭吗？

康斯坦丝：她是不是这么告诉你的？

莫蒂默：是的。

康斯坦丝：这很容易证明。你要是不相信我的话，可以按一下铃请管家过来，你可以亲自问他……约翰，按一下铃。

莫蒂默：［尴尬地］别，别这样！既然你这么说了，我当然相信。

康斯坦丝：太感谢你了。感谢你没有让我丢脸，让管家来证明我的话。

莫蒂默：假如玛丽·路易丝是在这儿吃的饭，你怎么会坐在她的床上呢？

康斯坦丝：饭后，约翰要去做手术！玛丽·路易丝想让我看看她从巴黎买来的衣服，我们就溜达着去你家了。昨夜天气很好，你记得吗？

莫蒂默：妈的，我有更重要的事情去做，哪有时间去欣赏夜景啊！

康斯坦丝：我们把每件衣服都试着穿了一下，后来觉得累了，玛丽·路易丝就躺在床上，我坐在床边闲聊。

莫蒂默：你累了，为什么不回家上床休息啊？

康斯坦丝：约翰答应说过来接我的。

莫蒂默：那么他去了吗？什么时间去的？

约　翰：我没去成。做手术花费的时间比预计的要长。有些手术是你一动刀，就不知道什么时候能做完。那个手术就是其中一例。你懂这些吗，莫蒂默？

莫蒂默：不，我不懂。我怎么会懂这些鬼东西呢？

康斯坦丝：你们都离题太远了。你这么诬陷约翰和玛丽·路易丝，我很生气。然而，在我没听完你的话之前，我头脑十分冷静。现在，请你拿出证据来！

莫蒂默：我的证据？你什么意思？烟盒嘛。当我发现这个烟盒的时候，很自然的，二二得四，我就把这个烟盒与他们俩的通奸对号入座了。

康斯坦丝：［怒目而视］我懂，可是你为什么搞出来二二得五了呢？

莫蒂默：［强调，以显示确信不疑］我不会搞错的。

康斯坦丝：这世上，即使最有钱的人也有搞错的时候。我记得皮尔庞特·摩根①先生去世时，人们发现他留下的七百万美元证券遗产竟一文不值。

莫蒂默：［局促不安地］你不知道当时对我的打击有多大，康斯坦丝。我曾是最信任玛丽·路易丝的。这种打击几乎要让我崩溃了。我一直郁闷恍惚，简直要发疯了。

---

① 皮尔庞特·摩根（1937-1912），美国近代金融史上最著名的金融巨头，被称为"华尔街之子"。

康斯坦丝：而你的意思是，因为你在玛丽·路易丝的屋里发现了我的烟盒，就来这儿大吵大闹吗？我简直无法相信，你阅历丰富——一个商人，并且聪明绝顶——肯定会有什么证据支持！你一定有难言之隐吧！别怕我伤心，既然你已经说了那么多，就一定得全部说出来。我要知道真相，事情的全部真相。

［稍顿。莫蒂默看看正在哭泣的玛丽·路易丝，狠狈地对康斯坦丝说］

莫蒂默：恐怕我把自己弄得像一个该死的笨蛋了。

康斯坦丝：恐怕是的。

莫蒂默：真是对不起，康斯坦丝！请你原谅！

康斯坦丝：唉，我倒无所谓。可你使我颜面丧尽，在约翰和我之间播下了不信任的种子，那是永远无法……

［她正在找一个合适的词语来表达］

卡尔弗太太：［补充］生根发芽的。

康斯坦丝：［权当没听见］无法根除的。但是，我没事儿，你必须乞求玛丽·路易丝的原谅。

莫蒂默：［低声下气地］玛丽·路易丝。

玛丽·路易丝：别碰我！别靠近我！

莫蒂默：［对康斯坦丝，痛苦地］你知道，嫉妒是怎么回事儿。

康斯坦丝：我怎么会知道。我认为它是最丑恶、最可鄙的东西。

莫蒂默：［对玛丽·路易丝］玛丽·路易丝，对不起！你肯原谅我吗？

玛丽·路易丝：你在我的朋友面前侮辱了我。你知道我是多么真心真意地爱着康斯坦丝。你可以说我跟任何其他人有瓜葛，但绝不能说我和约翰。

康斯坦丝：不能说她和她最亲密朋友的丈夫有关系。如果你想说的话，可以说和送牛奶的、清理垃圾的，但绝不能说她最亲密朋友的丈夫。

莫蒂默：我是个十足的畜生，不知道自己怎么啦！我实在不知道自己为什么会做出这种蠢事来。

玛丽·路易丝：这些年我一直爱着你，没人像我这么爱你。啊，你太狠心了！太狠心了！

莫蒂默：走吧，宝贝！我有好多想说的话，在这儿没法说。

玛丽·路易丝：不走！不走！不走！

康斯坦丝：〔把手放在他的肩膀上，轻声地〕我想你最好让她在这儿待会儿，莫蒂默。你走后，我会和她谈谈。她心里一定会很烦恼。她是个敏感的小宝贝。

莫蒂默：我们八点十五分要到温库弗家吃饭。

康斯坦丝：八点半，我保证把她送回家换衣服。

莫蒂默：她会再给我一次机会吗？

康斯坦丝：会的，会的。

莫蒂默：我愿意为她做任何事情。

〔康斯坦丝把她的手指放在嘴唇上，然后，若有所指地指指她带的珍珠项链。刚开始莫蒂默并没有领会，但他很快就明白了，欣喜地点了点头〕

你真是这个世界上最聪明的女人。〔要走出去的时候，他停了下来，向约翰伸出了手］和我握个手好吗，老朋友？我错了，我有足够的男子汉勇气去承认错误。

约　翰：［很真诚地］没什么，老朋友。我完全同意你的观点，这个烟盒确实容易让人猜忌。要是我早料到康斯坦丝会把那么贵重的东西到处乱扔的话，死也不会让她把烟盒勒索走的。

莫蒂默：你不知道这事儿在我心里是多么的沉重。我来的时候感觉像是一个百岁老人，可现在像个两岁的娃娃。

［莫蒂默下。门一关上，每个人的态度都有所改变。紧张的气氛消失了，人人都松了口气］

约　翰：康斯坦丝，你真是太好了！对此我将永记不忘，至死不忘。天哪，你是那么沉着冷静。刚才我浑身热一阵冷一阵，你却连眼睛都不眨一眨。

康斯坦丝：这是你的烟盒，拿走吧！你最好给它套个环，挂在你的钥匙链上。

约　翰：不，不，你留着用吧。我这把年纪了，不能再冒这些险了。

康斯坦丝：顺便问一下，昨晚有人看见你走进莫蒂默的家了吗？

约　翰：没有，我们是用玛丽·路易丝的钥匙开门进去的。

康斯坦丝：那就好。即使莫蒂默向他的仆人问起这件事儿，他们也说不出什么来。我不得不碰碰运气了。

玛丽·路易丝：［有点羞愧和懊悔］哦，康斯坦丝，你一定对我有什么看法了？

康斯坦丝：我吗？我对你的看法还和以前完全一样。我觉得你是个可爱的女人，玛丽·路易丝。

玛丽·路易丝：你完全有理由生我的气。

康斯坦丝：或许吧，但是我对你气不起来。

玛丽·路易丝：哦，那不是真的。我对不起你，你让我觉得自己笨得像头猪。而你本来有机会报复我，却没那么做。我简直有点无地自容了。

康斯坦丝：［顽皮的］是因为你和约翰私通了，还是因为你们的事情败露了。

玛丽·路易丝：唉，康斯坦丝，别再挖苦我了。你骂我，用脚踢我，怎么都行，可别再笑话我了，我已经无地自容了。

康斯坦丝：那你想让我和你大吵一架吗？我知道这事儿，我也同情你。［很镇静地］而事实上，莫蒂默告诉我的，我以前都知道。

玛丽·路易丝：［吃惊地］你的意思是说，你一直知道这事儿吗？

康斯坦丝：一直知道，亲爱的。六个月来，我一直竭力阻止我的亲朋好友告诉我你们之间不可告人的秘密。有时我很尴尬。母亲对人生的深刻理解、玛莎无论如何要追究事情真相的劲头和芭芭拉无声的同情，常常几乎把我折磨得半死。但直到今天，在事情还没发生之前，一切都还含糊得过去。并且，我能够对直视我的——相当残酷的——必须直面的事实视而不见。

玛丽·路易丝：可是，为什么，为什么呢？这不合常理啊，你为什么保持沉默啊？

康斯坦丝：亲爱的，这是我的事儿。

玛丽·路易丝：［认为她懂了］哦，我明白了。

康斯坦丝：［很尖刻地］不，你不懂。我一直绝对忠于约翰，我并不是为了自己的名声才对你们的私通睁一只眼闭一只眼的。

玛丽·路易丝：［开始有点发窘］我还以为你一直在暗暗讥讽我呢。

康斯坦丝：［和颜悦色地］啊，我亲爱的，你不必仅仅因为我不能让你得意地认为欺骗了我这么多个月而生气，我不愿让你觉得我在蓄意使刁。

玛丽·路易丝：我头晕得厉害。

康斯坦丝：这么漂亮的脑袋也晕了。你为什么不去躺一躺呢？你要去温库弗吃饭的话，得让人看到你最佳的状态。

玛丽·路易丝：我想知道莫蒂默去哪儿啦？

康斯坦丝：你还记得几天前你在卡提亚首饰店指给我看的那串珍珠项链吗？你说莫蒂默嫌它贵，喏，他现在去那家商店给你买项链去了。

玛丽·路易丝：［激动地］啊，康斯坦丝，你说他真的去买了？

康斯坦丝：我认为所有男人天生都懂得，当他们伤害了一个女人的心灵——我们的心灵又容易受到伤害——唯一补救的方法就是送给她一件精巧贵重的珠宝首饰。

玛丽·路易丝：你认为他会买回家，让我今晚就能戴上吗？

康斯坦丝：啊，我亲爱的，可别傻到轻易就接受它。记住，莫蒂默曾经恶毒地侮辱了你，他对你的指责是一个男人对妻子所能做出的最令人震惊的指责，他践踏了你的爱情！现在，他已经失去了你的信任。

玛丽·路易丝：哦，你说得对，康斯坦丝。

康斯坦丝：当然，我无需告诉你该怎么做。你别理他，但别给他为自己辩护的余地。你号啕大哭，就会让他觉得自己就像个畜生，但不要哭肿了你的眼睛。你该一边说要离开他，一边抽抽搭搭呜咽着往门口走。但是要注意，要在开门前让他拦住你。你要不停地唠叨，翻来覆去地重复同一句话——这会把男人折腾死。如果他要回答你，你就当没听见，而只是一直唠叨着反复说。最后，当他濒临绝望、头痛欲裂、大汗淋漓、疲惫不堪、痛苦难当、心力交瘁、摇摇欲坠时，你才同意施予他原本不配得到的恩惠，显示出你的宽容大度和温顺贤淑。不，你不是同意，而是屈尊接受那个可怜虫刚刚花了一万英镑才买到的珍珠项链。

玛丽·路易丝：[特别高兴] 是一万二千英镑，亲爱的。

康斯坦丝：而且，不要谢他。你一谢什么都完了。让他感谢你，承蒙你的恩惠，允许他向你赠送一件微不足道的礼物。你的车在这儿吗？

玛丽·路易丝：没有。刚才我来时精神状态不好，乘的出租车。

康斯坦丝：约翰，你送玛丽·路易丝下去，给她拦辆出租车。

约　翰：好。

玛丽·路易丝：不，不用约翰送我。我不能让他送，毕竟我还是知道难为情的。

康斯坦丝：哦，是吗？那么，让伯纳德送你下去吧！

伯纳德：我很乐意效劳。

康斯坦丝：［对伯纳德］不过你还得回来，好吗？

伯纳德：当然啦。

玛丽·路易丝：［吻康斯坦丝］这次对我来说是个教训，亲爱的。我不是个蠢货，康斯坦丝，我能够从中学到许多东西。

康斯坦丝：我希望你至少学得行事谨慎些。

［玛丽·路易丝下。伯纳德·柯塞尔紧随下场］

约　翰：你怎么猜着玛丽·路易丝会说是在这儿吃晚饭的？

康斯坦丝：她是那么狡猾，可以用现成的谎话时，她是不会编出新的谎言的。

约　翰：假如莫蒂默非要问本特利这话是不是真的，不就坏事儿了吗？

康斯坦丝：我料到了他不敢。只有真正体面的人，才会毫不犹豫地做不体面的事儿。莫蒂默是个边缘小人物，这让他行事就会谨慎一些了。

玛　莎：［意味深长地］难道你没有想到你的病人会等得不耐烦了吗，约翰？

约　翰：我喜欢让他们等等。等的时间越长，他们就越紧张。当我劝他们动手术、要他们支付二百五十镑的手术费时，他们就不会讨价还价了。

玛　莎：［啜嘴］我真想不到，你这么喜欢听我决意要告诉康斯坦丝的话。

约　翰：那是因为我敏锐地猜出你会说一些对我不利的话，我宁愿玩忽职守，也要亲耳听听。

康斯坦丝：在最近三个月里，她奇迹般地压抑着自己。约翰，我看她现在有权放纵一下了。

　　约　　翰：如果她患有抑郁症，她可找错了门，她应该找精神病分析专家看看。

　　玛　　莎：我只有一件事儿要说，约翰，我十分情愿让你听到这件事。[对康斯坦丝] 我不知道你有什么理由去庇护那个讨厌的女人。我只能猜测你是想避免更多不必要的流言蜚语……

　　卡尔弗太太：[插话] 我亲爱的，在你说下去之前，你得让我说句话。[对康斯坦丝] 我的好孩子，我求你不要匆忙做出决定，我们必须三思而后行啊。首先，你一定得听听约翰是怎样为自己辩护的。

　　玛　　莎：他还有什么好说的？

　　康斯坦丝：[讥讽地] 的确，他还有什么好说的呢？

　　约　　翰：无论怎样，都是我的不对。我已经目睹了太多的婚姻生活。

　　康斯坦丝：[笑着插话] 咱们公正点儿说，你目睹的是别人的婚姻生活，而不是你自己的。

　　约　　翰：[继续说] 想一下，只有天使长加百利①才能够说出好话来。

　　康斯坦丝：然而，我无法想象天使长加百利会陷入这样的困境。

---

① Archangel Gabriel，又称天使长或总天使，是常见于宗教传统中的天使。他是"神的信使"，会给你带来宇宙的喜悦、平安、希望和快乐的消息。他将宇宙的智慧传达给你，帮助你做决定，给你智慧，给你指引。

约　翰：我同意你说的，我准备接受一切后果。

康斯坦丝：［面对观众］没人能说得比这更漂亮了。

约　翰：我等着你和我大闹一番，康斯坦丝。这是你的权利，也是你的特权，我愿意忍受这一切。你可以拽住我的头发在房间拖来拖去，朝我的脸上踢，用脚踹我，我会一声不吭，我已经身败名裂，我完蛋了。

康斯坦丝：我可怜的约翰，我有什么可大吵大闹的呢？

约　翰：我知道我对你太不好了。我有一个可爱、忠诚、一心支持我的事业的好妻子，一个贤淑出色的好当家，一个比我好十倍的女人，我不配有这么好的妻子。但凡有一点良心，我也不会这样对待你。我没有一句可为自己辩护的话。

玛　莎：［打断他的话］你在她所有的朋友面前让她颜面丧尽。

约　翰：我的行为既不体面，也不光明正大。

玛　莎：你的行为是不可饶恕的。

约　翰：我无话可说。

玛　莎：即使你不爱她，你也该尊重她啊！

约　翰：我像鳄鱼般无情，像伤寒杆菌似的肆无忌惮。

康斯坦丝：你们两个你一句我一句的！当然，我就没什么可说的了。

玛　莎：是没什么可说的。你做得很对。在这种情况下，大吵大闹会有损女人的尊严。约翰原以为你会像泼妇一样自贬身价粗野谩骂，这正说明他对女人不太了解。［对约翰］我想你应该通情达理，不要阻挡康斯坦丝获得自由。

卡尔弗太太：啊，康斯坦丝，你打算和他离婚吗？

玛　　莎：妈妈，您太软弱了！她怎么能和一个她无法尊重的人生活在一起呢？跟这么一个让她无法信任、只能鄙视的人在一起，叫她怎么活啊！另外，你得考虑考虑他们的孩子。康斯坦丝怎么会让她的女儿受品质这么坏的人影响呢？

康斯坦丝：说句公道话，约翰一直是个好父亲。

卡尔弗太太：不要太过分了，我的好女儿。我能够理解你此刻难过的心情，可如果让痛苦的心情搅乱了判断，那是很可悲的。

康斯坦丝：我一点儿也不难过，我希望看起来和平常一样心情舒畅。

卡尔弗太太：你骗不了妈妈，我亲爱的女儿。我知道你满腔愤恨。在这种不幸的情况下，那也是很自然的。

康斯坦丝：就内心而论，我找不到丝毫怨恨。除了怪约翰太笨，他怎么就让人给发现了呢？

约　　翰：请允许我为自己辩护一句，康斯坦丝。我也算谨慎行事的了，尽量避免让人发现，天使做的也好不到哪儿去。

康斯坦丝：即使天使也不可能有抽纵切香烟的坏习惯吧。

约　　翰：一旦你抽上一支纵切香烟，你就再也不想抽埃及烟了。

卡尔弗太太：别再冷嘲热讽的了，乖女儿！这种方式根本治愈不了你受伤的心灵。到妈妈的怀抱里来吧，我亲爱的乖女儿！让我们一起抱头痛哭一场吧，这样你就会好些。

康斯坦丝：妈妈，您真好。不过，说真的，即使要了我的命，我也挤不出一滴眼泪来。

卡尔弗太太：总之，别太过分了。当然，约翰是应该受到责备。我承认，他太胡闹，太不像话。但男人很软弱，而女人又是那么不依不饶。我相信，他一定会为给你造成的种种伤害而愧疚。

玛　莎：令我疑惑的是，为什么你发现了约翰在外面和别的女人胡闹却不立即采取行动。

康斯坦丝：实话告诉你吧，我认为这与我无关。

玛　莎：［愤怒地］你不是他的妻子吗？

康斯坦丝：约翰和我非常幸运，我们的婚姻美满。

玛　莎：你怎么还这么说啊？

康斯坦丝：在结婚的头五年，我们彼此相亲相爱。这比大多数夫妻的时间长多了。我们的蜜月期持续了五年；接下来，对我们而言，特别幸运的是几乎同时，我们彼此不再深爱对方了。

约　翰：我不同意你的观点，康斯坦丝。我对你深切的关怀从来没有停止过。

康斯坦丝：亲爱的，我从未说过你不关心我。对此，我深信不疑。我也从未停止过对你的关心。我们兴趣相同，喜欢待在一起。我为你的成功而欢喜，你为我生病而焦虑。我们为同样的笑话一起笑，为同样的忧患一起愁。这世上恐怕没有任何一对夫妻比我们之间的情感更真挚了。但说实话，在后来的十年里，你还爱我吗？

约　翰：你不能指望一个已经结婚十五年的男人还……

康斯坦丝：我亲爱的，我不需要你的解释，只要你直接回答我。

约　翰：毕竟我和你在一起比和任何人在一起都更快乐。我喜欢你胜过喜欢其他任何人。你是我所见过的最美丽的女人。当你活到一百岁时，我也会这么说。

康斯坦丝：但当你听到我上楼梯的脚步声，你会心跳吗？当我走进你的房间，你会马上冲动地把我搂在你的怀里吗？我可没有见过。

约　翰：我不想让自己显得那么傻。

康斯坦丝：那么，我认为你已经回答了我的问题。你不再像我爱你一样爱我了。

约　翰：以前你从来没有说过这样的话啊。

康斯坦丝：我认为大多数已婚夫妻彼此之间说得太多了。有些事情，双方彼此都很清楚，但最聪明的做法是最好装作不知道。

约　翰：你最初是怎样发现的？

康斯坦丝：我来告诉你吧。有天晚上我们在跳舞的时候，我突然注意到我们的舞步不像以前那么协调了，那是因为我走神了。当时我在想，如果把我的头发做得和旁边跳舞的那个女人一样，会很适合我。然后，我就看了看你，我从你的眼神里看到，你在想那个女人的腿有多么美。我突然意识到，你不再爱我了。那一刻，我也觉得如释重负，因为我也不再爱你了。

约　翰：我得澄清一下，我可从来一刻也没有那么想过。

康斯坦丝：我知道。男人会认为，他不再爱恋一个女人是件很自然的事儿；他从来不会想到，一个女人也会不合常理地放弃对一个男人的爱。不要沮丧，亲爱的！这是你这种性别的可爱的局限性。

玛　莎：你是想让妈妈和我明白，自从那时起，约翰一直接二连三地在外边和别的女人勾搭，而你并不是完全不知情吧。

康斯坦丝：因为这是我们第一次发现他有外遇，那就假定他迄今为止没走歪路，还没有干过这事儿吧。你不生我的气吧，约翰？

约　翰：不，亲爱的，我咋会生气呀？不过，我感到有点意外，我觉得你一直把我当成一个十足的傻瓜。我从未想到你对我的感情发生了那么大的变化。你别指望我会喜欢你的变化。

康斯坦丝：哦，好吧，你也该通情达理些。你肯定不希望我这么多年爱你爱得心力交瘁，而你除了友谊和关心给不了我任何回报。你想想，有一个你并不爱的人爱着你，那是多大的累赘吧。

约　翰：我从没把你当成累赘啊，康斯坦丝。

康斯坦丝：〔向他飞吻〕你没有意识到我们得感谢幸运之神吗？我们得到了上帝的恩宠。我将永远不会忘记，在我爱你的那五年里，你给予了我无比的幸福。我将永远感激你，这不是因为你爱过我，而是因为你的爱激励了我。我们的爱情从来没有退化到厌倦的地步。由于我们同时不再爱恋对方了，所以我们从来也不必忍受吵架、指责、揭丑和一方终止了爱情，另一方却仍旧保持火热的情感所带来的种种痛苦。我们的爱情就像填字谜游戏，双方同时想出了最后一个字。那是我们后来的生活仍然还算幸福的原因，也是我们的婚姻美满的根源。

玛　莎：你的意思是说，发现了约翰和玛丽·路易丝勾搭时，你根本就不在乎吗？

康斯坦丝：人性极不完美。恐怕我得承认，最初我很气恼，但那只是刚开始时的事。后来我细细思量，觉得约翰把我没用的东西给了别人，我不该跟他斗气。否则，我就像个占着茅坑不拉屎的人。而且我很喜欢约翰，他随心所欲地快乐生活，我心甘情愿……要是他沉迷于偷鸡摸狗——我用词不当吗，约翰？

约　翰：我还真不确定我是否真的沉迷其中。

康斯坦丝：既然他要偷鸡摸狗，那他勾搭的对象最好是我的密友，这样我可以像个母亲一样盯着他点儿。

约　翰：真是这样啊，康斯坦丝。

康斯坦丝：玛丽·路易丝很漂亮，这样无损我的自尊心；她那么有钱，可以肯定的是，约翰没理由因在她身上挥霍而给我的生活造成不便。她还没有聪明到能支配约翰的地步，只要我掌控着他的心，我心甘情愿她从他身上得到感官享受。要是你想欺骗我，约翰，我宁愿受玛丽·路易丝的骗，也不愿受别人的骗。

约　翰：我觉得你并没有真的完全受骗，亲爱的。你的眼光那么犀利，你看着我的时候，我觉得自己好像一丝不挂。

卡尔弗太太：我不赞同你的态度，康斯坦丝。在我年轻的那个时代，要是一个年轻妻子发现丈夫欺骗了她，会痛哭流涕，回娘家住上三个星期。直到他悔改讨饶，她才会回到丈夫身边。

玛　莎：那我们是否可以理解为你不打算和约翰离婚了？

康斯坦丝：我真不明白，就因为一个男人不忠，一个女人就要放弃她舒适的家和她收入的一大部分，放弃一个男人为她做吃力和讨厌之事的所有好处。她这是自作自受。

玛　莎：我不知道该怎么说。我真不明白，一个有点儿志气的女人怎么能坐视丈夫把她整成一个地地道道的可怜虫。

康斯坦丝：你太蠢了，我可怜的约翰。在日常生活中，愚蠢比邪恶更令人厌恶。你可以改造那些邪恶之人，可你究竟该怎么对付那些笨蛋？

约　翰：我就是个笨蛋，康斯坦丝。我很清楚这一点，可我能吸取教训。所以，我不会是无可救药的笨蛋。

康斯坦丝：你是说，以后你会更谨慎地掩盖你留下的蛛丝马迹吗？

卡尔弗太太：哦，不是，康斯坦丝！他是说这对他是个教训，今后你将不会有什么好指责他的。

康斯坦丝：长期的生活让我明白，男人只有在上了年纪，感到胡闹是负担而非快事时才会放弃胡闹。我很高兴约翰还处在黄金时期。约翰，我想你还会再胡闹十五年，对吧？

约　翰：康斯坦丝，我真不知道你什么意思。你说的话有时让人很难堪。

康斯坦丝：我觉得无论如何我们可以相信，玛丽·路易丝之后会有不止一个后继者。

约　翰：康斯坦丝，我以人格向你担保……

康斯坦丝：［打断他］那是你能给我的唯一没用的礼物。你知道，只要我能假装不知道你的所作所为，我们就都皆大欢喜。你自得其乐，我作为一个受害的妻子博得了众多同情。可是，现在我真切地感受到我的艰难。你把我置于既不光彩又不高雅的境地。

约　翰：我非常抱歉，康斯坦丝。

玛　莎：你会离开他吗？

康斯坦丝：不，我不会离开他。约翰，你还记得芭芭拉让我和她合伙做生意的事吗？当时我拒绝了。不过，现在我改变了主意，准备接受她的邀请。

约　翰：可这是为什么？我不明白你的意思。

康斯坦丝：我不准备再完全依靠你了，约翰。

约　翰：可是，我亲爱的，我挣的钱都由你支配。能为你提供一切是我的快乐。老天作证，你的花销又不大。

康斯坦丝：我知道。好吧，约翰，我一直很通情达理吧？现在我下决心要做点儿事，请你不要阻拦我。

[稍停片刻]

约　翰：我不明白。可既然你这么说了，我也无话可说。当然，你一定要按照自己的意愿去做。

康斯坦丝：那才对嘛。去看你的病人吧！要不我会拖住你，也会拖住我自己。

约　翰：你能吻我一下吗？

康斯坦丝：有什么不可以的呢？

约　翰：[吻她] 我们讲和了吧？

康斯坦丝：讲和，和好。

[约翰下]

他态度还行，是吧？

卡尔弗太太：你打的什么主意，康斯坦丝？

康斯坦丝：我吗，妈妈？[逗弄她] 您说呢？

卡尔弗太太：我不喜欢你这种神情。

康斯坦丝：那很遗憾。大部分人觉得我不错嘛。

卡尔弗太太：你心里准有什么鬼主意,可我一辈子都猜不出来。

玛　莎：我不明白,你和芭芭拉一起干能有什么出息。

康斯坦丝：我相信一年我能挣一千到一千五百英镑。

玛　莎：我不是说钱的多少,你知道我的意思。

康斯坦丝：我不愿再做什么现代妻子了。

玛　莎：现代妻子?你指的是什么?

康斯坦丝：我是指不劳动的妓女。

卡尔弗太太：我亲爱的,要是你父亲听你这么说,会怎么想?

康斯坦丝：亲爱的,我们有必要去猜测一位已经去世二十五年的绅士的话吗?他擅长巧辩吗?

卡尔弗太太：他是不擅长巧辩。他很善良,可他太笨。所以上帝喜欢他,他早早就归西了。①

[伯纳德·柯塞尔开门向里观望]

伯纳德：我可以进来吗?

康斯坦丝：哦,你来了。我还想着你怎么了呢。

伯纳德：玛丽·路易丝看见门口有我的车,就叫我开车送她。我不好拒绝。

康斯坦丝：所以你送她回家了?

---

① 上帝喜欢的人死得早,这是出自基督教《圣经》的思想。

伯纳德：没有。她说她心情不好，非要去洗头发。我就开车送她去了一个叫邦德街的地方。

康斯坦丝：她对你说什么了？

伯纳德：她说，她不知道我会把她看作什么人。

康斯坦丝：大部分女人都会对一个意见无关紧要的男人说这样的话。那你是怎么回答的？

伯纳德：哦，我说，我不喜欢对与我无关的事发表意见。

康斯坦丝：亲爱的伯纳德，我最喜欢你的一点就是你的性格总是完美无瑕。就算天塌下来，你还是会保持完美的英国绅士风范。

伯纳德：我想，当时只能那么说才最得体。

康斯坦丝：好吧，妈妈！我不再耽搁您了。我知道您和玛莎有许多事情要做。

卡尔弗太太：多亏你提醒了我。走吧，玛莎！再见，宝贝！再见，柯塞尔先生！

伯纳德：再见。

康斯坦丝：[对玛莎]再见，好妹妹。谢谢你对我的同情。在我最困难的时候，你给予了我很大帮助。

玛　莎：我不懂这一切！说我懂这一切也没用！

康斯坦丝：愿上帝保佑你。

[卡尔弗太太和玛莎下。伯纳德在她们走后把门关上]

我们现在走会晚吗？

伯纳德：现在已经这么晚了，再晚些也没关系。我有要紧的话跟你说。

康斯坦丝：［逗弄他］是对我要紧的话，还是对你要紧的话？

伯纳德：面对那个可怕的场面，我说不出来有多么痛苦。

康斯坦丝：哦，你不觉得中间也有轻松的时候吗？

伯纳德：直到今天下午我才得知了真相，而我根本想不到你也知道了。我无法说清我觉得你有多勇敢，你能面带微笑忍受这样的折磨。假如我以前爱慕你，那我现在的程度超过以前十倍了。

康斯坦丝：你可真让人喜欢，伯纳德。

伯纳德：想到你所经历的一切，我的心简直都要流血了。

康斯坦丝：把别人的不幸过分放到心上也不是什么好事。

伯纳德：不到一个小时前我对你说，只要你需要，我愿意为你做一切事情。我根本没有想到，这个时刻这么快就到来了。现在我也没理由不向你倾诉使我备受煎熬的爱情啦。啊，康斯坦丝，到我身边来吧！你知道，如果你和约翰之间的关系是我原先想的那样，那我也不会说什么了。可如今他没权利对你有所要求了，他并不爱你，那你为什么还要跟一个让你忍受这一切屈辱的人生活在一起、浪费时光呢？你很清楚，我爱恋了你那么久，对你那么一往情深，你可以把自己托付给我的。我会倾注一生来帮你忘却你遭受的痛苦。康斯坦丝，嫁给我，好吗？

康斯坦丝：我亲爱的，约翰的行为是很不检点，可他毕竟还是我的丈夫啊！

伯纳德：他只不过是你名义上的丈夫。你已经全力为他掩盖了丑闻，现在要是要求离婚，他一定会同意的。

康斯坦丝：你真的认为他非常对不起我吗？

伯纳德：［惊讶地］你心中不会对他与玛丽·路易丝的关系还有任何怀疑吧？

康斯坦丝：这倒没有。

伯纳德：那你到底什么意思？

康斯坦丝：我亲爱的伯纳德，你可曾考虑过，对于富裕人家来说，婚姻意味着什么吗？在劳动阶层，一个女人为丈夫做饭、洗衣、缝补袜子，还要照看孩子，给他们做衣服，她创造的价值早已超出她个人的花销。可我们这个阶层的妻子是怎样的呢？她的房子由仆人管理，她的孩子由保姆照看——前提是她肯生孩子的话——孩子一旦到了入学年龄，她就把他们打发到学校去。咱们得面对这个事实：她不过是一个男人的情妇，只是她有权利可以坚持举行合法的仪式，以免他对她失去兴趣时抛弃她。

伯纳德：她还是他的伴侣和配偶。

康斯坦丝：我亲爱的，任何有理性的男人都情愿在俱乐部打桥牌，而不愿意跟妻子打牌；他总是宁可跟男人，也不想跟女人打高尔夫球；出钱雇的秘书远比一个忠诚的配偶更好。说到底，现代妻子只不过是个寄生虫。

伯纳德：我不赞同你所说的。

康斯坦丝：你要知道，我可怜的朋友，你是在恋爱，判断力混乱。

伯纳德：我不懂你的意思。

康斯坦丝：约翰供我吃、住，给我钱买衣服、去玩乐，给我一辆车来用，还给我提供一定的社会地位。他有义务这么做，因为十五年前他狂热地爱上了我，他承担了这一切。不过，你要是问他，他当然会承认,天下没有比所谓爱情那种特殊形式的疯狂情感更为短暂的了。他不是非常慷慨大度,就是非常冒失,我现在利用他的慷慨或他缺乏远见的缺点靠他过日子,岂不是太卑鄙了吗?

伯纳德: 这怎么讲?

康斯坦丝: 他付出了高昂的代价,换来了他出价低了得不到的东西。他现在不想要那个东西了,我有什么理由恼恨他呢?和所有其他人一样,我也清楚,情欲是短暂的,转瞬即逝,没人明白其中缘由。唯一确定无疑的是,它一去不复返。既然约翰供养着我,我有什么权利抱怨他对我的不忠?他买了个玩具,要是他不想玩了,那他为什么还非得玩呢?他已经出钱买过了嘛。

伯纳德: 要是一个男人只想着自己,也就算了。可那个女人怎么办?

康斯坦丝: 我觉得你不必过于同情她。我像一百个女孩中的九十九个一样,结婚时把婚姻看作生活中唯一现成、荣耀、有利的职业。一般女人结婚十五年后发现丈夫不忠时,受伤的不是她的心,而是她的面子。如果她有头脑,她只会把这看作原本乐趣横生的事必然会带来的麻烦而已。

伯纳德: 那么,说来说去你是不爱我了。

康斯坦丝: 你觉得我的这些道理都是空话吗?

伯纳德: 要是你也像我狂热地爱你一样爱着我,这些道理就不会对你有什么影响。你还爱着约翰吗?

康斯坦丝: 我很喜欢他,他给我带来欢笑,我们相处得很好,可我并不爱他。

伯纳德: 对你来说,那就够了吗?有时候你不觉得你的未来有点儿凄凉吗？你不需要爱情吗？

［稍顿。她意味深长地打量了他好一会儿］

康斯坦丝：［迷人地］如果我以前需要爱情，就该去找你了，伯纳德。

伯纳德：康斯坦丝，你这是什么意思？你以前真的爱我吗？啊，我亲爱的，我现在就拜倒在你脚下。

［他一把抱住她，热烈地吻她］

康斯坦丝：［挣脱出来］哦，我亲爱的，别那么突然。如果全靠约翰养活却对他不忠，我会一点儿也看不起自己的。

伯纳德：可是，要是你爱我呢？

康斯坦丝：我从没说过我爱你。即使我爱你，只要约翰还在供养我，我就不会出轨。这都归咎于我们两人的经济状况。他为我的忠诚付了钱，要是我收下了他付出的费用而不交给他商品，那我就连妓女都不如了。

伯纳德：你是说我根本没有希望吗？

康斯坦丝：眼下，摆在你面前的唯一希望是，马球比赛结束之前你到拉尼拉。

伯纳德：你还要去吗？

康斯坦丝：是的。

伯纳德：好极了。［充满感情地］我爱你。

康斯坦丝：你下楼去发动汽车，加加油什么的，我随后就来。我要打个电话。

伯纳德：好。

［伯纳德下。康斯坦丝拿起电话］

康斯坦丝：请接梅菲尔区的2646……芭芭拉吗？我是康斯坦丝。半个月前我跟你说的那份工作——现在你还要我做吗？嗯，我想接受……不，不，没有发生什么事。约翰很好。他一直很好，你知道的。只不过我想自己挣钱养活自己。我什么时候可以开始工作？越早越好！

幕落

第三幕

布　景：同前。

时　间：一年后的一个下午。

幕　启：康斯坦丝坐在写字台旁写信。管家本特利引芭芭拉·福西特和玛莎上。

本特利：福西特太太和卡尔弗小姐来了。

[本特利下]

康斯坦丝：哎，请坐！我就要写完信了。

芭芭拉：我们在门口碰见的。

玛　莎：我想过来看看，你动身之前有什么我能帮忙的。

康斯坦丝：谢谢你，玛莎。我看实在没有什么事了。我打好行李做好准备了，至少这一次我相信不会忘记带上我想要的物品。

芭芭拉：我想，我一定得赶来送你。

康斯坦丝：哎，亲爱的，我一走，你可千万别疏忽了工作。

芭芭拉：哦，我来这儿一半也是为了工作。有人刚来要我们装饰一所新房子，他们想要一间意大利式房间。

康斯坦丝：我可不喜欢你那炯炯有神的目光，芭芭拉。

芭芭拉：哦，我忽然想起你去意大利时可以逛逛商店，看到什么好东西就买些回来。

康斯坦丝：你休想。我拼命工作了一年，昨晚六点才放下工具。我脱掉满是污垢的工作服，擦干了我未涂眉膏的眉毛上的汗水，擦净了满是老茧的手。你说了我可以去度六个星期的假嘛。

芭芭拉：我承认这完全是你应得的。

康斯坦丝：我关上了身后的商店门，就不再是一位英国工人，又恢复一位优雅的英国女士的地位了。

玛　莎：我从没见过你精神这么饱满的。

康斯坦丝：该做的做好了，该完成的完成了。不过，接下来六个星期我的生活就是这个样子：我一点儿也不会再想着浴室或糊墙纸、厨房洗涤槽、碗碟洗涤处的板、窗帘、垫子和冰箱这些东西了。

芭芭拉：我也不会叫你想这些东西了，只是想让你买些彩色的意大利家具，买几块镜子。

康斯坦丝：没门儿。我工作一向很尽力，也乐在其中，现在我要尽情享受假期。

芭芭拉：那好吧，你自己安排吧。

玛　莎：亲爱的康斯坦丝，我想你应该知道一件事。

康斯坦丝：我原以为你到现在该明白：应该知道的事情我大概都知道了。

玛　莎：你绝对猜不到，我今天早上在邦德街见到了谁。

康斯坦丝：哦，我猜得到。是玛丽·路易丝。

玛　莎：噢！

康斯坦丝：对不起，让你失望了，好妹妹。一个小时前她打电话给我。

玛　莎：可我以为她一个月以后才会回来。她本来要外出一年的。

康斯坦丝：她昨天晚上回来的，我这会儿正盼着她来呢。

玛　莎：来这儿？

康斯坦丝：是的。她说她简直想飞过来，在我动身之前见到我。

玛　莎：我真不知道她来干什么。

康斯坦丝：也许是来打个招呼。我觉得她真好！你想，她出门在外那么长时间，刚回来该有多忙，还跑来看我。

芭芭拉：她把那边都玩遍了吧？

康斯坦丝：是的，她去了马来西亚，莫蒂默在那儿有产业。你知道，她还去了中国。这会儿他们刚从印度回来。

玛　莎：我常想，是不是因为你的建议他们才在那个不幸事件发生后立刻出门，长期在外远游。

康斯坦丝：你该承认，当时你是最开心的一个，好妹妹。

芭芭拉：他们出门远游，肯定是最明智的做法。

玛　莎：当然，你最清楚你自己的事情，姐姐。她才回来，你却要出门六个星期，岂不是有些倒霉吗？

康斯坦丝：可我们这些劳动妇女只能在休假时才能去度假呀。

芭芭拉：约翰肯定已经接受了教训。他不会第二次再干蠢事。

玛　莎：你觉得他真的不再花心了吗，康斯坦丝？

康斯坦丝：我怎么知道？他来了，你还是问问他吧。

[随着她的话音，约翰上]

约　翰：问我什么？

玛　莎：[一点不含糊]我正在问，康斯坦丝不在家，你会怎么样？

约　翰：我有许多工作要做。你知道，我还得常去俱乐部。

玛　莎：你不能把工作安排一下，和康斯坦丝一起去度假？这实在遗憾。

芭芭拉：这不怪我啊。我原本愿意根据康斯坦丝的需要来安排好我的事情。

康斯坦丝：你知道，我想去意大利。可在欧洲大陆，约翰喜欢的不过是你使劲想象才知道的地方，还不在英国。

玛　莎：海伦①怎么样了？

康斯坦丝：我们在亨利镇买了套房，打算在那里度过八月份。到时候约翰可以打打高尔夫球，在河上划划船；我可以每天到城里去打理生意。

---

① 约翰和康斯坦丝的女儿。

芭芭拉：好吧，亲爱的，我得走了。祝你假期愉快，你理应得到这个假期的。约翰，你知道吗，我觉得我很聪明，说服了康斯坦丝去工作。她对我的帮助实在太大了。

约　翰：我始终不喜欢她出去工作这个主意，现在我也不会说我喜欢过这个主意。

芭芭拉：你还没有原谅我吗？

约　翰：她坚持要这么做，我只好尽力不把事情搞得太糟糕。

芭芭拉：再见吧。

康斯坦丝：［吻芭芭拉］再见，宝贝。多保重。

玛　莎：我和你一起走，芭芭拉。妈妈说她也要过来送送你。

康斯坦丝：哦，好。再见。

［她吻芭芭拉和玛莎，送她们到门口。她们俩下］

约　翰：我说，康斯坦丝，我原以为你是因为芭芭拉走不开才非得现在走呢。

康斯坦丝：我说过那样的话吗？

约　翰：当然说过。

康斯坦丝：噢！

约　翰：要是我想到休假的时候你也可以休假……

康斯坦丝：［打断他］你不觉得丈夫和妻子一起去度假是错误的吗？一个人度假的唯一理由是休息休息，改变一下常规的生活方式，并能够娱乐一下。你觉得一个男人跟妻子出门度假能达到这个目的吗？

约　翰：那得看是什么样的妻子。

康斯坦丝：我所了解的最令人沮丧的景象是这样的：宾馆餐厅里的那些夫妻，一对面对面坐在一张小桌边，却无话可说。

约　翰：啊，胡扯。你也能经常看见一对对夫妻开开心心、快快乐乐的。

康斯坦丝：是，我知道。不过，你仔细看看太太手上的结婚戒指就会发现，它戴在手指上很不自在。

约　翰：我们一直都感情很好。当我把结婚戒指戴在你手指上时，一位主教主持了那个仪式。你不会告诉我说，我让你厌烦了吧。

康斯坦丝：正相反，你让我高兴得要命。是我的谦卑让你不快：我担心你会嫌我老缠着你。我想，要是我离开你，给你几个星期的自由空间，你会感到轻松一些。

约　翰：要是你一直这样继续开我的玩笑，我会终生染上精神病的。

康斯坦丝：不管怎样，现在太晚了。我的行李已经打好了，也和亲友们告过别了。他们准备好一个月不见你了，可明天又见着你，那不得让他们烦死啦。

约　翰：嗯。真是无稽之谈……听着，康斯坦丝，我想跟你说几句。

康斯坦丝：什么？

约　翰：你知道玛丽·路易丝回来了吗？

康斯坦丝：知道。她说会尽量赶在我动身之前来看我。分别那么久，能再见到她可真好。

约　翰：我想让你为我做件事，康斯坦丝。

康斯坦丝：什么事？

约　翰：呃，你对我很仁慈，我岂能辜负你的善良。我也得对得起你。

康斯坦丝：我不大懂你的意思。

约　翰：自从那天莫蒂默来这儿出丑后，我一直没有见过玛丽·路易丝。她出门将近一年了。我思来想去，觉得再也不能跟她保持那种关系了。

康斯坦丝：你怎么会认为她有这个意思呢？

约　翰：她一到就给你打电话，就是预兆。

康斯坦丝：预兆？你知道，一些女人一看到电话，就非得拿起听筒。等接线员问她们要什么号码时，她们又不得不说一个。大概是咱家的号码最先出现在玛丽·路易丝头脑里吧。

约　翰：玛丽曾经疯狂地爱过我，你不能对这个事实熟视无睹。

康斯坦丝：噢，我们两个都不能为此怪她。

约　翰：我不想做无情无义的人，可毕竟所发生的事情使我们之间产生了裂痕。我想，我们应该把这看作永远无法填补的裂痕。

康斯坦丝：当然，你得给自己寻开心。

约　翰：我不是只想着自己，康斯坦丝。我当然部分地也是为玛丽·路易丝好。不过说实话，我主要是为你好。要是玛丽·路易丝和我之间的事不完全了断，我就再也没脸见你了。

康斯坦丝：让你失去既无损害又不花钱的快乐，我也不忍心啊。

约　翰：当然这会很痛苦，可要是一个人下了决心去做一件事，最好快刀斩乱麻。

康斯坦丝：你说的很正确。我来告诉你我会怎么做。玛丽·路易丝一来，我就推说有事，让你单独跟她谈谈。

约　翰：我的想法不完全是这样。

康斯坦丝：咦？

约　翰：这种事女人做起来比男人更方便。所以，我想由你来做更好。

康斯坦丝：哦，是吗？

约　翰：我不太好说，由你说起来就容易得多……呃，你懂这种事情的。你可以说，你需要考虑自尊心的问题——长话短说，她必须放了我，要不然你就翻脸。

康斯坦丝：可你知道我心太软。要是她大哭起来，说她离了你没法活，我就会为她伤心。然后，我就会说，好吧，真要命！那你还是跟他好吧。

约　翰：你不会对我搞这种恶作剧吧，康斯坦丝。

康斯坦丝：你知道，你的幸福是我人生中的第一要事。

约　翰：［犹豫片刻］康斯坦丝，跟你坦白地说，我对玛丽·路易丝已经厌倦了。

康斯坦丝：亲爱的，这话你怎么不早说？

约　翰：说白了吧，康斯坦丝。你知道，这话不能对一个女人说啊。

康斯坦丝：我承认，女人不大容易接受这样的话。

约　翰：女人真是莫名其妙。她们对你厌倦的时候，就会毫不犹豫地直接告诉你，即使你听了不高兴，你也得忍受。可要是你对她们厌倦了，你就是个猪猡、畜生，她把你扔到油锅里炸，还便宜了你呢。

康斯坦丝：那好吧，把这件事交给我来处理吧。

约　翰：你真是太好了。不过你要慢慢跟她讲，好吧？无论如何，我不愿意伤她的心。她是个可爱的小东西，康斯坦丝。

康斯坦丝：她温柔可爱。

约　翰：她要倒霉了。

康斯坦丝：真糟糕。

约　翰：你要让她明白，我是没办法，并不是对她狠心。我不希望她把我想得太坏。

康斯坦丝：她当然不会那么想。

约　翰：不过你一定要做得义无反顾。

康斯坦丝：我会做到这一点的。

约　翰：你真是个好人，康斯坦丝。天哪，谁也不可能有比你还强的好妻子。

［管家引玛丽·路易丝上］

管　家：德拉姆太太来了。

［康斯坦丝和玛丽热烈拥抱］

玛丽·路易丝：亲爱的，能再见到你，真是太好了，妙极了。

康斯坦丝：我亲爱的，你看起来气色真好啊。那些是新买的珍珠吗？

玛丽·路易丝：很漂亮吧？我们在印度时，莫蒂默还给我买了最漂亮的翡翠呢。喂，约翰，你还好吧？

约　翰：嗯，我很好，谢谢你。

玛丽·路易丝：你现在是不是比我上次见你时胖了点儿？

约　翰：不会。

玛丽·路易丝：我瘦了好几磅。[对康斯坦丝]我真高兴能赶得上见你。要是我见不到你，会很失望的。[对约翰]你们要去哪儿？

约　翰：我哪儿也不去。康斯坦丝要一个人出门。

玛丽·路易丝：她一个人去？真是有意思。我想你是走不开吧，你现在赚很多钱吗？

约　翰：马马虎虎吧。我不奉陪了，你不见怪吧？我有事得走了。

玛丽·路易丝：好。你总是很忙，是吧？

约　翰：再见。

玛丽·路易丝：我希望康斯坦丝出门了，我们可以来看看你。

约　翰：非常感谢。

玛丽·路易丝：莫蒂默的高尔夫球有进步了，他会喜欢跟你打球的。

约　翰：呃，好，我很高兴能和他打球。

[约翰下]

玛丽·路易丝：我早就想跟你单独谈谈了，康斯坦丝！我有成堆成堆的话想告诉你。约翰走开了，还算识相吧？首先我要告诉你，一切都很顺利。你知道，你之前教我的做法全都正确。我多么高兴听了你的话，让莫蒂默带我离开了一年。

康斯坦丝：莫蒂默不傻。

玛丽·路易丝：呃，不，作为一个男人，他确实很聪明。你知道，我和他吵闹，就是因为他怀疑我，最后他只能对我服服帖帖。可我看得出来，他还是对我不放心。你知道男人都是什么东西——一旦他们脑子里有了一个想法，要去掉比什么都难。不过这次旅行还算顺心，我始终像天使一样讨他喜欢；他又赚了一大笔钱。所以，还算万事大吉。

康斯坦丝：我很高兴你过得不错。

玛丽·路易丝：这全靠你了，康斯坦丝。我让莫蒂默在锡兰①给你买了块非常精美的星状蓝宝石。我对他说，他对你恶语伤人，就得补偿你。这块宝石花了一百二十镑。亲爱的，我们要送它到卡蒂尔首饰店②，替你镶起来。

康斯坦丝：听起来很让我感动啊。

玛丽·路易丝：你千万别以为我是个忘恩负义的人。听着，康斯坦丝，现在我急于告诉你，你不必再为我和约翰的事苦恼了。

康斯坦丝：我从来没有苦恼过。

玛丽·路易丝：我知道我以前做的很不像话。不过，我绝没

---

① Ceylon，印度以南的一个岛国，现在更名为斯里兰卡（Srilanka）。
② Cartier SA，一家法国钟表及珠宝制造商。1847 年由 Louis-FrançoisCartier 在巴黎 Rue Montorgueil 31 号创办。它成为世界珠宝、腕表及配饰领域的翘楚，曾被英国国王爱德华七世赞誉为"皇帝的珠宝商，珠宝商的皇帝"。它以不断创新的理念和巧夺天工的设计书写着世界珠宝及腕表设计制作的历史，受到无数皇室贵族与名流雅士的推崇和爱戴。

想到你会发现。早知道你会发觉,你也非常了解我,我怎么也不会再跟他有什么来往。

康斯坦丝:你真好。

玛丽·路易丝:我想要你帮我做件事,康斯坦丝。你愿意吗?

康斯坦丝:我一向乐意为朋友帮忙。

玛丽·路易丝:喔,你知道约翰是个什么样的人。当然他很可爱,招人喜欢,可这一切都结束了。他能尽快认识到这一点是最好不过的了。

康斯坦丝:结束了?

玛丽·路易丝:当然我知道他还全心爱着我,我一踏进这个房间就看出这一点了。这也不能怪他,是吧?

康斯坦丝:男人确实都觉得你让人神魂颠倒。

玛丽·路易丝:不过,一个人活在这个世界上总得为自己考虑考虑。他必须明白,我们发现你已经知道我们的丑事之后,那就跟以前完全不一样了。

康斯坦丝:我尽可能保守这个秘密、不让你们知道,已经有好久了。

玛丽·路易丝:这不由让人觉得,你在把我们当傻瓜耍。你要是懂我的意思就会明白,你这么做好像把浪漫气息冲掉了。

康斯坦丝:我模模糊糊懂一点儿你的意思。

玛丽·路易丝:你知道,我怎么也不会伤害约翰的情感,不过拐弯抹角也没有用,我下定决心要在你走前把这事了结了。

康斯坦丝:这很突然啊,恐怕对约翰是个沉重的打击。

玛丽·路易丝：我下定了决心。

康斯坦丝：没有多少时间来演一场长长的、动人的戏了，不过我得看看约翰还在不在。你能在十分钟之内解决问题吗？

玛丽·路易丝：能。可我不能见他，我想让你跟他说说。

康斯坦丝：我！

玛丽·路易丝：你很了解他，知道该跟他说什么。要对一个喜欢你的人说你不再喜欢他了，确实不太好。由第三方来说要容易得多。

康斯坦丝：你真是这么想的吗？

玛丽·路易丝：肯定是。你知道，你可以那么说。为了你，我已经决定了从现在开始，只和他做朋友。你对我们仁至义尽，要是现在我们再不规规矩矩的也太不地道了。你就说，我会永远深深地念着他，他是我唯一真爱的男人，可我们必须分手。

康斯坦丝：可是，如果他坚持要见你怎么办？

玛丽·路易丝：这没用，康斯坦丝！我不能见他。我只会哭得两眼肿大。你会为我做这件事的，亲爱的。我求你了。

康斯坦丝：我会的。

玛丽·路易丝：我路过巴黎时买了一套最好的上等晚礼服，是淡绿色的缎子料做的，你穿上一定优雅漂亮。我送给你，好吗？我只穿过一次。

康斯坦丝：现在请你告诉我，为什么你义无反顾地想尽快甩掉约翰？

［玛丽·路易丝看着康斯坦丝，狡黠地一笑］

玛丽·路易丝：你得发誓不说出去。

康斯坦丝：我以名誉担保。

玛丽·路易丝：哎，宝贝儿，我们在印度遇见一位英俊的年轻人，他是总督的一个随从参谋，和我们乘同一条船回国。他只爱我一个人。

康斯坦丝：你自然也爱他咯。

玛丽·路易丝：我亲爱的，我爱他爱得发疯。我不知道以后会怎样。

康斯坦丝：我想，我们可以好好猜猜嘛。

玛丽·路易丝：像我这样的性情，简直可怕。当然你不会明白的，你对人太冷淡。

康斯坦丝：［很镇静地］你是个不道德的小东西，玛丽·路易丝。

玛丽·路易丝：喂，我不是那样的。我是风流，可我不和男人乱来。

康斯坦丝：假如你是个老老实实的妓女，我倒更尊敬你。妓女至少是为了养活自己才干那行。可你全靠丈夫养着，却不回报他的付出。你比一个粗俗的骗子好不到哪儿去。

玛丽·路易丝：［惊诧，内心确实受到了伤害］康斯坦丝，你怎么能对我说这样的话？我觉得你太刻薄了，我原以为你喜欢我呢。

康斯坦丝：我是喜欢你。我认为你谎话连篇，是个骗子，还是个寄生虫，可我就是喜欢你。

玛丽·路易丝：如果你对我有这么糟糕的评价，你不可能喜欢我。

康斯坦丝：我真的喜欢你。你脾气好，大度，有时候还很有趣。我甚至对你有某种爱慕之情。

玛丽·路易丝：［微笑］我才不相信你说的话呢。你知道我对你有多么喜爱。

康斯坦丝：我是如实看待人的。我敢说，再过二十年，你会成为正派的典范。

玛丽·路易丝：亲爱的，我知道你不是这个意思。不过，你尽可以开玩笑。

康斯坦丝：现在你可以走了，亲爱的。我去把这个坏消息告诉约翰。

玛丽·路易丝：那就再会了。对他温和点儿，我们没理由不尽量宽恕他。［她转身向外走，在门口又停下］当然，我经常纳闷，凭你的美貌，你的生活怎么会不太如意。现在我明白了。

康斯坦丝：那你说说！

玛丽·路易丝：你知道——你是个幽默家，那会让男人退避三舍。［她下。一会儿门慢慢开启，约翰探进头来］

约　翰：她走了吗？

康斯坦丝：进来吧。风平浪静，一切顺利。

约　翰：［进来］我听到房门砰的一响。你跟她全说了？

康斯坦丝：我说了。

约　翰：她伤心得要命吧？

康斯坦丝：这对她当然是当头一棒，不过她表现得倒挺坚强。

约　翰：她哭了吗？

康斯坦丝：没有，没有怎么哭。告诉你实话吧，我觉得她被这当头一棒打晕了。不过，等她回家后，意识到失去的一切有多么惨，她当然会痛哭流涕的。

约　翰：我不喜欢看到女人哭。

康斯坦丝：这种事是很痛苦，对吧？但这可以让人放松一下神经。

约　翰：我看你对这件事相当冷淡，康斯坦丝。我感觉不太舒服，我可不想让她以为我对她不好。

康斯坦丝：我想她很清楚，你这么做是为了我。她知道，你对她还是充满爱慕之情的。

约　翰：可是，你把这件事都讲清楚了吗？

康斯坦丝：嗯，讲得很明白。

约　翰：我打心底里感激你，康斯坦丝。

康斯坦丝：这没什么。

约　翰：不管怎样，想到你能在出门度假时很安心，我很欣慰。顺便问一句，你要钱吗？我马上给你开张支票。

康斯坦丝：哦，不用，谢谢你。我的钱不少。我这一年工作，一共赚了一千四百镑。

约　翰：你赚了这么多钱，天哪。这笔钱很可观哪。

康斯坦丝：我要拿出两百元用于这次度假。我买衣服和零用花掉了两百镑。今天上午，我把剩下的一千镑存入了你的账户，用来支付我过去十二个月的膳宿费用。

约　翰：这真是岂有此理，亲爱的。我不听这种事。我不要你付给我什么膳宿费。

康斯坦丝：我一定要付。

约　　翰：你不再爱我了吗？

康斯坦丝：那跟这有什么关系？呃，你以为一个女人只有男人养活她，才会爱他吗？那岂不太辱没你的想象力了吗？你的吸引力和好脾气跑哪儿去了？

约　　翰：别胡闹了，康斯坦丝。我完全有能力养活你，让你过得体体面面。你要付我一千镑作膳宿费，简直是对我的侮辱。

康斯坦丝：你不觉得你能够咽得下这种侮辱吗？人可以拿一千镑做许多有趣好玩的事情。

约　　翰：我怎么也不会接受这笔钱。我从来就不赞成你去做生意。我早就觉得你照看照看家什么的就够了。

康斯坦丝：我开始工作以来，你是不是觉得不太舒服？

约　　翰：没有，我不能说有什么不舒服的。

康斯坦丝：你可以相信我的话，许多不会理家的女人大谈如何理家。要是你懂得理家，还有几个不错的仆人，一天只要十分钟就可以搞定这一切。

约　　翰：不管怎样，你要出去工作，我让步了。其实，我原想着这对你来说是个愉快的职业，天晓得我并不指望从中获得经济利益。

康斯坦丝：是的，我很清楚你没有。

约　　翰：康斯坦丝，我忍不住想，你这么做的决心和玛丽·路易丝的事情有关。

[稍顿，康斯坦丝以略微严肃的口吻说起话来]

康斯坦丝：你就不觉得奇怪，为什么我从来没有为你和玛丽·路易丝的事责怪过你?

约　翰:是啊。我只能把这归因于你无限的宽宏大量。

康斯坦丝:你错了。那时候,我觉得我没有权利指责你。

约　翰:你这是什么话,康斯坦丝?你绝对有权利指责我,我们干了猪狗不如的事。我也许就是只肮脏的狗。不过,谢天谢地,我知道我就是条肮脏的狗。

康斯坦丝:你对我已经没有兴趣了,我怎么能去怪你?既然你不再愿意要我了,我对你还有什么用?你看到了,在给你提供一个舒适、有序的家这一方面,我起不了太大作用。

约　翰:可你是我们孩子的母亲呀。

康斯坦丝:咱们不要去夸大那一点的重要性,约翰。我起到了我的性别应该起到的自然而健康的作用,而且孩子出生后,我把照看她的所有繁重劳动交给几个更能干的人去做了。让咱们来面对这个现实吧!我只不过是你家里的寄生虫。你有法律责任,不能把我抛弃,可是我欠你这个情,感激你在语言或举止上没有表现出我只不过是个昂贵的、有时又碍手碍脚的装饰品。

约　翰:我从来没有把你看作碍手碍脚的装饰品,我也不明白你说你是个寄生虫的意思。我什么时候不情愿在你身上花钱了?

康斯坦丝:[假装惊讶]你是说,那些事情本来该归咎于你的愚蠢,我却归因于你的良好举止了吗?你也像一般男人一样是个大傻瓜,上了一般女人的大当,就因为娶了她,就得为她提供生活所需及奢侈的花费,还得牺牲自己的快乐、舒适和方便,还得把能得到她的允许做她的奴隶看作荣幸之事吗?算了,算了吧，约翰！你头脑清醒一下吧！你落后了时代一百年。既然女人已经把后宫的墙推倒了，势必会采取街头乱七八糟的那一套。

约　翰：你把什么都忘了。你不觉得一个男人可能会因为过去一个女人给予他的爱情而感激她吗？

康斯坦丝：我想，只要不需要男人做出特别的牺牲，他们的感情往往很强烈。

约　翰：哦，你这种看待问题的方式很特别。很明显，我应当对此感到欣慰。毕竟在那件事暴露之前，你早就知道了。后来你决心要去做生意是怎么回事？

康斯坦丝：我天生是个懒女人。以前，只要能保住面子，我就准备接受我遭受的一切，而且我也没什么可回报的。以前我是个寄生虫，可我已经意识到了这一点。后来也许是由于你的礼貌，或是由于你缺乏理性，才没有对我直言相告真相。到了这个地步，我才改变了主意。那时，我多想有一天在我忍无可忍的时候能够冷静、礼貌却坚定地告诉你——你见鬼去吧。

约　翰：现在这一天来了吗？

康斯坦丝：正好来了。我不欠你什么，我能够养活自己了。我支付了我去年一年的生活费。世界上只有一种真正重要的自由，那就是经济自由——终究是谁出钱，谁当家。好了，我现在有了那种自由。从内心而言，这是我从第一次吃到草莓冰激凌以来能记起的最为开心的感觉。

约　翰：你知道，我宁愿你像个普通女人一样跟我成月地不断吵架，把我烦死，也不愿你对我怀有这种冷酷的敌意。

康斯坦丝：我可怜的宝贝，你在说什么呢？你认识我有十五年了,你觉得我会是那么庸俗的虚情假意吗?我没有敌意。嗨,我亲爱的,我一心爱着你。

约　翰:你是要告诉我,你做的这一切并不是有意要我觉得自己是个混球吗?

康斯坦丝:我以自己的名誉担保。我的心里只有对你的爱和最仁慈、宽厚的感情。你不相信我吗?

[他瞧了她片刻,然后做了个困惑的小动作]

约　翰:是的,我相信你,这真是奇怪。你是个了不起的女人,康斯坦丝。

康斯坦丝:我也明白这一点,不过你不要跟外人说这些。人言可畏。

约　翰:[含情脉脉地微笑]我真希望能走得开,我不大喜欢你独自一人出门旅行。

康斯坦丝:噢,可我并非独自一人。我没有告诉你吗?

约　翰:没有啊。

康斯坦丝:我本想告诉你的。我要和伯纳德一起去。

约　翰:啊!你从未提过。还有谁?

康斯坦丝:没有别的人了。

约　翰:哎呀![他对这个消息大吃一惊]那不有点儿太怪了吗?

康斯坦丝:没有啊。怎么怪了?

约　翰:[茫然不知所措]呃,一个年轻女人和一个年龄还不至于老得可以做她父亲的男人一起出门,去度假六个星期,可不常见。

康斯坦丝：伯纳德的年纪正好和你差不多大。

约　翰：你不觉得这会让人说长道短吗？

康斯坦丝：我没有特地传播这个消息。事实上，现在想来，我只告诉你一个人了。而你呢，我肯定，是很谨慎的。

［约翰突然感到衣领发紧。他用手指拉拉衣领，想要把它拉宽松些］

约　翰：你肯定会被熟人看见，他们一定会讲出去的。

康斯坦丝：哦，我看不会。你知道，我们路上要自己开车，而且我们两人都不喜欢去人们常去的地方。我们结交一些像我们的朋友一样真正的好朋友。这个好处是，你到了某个正当时令的旅游胜地，你认识的朋友也在那里，那你肯定能找到他们。

约　翰：当然，我不至于傻到以为一个男人和一个女人一起出外旅行，就一定会发生糟糕的事情。可你不能否认，那也太不寻常了。我也绝不是说你们之间会有什么，可一般人免不了会那么想。

康斯坦丝：［镇静自若地］我一向认为，普通人比那些自以为聪明的人更理性。

约　翰：［故意地］你到底是什么意思？

康斯坦丝：怎么了，我们当然是作为夫妻去旅行的呀，约翰。

约　翰：别傻了，康斯坦丝。你都不知道你在说什么，那可不是开玩笑的。

康斯坦丝：可是，我可怜的约翰，你把我们当什么了？我就那么没有吸引力，我告诉你的就那么难以置信吗？那我跟伯纳德去还有别的由头吗？要是只需一个伴的话，我就和一个女人一起去了。我们可以一起头痛,可以到同一个地方洗发,还可以做一样的睡衣。有一个女人做旅伴比一个男人好得多。

约　翰:我也许有些蠢,可我好像难以明白你的意思。你真要让我相信伯纳德·柯塞尔是你的情人吗?

康斯坦丝:当然不是。

约　翰:那你到底在说什么呢?

康斯坦丝:我亲爱的,我说得再清楚不过了。我要出门度六个星期的假,伯纳德非常爽快地提出陪我一起去。

约　翰:那我算什么角色?

康斯坦丝:你不算什么。你待在家里照看你的病人。

约　翰:[竭力控制着自己]我自以为是个理性的人,不会大发雷霆。许多男人会暴跳如雷、咆哮狂骂、砸烂家具,而我不想这么大张声势,可你一定得允许我说一句,你刚才说的着实让我极为惊讶。

康斯坦丝:或许你会吃惊一阵子,可是我确信,你只要多想想,就能想通了。

约　翰:我怀疑是否有时间来想这事,因为我有异样的感觉,好像快要中风了。

康斯坦丝:那就解开你的衣领。说实话,我看你现在的脸色比平时发红。

约　翰:你凭什么认为我会放你走?

康斯坦丝:[好声好气地]主要的事实是你没法阻止我。

约　翰:我简直难以相信你说的是否是真心话。我真不明白你脑子里怎么会有这种想法。

康斯坦丝：［随意地］我想，生活中有个变化可能对我有好处。

约　翰：胡扯。

康斯坦丝：怎么不是？你就经历了这种事。你不记得了吗？那时你感到生活十分单调、乏味，后来你和玛丽·路易丝好上了，就变了个人似的，整日里兴高采烈，谈话趣味横生，充满勃勃生机，我和你也更容易相处了。那种变化对你的精神影响不可估量。

约　翰：那种事对于男人和对于女人而言是不一样的。

康斯坦丝：你是想到可能对男女会产生不同的后果吧？我们早就过了女人生过孩子后的间歇阶段被打上星号的维多利亚时代了。①

约　翰：我没有这么想。我的意思是说，要是一个男人对妻子不忠诚，妻子会成为大家同情的对象；可要是一个女人对丈夫不忠诚，丈夫只不过是受嘲弄的对象。

康斯坦丝：那是一种传统的偏见。理性的人必须努力摆脱这种偏见。

约　翰：难道你指望我袖手旁观，让这个男人把我妻子从我眼皮底下带走吗？我真纳闷，你怎么不让我跟他握握手，祝他一路顺风。

康斯坦丝：那正是我要做的。他一会儿就来这里和你告别。

约　翰：我要一拳把他打趴下。

康斯坦丝：我要是处于你的境地，就不会去冒险。他体格健

---

① 维多利亚时代没有避孕措施。女人要是与人发生不正当关系，容易怀孕，生下私生子。"星号"指女人到医院孕检时由医生做的未孕的记号。

壮，在我的印象中，他是个很厉害的左撇子。

约　翰：我会好好骂他一顿，让他知道他在我心目中是个什么东西。

康斯坦丝：怎么？你忘了我对玛丽·路易丝很友好吗？我们曾经是最要好的朋友，她买顶帽子都必定会让我陪着去挑选。

约　翰：我血管里流的可是红色的血。

康斯坦丝：我此刻更担心的是你的脑子是否正常。

约　翰：他爱你吗？

康斯坦丝：他狂热地爱着我哩。你以前不知道？

约　翰：我？我怎么会知道？

康斯坦丝：去年他来咱家好多趟。你以为他只是来看你的呀？

约　翰：我从来没有注意过他。我觉得他太呆头呆脑。

康斯坦丝：他是呆，可是他很可爱。

约　翰：他吃人家的，喝人家的，背后又勾搭人家的老婆，算什么人哪？

康斯坦丝：很像你呀，约翰——我该这么说。

约　翰：根本不像我。莫蒂默是天生让人愚弄的人。

康斯坦丝：我们谁也不知道上帝的安排。

约　翰：我看你是一心想把我逼到绝路上。我马上要动手砸东西了。

康斯坦丝：那边有个青花陶瓷碗，是你叔叔亨利送给我们的结婚礼物。你把那个砸了吧，反正它只是个复制品。

[他拿起那个碗，往地上猛地砸去，把碗砸得粉碎]

约　翰：我砸了。

康斯坦丝：你觉得好些了吗？

约　翰：一点儿也不好。

康斯坦丝：那你把它砸了岂不可惜。否则，你可以拿去送给你医院的同事做结婚礼物嘛。

［管家本特利引卡尔弗太太上］

本特利：卡尔弗太太来了。

康斯坦丝：哎，妈妈，您来得好。我一直多么希望能在动身前见到您呀。

卡尔弗太太：啊，你们刚才有事了。

康斯坦丝：没有。约翰在发脾气，他觉得砸碎个什么东西能消消气。

卡尔弗太太：胡说，约翰从来不发脾气。

约　翰：那只是您的想法，卡尔弗太太。是的，我是在发脾气，火气正大呢。您也参与了康斯坦丝的计划吧？

康斯坦丝：不，妈妈不了解这一切。

约　翰：您就不能设法阻止这件事吗？您对她有一定的影响力。您一定知道，这事很荒唐。

卡尔弗太太：我的好女婿，你说的事情我一点儿都摸不着头脑。

约　翰：她要和伯纳德·柯塞尔一起去意大利。就他们两个。

卡尔弗太太：［盯着他］不会吧。你怎么知道的？

约　翰：她刚才突然这么跟我讲的，脸皮好厚。她随口提的，就好像在说，宝贝，你的外衣该刷刷了。

卡尔弗太太：这是真的吗，康斯坦丝？

康斯坦丝：是真的。

卡尔弗太太：可你和约翰不是相处得好好的吗？我老觉得你们两个一天到晚都很愉快。

约　翰：我也这么想。我们从来没有拌过一句嘴。我们一直相处得很好。

卡尔弗太太：你不爱约翰了吗，好女儿？

康斯坦丝：爱呀，我对他真心实意。

约　翰：你给了我一个女人能给一个男人带来的最大伤害，你还怎么能对我真心实意呢？

康斯坦丝：别犯傻了，约翰。我对你的伤害比不过你一年前给我带来的伤害大。

约　翰：[大步走向她，错误地以为明白了一切] 你这么做是为了玛丽·路易丝的事对我进行报复吗？

康斯坦丝：别做傻瓜了，约翰。你这想法和我的想法不沾边。

卡尔弗太太：你们两个现在情况完全不一样了。约翰欺骗了你，做得很不合适，可他已经为自己的行为道过歉了，而且他也受到了惩罚。那件事实在太糟糕了，给我们带来了很大痛苦。不过，男人总归是男人，他做那种事也是意料之中，他总有理由那么做。不过，女人就不可原谅了。男人天生具有一夫多妻的习性，明智的女人往往能够允许他们偶尔违反现代文明强加给他们的规矩。女人是一夫一妻的本性，她们天生不会再喜欢第二个男人，那就是为什么一旦她们超越女性的自然限制，人们就会对她们大加责难。

康斯坦丝：〔微笑〕您这说的好像有点儿厚此薄彼呀。

卡尔弗太太：我们都知道，不贞对男人没有道德上的恶劣影响。他们可以随意乱来，却可以仍然保持正直、勤奋、可靠的形象。可女人就大不一样，不贞使她们具有道德败坏的特点。她们的形象就变成了虚假、放荡、懒惰和不老实，这也是千万年的经验要求女人贞洁的原因。因为人们从中得出结论，贞洁是其他一切道德规范的关键因素。

康斯坦丝：她们不老实，那是因为她们把不属于自己的东西送出去了。她们出卖了自己，换回吃的和住的，并得到庇护。她们是奴隶，依靠自己的丈夫生活，一旦她们对丈夫不忠，就成为骗子和贼。现在我不依靠约翰生活，我经济上独立了，就要求得到性方面的独立。今天下午，我已经给约翰的账户上支付了一千英镑，来偿付我这一年的开销。

约　翰：我拒绝接受。

康斯坦丝：哼，你非接受不可。

卡尔弗太太：发脾气没有用。

康斯坦丝：我脾气够好的了。

约　翰：要是你觉得他们所谓的自由恋爱①很好玩的话，你就错了。相信我，那是人们所发明的最为过分的消遣方式。

康斯坦丝：既然那样，我不明白为什么人们仍然会沉溺于其中。

约　翰：真是岂有此理，我真不知道说什么好。这种事情有

---

① 这里的自由恋爱（Free Love）实际是指性解放，即和人随意发生性关系。

结婚带来的一切不便，却没有结婚所产生的任何好处。我亲爱的，我向你保证，这玩意儿得不偿失。

康斯坦丝：也许你是对的，不过你知道，要从任何其他人的经验中获益是很难的。我还是想自己体验一下。

卡尔弗太太：你爱伯纳德吗？

康斯坦丝：老实说，我还没有下定决心。一个人怎么能知道自己是否爱上谁了？

卡尔弗太太：我亲爱的，我只知道一种试验。你能用他的牙刷吗？

康斯坦丝：不能。

卡尔弗太太：那你就没有爱上他。

康斯坦丝：他爱慕了我十五年。在这场持久的爱恋中，有某种东西在我心中产生了一种微妙的异样感觉。我总想做些什么，向他证明我并非无情无义。你知道，六个星期以后，他要回日本。在以后的七年里，他没有机会再回英国来。我现在三十六岁，他还爱慕我；七年后，我就四十三岁了，一位四十三岁的女人常常还算有魅力，可是一个五十五岁的男人就不再会为她神魂颠倒了。于是我得出结论，机不可失，时不再来。所以我就问他，是否想让我和他一起去意大利度过这最后六个星期。当轮船带他驶离那不勒斯的港口，等我向他挥舞着手帕告别时，我希望他会感到，那些年里他无私的爱情还是很值得的。

约翰：六个星期。你准备在六个星期结束后离开他吗？

康斯坦丝：嗯，是的，当然。那是因为我给我们的爱情设置了一个底线。我觉得，这样可以使我们的爱情既美好又如过眼云烟，达到某种完美的境界。喔，约翰，玫瑰花那么可爱，不就是因为它一盛开，它的花瓣就凋谢了吗？

约　翰：这一切来得太突然，令人震惊，我都不知道说什么好了。你把我弄得很被动。

[卡尔弗太太一直站在窗口，忽然叫了一声]

康斯坦丝：怎么了？

卡尔弗太太：伯纳德来了。他的车刚开到门口。

约　翰：你希望我像完全不知道你们的计划那样来招待他吗？

康斯坦丝：这样更合适些。大吵大闹会很愚蠢，而且也不能阻止我和他的这次旅行。

约　翰：我得考虑自己的面子。

康斯坦丝：保持面子最好的办法常常是把它藏到口袋里。约翰，你要客气地对待他，就像我那样，明明知道玛丽·路易丝是你的情妇，我还对她很客气。

约　翰：我知道了你们的事，他了解吗？

康斯坦丝：他当然不知道。他有些传统，你知道，要是他觉得没有欺骗隐瞒的可能了，是不会公然欺骗一个朋友的。

卡尔弗太太：康斯坦丝，我说什么都不能让你重新考虑一下你的决定吗？

康斯坦丝：不能了，妈妈。

卡尔弗太太：那我还是别白费口舌了。趁他来之前，我先走吧。

康斯坦丝：好吧。再会，妈妈。我会给你寄许多风景明信片的。

卡尔弗太太：我不赞成你的做法，康斯坦丝！我也不能假装依了你。你这么做不会有好处。男人本性邪恶却讨人喜爱，还欺骗自己的老婆，可女人应该贤惠、宽容大度，能忍辱负重，那是天经地义的事情。你那些时髦怪异的观念根本就改变不了公认的说法。

[本特利上，后面跟着伯纳德]

本特利：柯塞尔先生到。

卡尔弗太太：你好，伯纳德！再见了！我正要走。

伯纳德：啊，真遗憾。再见。

康斯坦丝：[对伯纳德] 你好。等一下。[对本特利] 喂，本特利，你把我的行李拿到楼下，放到出租车上，好吧？

本特利：是，太太。

伯纳德：你正要动身吗？我来得正巧。要是没赶上见你，那就遗憾啦。

康斯坦丝：等出租车来了，告诉我一声。

本特利：是，太太。

康斯坦丝：[对伯纳德] 现在我可以陪你聊会儿了。

[本特利下]

伯纳德：你一直盼着这次度假吧？

康斯坦丝：满心盼着嘞。我从来没有过这样的旅行，实在兴奋极了。

伯纳德：你要一个人去吗？

康斯坦丝：哦，是的，就一个人。

伯纳德：[对约翰] 你走不开，真糟糕，老朋友。

约　翰：是很糟糕。

伯纳德： 我想这就是能者多劳吧。我非常理解你，你是得首先考虑你的病人。

约　翰： 是啊。

康斯坦丝： 当然，约翰对意大利也不大感兴趣。

伯纳德： 哦，你要去意大利吗？我以为你说的是西班牙呢。

约　翰： 不是，她一直说的是意大利。

伯纳德： 噢，对了，你不大喜欢那里，是吧，老伙计？不过我相信科莫湖①畔会有几个高尔夫球场。

约　翰： 有吗？

伯纳德： 我想，到七月底，你不会有机会到那不勒斯附近的什么地方去吧？

康斯坦丝： 我说不准。我的计划一直没确定。

伯纳德： 我只是问问，因为我要从那不勒斯乘船回日本。要是我们能在那里遇到，就好了。

约　翰： 太有趣了。

康斯坦丝： 我希望，我出了门，你多来看看约翰。我怕他会多少感到寂寞，可怜的宝贝。你们下星期随便哪天一起吃晚饭不好吗？

伯纳德： 非常抱歉，可你知道我也要动身了。

康斯坦丝： 啊，你也要走？我以为你动身去日本之前会一直待在伦敦呢。

伯纳德： 我是想那样，可是我的医生让我回去治疗一下。

---

① 科莫湖是意大利的主要湖泊，是个游览胜地，湖面达五十六平方英里。

约　翰：什么样的治疗？

伯纳德：哦，就是一种治疗。他说我需要增强体质。

约　翰：是吗？你的医生叫什么名字？

伯纳德：你没有听说过他。我过去在战争时期认识的。

约　翰：噢！

伯纳德：所以恐怕这就是告别了。当然，离开伦敦很让我伤心，尤其有一些年头我不会再来欧洲了。不过我觉得，请教了医生又不听医生的话很傻。

约　翰：特别是他要你付了三英镑。

康斯坦丝：真遗憾。我原本指望你在出门期间不让他胡闹呢。

伯纳德：我不敢保证能做到这一点。不过，我们可以一起去看几场戏，打一两局高尔夫球。

康斯坦丝：那会很愉快的，是吧，约翰？

约　翰：会很愉快。

[本特利上]

本特利：出租汽车等着呢，太太。

康斯坦丝：谢谢你。

[本特利下]

伯纳德：我告辞了。假如我们再也见不到了，在这儿我为一年来在伦敦生活期间您给予的热情招待表示衷心感谢。

康斯坦丝：能见到你真高兴。

伯纳德：你和约翰都对我太好了，没想到我在这儿过得这么愉快。

康斯坦丝： 我们会非常想念你的。约翰想到自己不得不外出手术时有人带我出去玩玩，会很欣慰。对吧，亲爱的？

约　翰： 是的，宝贝。

康斯坦丝： 他知道我是跟你在一起时，最放心了。是不是，亲爱的？

约　翰： 是的，宝贝。

伯纳德： 如果我还能够发挥点作用，就太开心了。可别把我忘得一干二净啊，好吗？

康斯坦丝： 我们不会吧，亲爱的？

约　翰： 不会，宝贝。

伯纳德： 那你们要是有空，给我写封信，好吗？你们不知道这对我们这些在外流浪的人有多重要。

康斯坦丝： 当然，我们会写的。我们两个人都会写，是不是，亲爱的？

约　翰： 是的，宝贝。

康斯坦丝： 约翰可会写信了，能在信里随便闲扯，而且你知道，他扯得还非常有趣。

伯纳德： 这可是承诺啊。好吧，再会，老朋友。祝你愉快。

约　翰： 谢谢你，老兄。

伯纳德： 再会，康斯坦丝。我有许多话想跟你说，可又不知从何说起。

约　翰： 我不想赶你们走，可出租汽车催得不耐烦了。

伯纳德： 约翰真是一板一眼的。好吧，我就不说什么了，愿上帝保佑你。

康斯坦丝：再会。

伯纳德：要是你真去那不勒斯的话，写信让我知道，好吗？如果你给我俱乐部写一两句，他们很快就会转给我的。

康斯坦丝：哦，好的。

伯纳德：再会。

［他对他们友好地点点头，下。康斯坦丝开始格格笑，很快又禁不住哈哈大笑］

约　翰：你可以告诉我有什么好笑的吗？如果觉得我像木头人一样在这儿傻呆呆地站着，让你们愚弄很有趣味，你就错了。你们说的"碰巧在那不勒斯见你"的满嘴胡言，到底是什么意思？

康斯坦丝：他是要糊弄你。

约　翰：这家伙是个净说傻话的白痴。

康斯坦丝：你这么说他啊？我觉得他相当机灵。鉴于他在撒谎这种事情上还不太有经验，我倒觉得他做得不错呢。

约　翰：当然，要是你认定他属于完美型的人，我跟你争论也没用。不过，真的，说句公道话，想到你把自己搭给像他那样的人，我真难过。

康斯坦丝：或许，一个男人和妻子对妻子未来情人的评价不会一样。这很自然。

约　翰：你不会对我说，他比我帅吧？

康斯坦丝：不，你一向是我心目中最理想的美男子。

约　翰：他的衣着也没有我讲究。

康斯坦丝：他不会太讲究，他老去同一家服装店做衣服。

约　翰：我觉得，你也不会照实说他比我更风趣吧。

康斯坦丝：是，说实话，他确实比不上你。

约　翰：那么，看在上帝的分上，你为什么想要跟他一起出去呢？

康斯坦丝：要我告诉你吗？我想趁着还来得及，再次感受一个爱我爱得五体投地的男人的怀抱；我想在走进房间时看见他喜悦的脸庞；我想在我们一起观赏月亮时，感觉到他手的力量，感觉到他的手臂颤抖地偷偷搂住我腰身时愉快发痒的滋味。我想要把头靠到他的肩上，感觉到他的嘴唇轻轻触碰我的发梢。

约　翰：这个动作根本不可能！这可怜的混蛋会脖子僵直，根本不知道该怎么办。

康斯坦丝：我想和他一起手挽手沿着乡间小路散步，我想要听到他叫我可笑的昵称，我想要连续几小时和他一起说傻话。

约　翰：哦，上帝。

康斯坦丝：我想要知道，我在一声不响的时候还是那么善辩、诙谐。这十年来，有你的关爱，我过得很幸福。约翰，我们是最好、最亲密的朋友，可现在，我要追求其他的东西。你会因此怨我吗，我想要有人爱我。

约　翰：可是，我亲爱的，我会爱你。我是个畜生，忽视了你，可是还不算晚，你是我真正钟爱过的唯一女人。我可以丢下一切，咱们一起去旅行。

康斯坦丝：这前景并不让我激动。

约　翰：嗨，亲爱的，可怜可怜我吧！我抛弃了玛丽·路易丝，你当然也能抛弃伯纳德吧。

康斯坦丝：可是你抛弃玛丽·路易丝是为了自己高兴，不是为了我。

约　翰：别做没心肝的人啦，康斯坦丝。我跟你一起去。我们会很快乐的。

康斯坦丝：哦，我快乐的约翰。我这么辛苦地工作，获得了经济独立，可不是为了跟自己的丈夫去度蜜月的。

约　翰：你认为我不能既做你的情人又做你的丈夫吗？

康斯坦丝：我亲爱的，谁也不能把昨天的冷羊肉制成明天的生羔羊肉片。

约　翰：你知道你在干什么。我已经决心今后做个模范丈夫，可你偏偏要把我推向玛丽·路易丝的怀抱。我向你起誓，你一离开这个家，我就开车直奔她的家门去。

康斯坦丝：只怕你会白跑一趟，恐怕你找不到她的。她有了新的年轻情人，她说他还挺帅呢。

约　翰：什么！？

康斯坦丝：他是一位殖民地总督的随从参谋。她今天来，就是让我告诉你，今后你俩之间一刀两断。

约　翰：我希望你先告诉她，我早就下定决心终止我和她之间只能引起你伤心的联系了。

康斯坦丝：我没有做到，她急急忙忙说着她要我转给你的话。

约　翰：真的，康斯坦丝，为了你自己的面子，我想你也不该让她把我给戏弄喽。换个女人会说：真是奇怪的巧合啊。才半个小时前，约翰对我说，他已经下决心不想再见到你。不过，当然，你现在已经不再在乎我了，那很明显。

康斯坦丝：喂，说话公平些啊，宝贝。我会永远把你放在心上。也许我不忠诚，可我永远是你的妻子。我一直认为这是我最可爱的特点。

[本特利推门上]

约 翰：[暴躁地]什么事？

本特利：我想太太可能忘了，出租汽车还在门口等着呢。

约 翰：滚蛋。

本特利：是，先生。

[本特利下]

康斯坦丝：我不明白，你为什么对他这么粗暴。伯纳德会付钱给出租汽车的。反正我这会儿一定得走了，要不他会以为我不去了。再见了，宝贝。我希望我不在的时候你一切都好。让厨师动脑筋给你做好吃的，你就不会有麻烦了。你不和我告别、说再见吗？

约 翰：你滚吧。

康斯坦丝：好吧。我六个星期后回来。

约 翰：回来？回哪里？

康斯坦丝：回这里呀。

约 翰：这里？这里？你以为我还要你回来？

康斯坦丝：我不懂你为什么不要我回来。等你有时间好好想想，你就会明白，你没有理由责怪我。毕竟我没有拿走你要的东西。

约 翰：你知道吗，我可以因为这件事跟你离婚。

康斯坦丝：我当然知道。但是我结婚很谨慎，特地嫁了个有教养的人。我知道，我只不过做了跟你一样的事情，你绝不会跟我离婚的。

约　翰：我不跟你离婚。我不会让我最可恶的情敌冒险，去娶一个像对待我一样去对待她丈夫的女人。

康斯坦丝：［在门口］哦，那我还回来吗？

约　翰：［犹豫片刻］你是一个最让人恼火、最任性、最善变、最执迷不悟、最令人愉快又最迷人的女人！谁娶了你，谁倒霉！是的，你这该死的，你回来！

［康斯坦丝向他吻手致意，转身离去，把门砰地关上］

　　　　　　　　　　　　　　　　　　　　　　　　剧终

The Circle
周而复始

人 物

阿诺德·钱皮恩·切尼（下院议员）　伊丽莎白（阿诺德之妻）

申斯通太太（安娜）　爱德华·卢顿（特迪）

克莱夫·钱皮恩·切尼（阿诺德之父）　波蒂厄斯勋爵（休吉）

凯瑟琳·钱皮恩·切尼太太（凯蒂）　男仆、管家各一人

故事发生在多塞特郡阿诺德·钱皮恩·切尼家的阿斯顿－阿迪府邸内

第一幕

布　景：阿斯顿-阿迪府邸内富丽堂皇的客厅。墙上挂着精美的名画，室内陈设着乔治时代①的家具。阿斯顿-阿迪府邸布置成富有乡村色彩的田园式别墅。其实这并不是一座别墅，应该说是一座乡间宅邸。室内的摆设全部是古色古香的乔治时代风格，主人颇为引以为豪。从后面的落地窗可以看到一个富有特色的美丽花园。

时　间：一个晴朗的夏日早晨。

幕　启：阿诺德进来。他三十五岁左右，身材魁梧，相貌英俊，眉清目秀，仪表堂堂，但是脸色苍白。他衣着颇为讲究，给人文质彬彬的印象。

阿诺德：［呼喊］伊丽莎白！［他走到窗口，再次呼喊］伊丽莎白！［他响铃，等着仆人来。他环视了一下房间，看见壁炉架上的一件小摆设。便挪开椅子，从壁炉上取下小摆设，吹掉了上面的灰尘］

（一个仆人进来）

---

① 乔治一世（George I of Great Britain，1660-1727），英国国王、德意志汉诺威选帝侯。英国汉诺威王室首位国王。他的执政时期是英国历史上非常重要的时期，对日后英国的政治制度产生了非常深远的影响；他所开启的汉诺威王朝到维多利亚时代成为英国历史上的黄金时代。

唉，天哪！你去找找切尼太太，看她能不能来这里一趟。

仆　人：是，老爷。

［仆人转身要离开］

阿诺德：是谁负责打理这间屋?

仆　人：不知道，老爷。

阿诺德：我希望他们打扫房间时，所有东西按原样小心放好。

仆　人：是，老爷。

阿诺德：［打发他走］行啦。

［仆人下。阿诺德又走到窗口呼叫］

阿诺德：伊丽莎白！［他看到申斯通太太］哎，安娜，你知道伊丽莎白在哪儿吗?

［申斯通太太从花园走进屋来。她四十岁，外表和善，举止优雅］

安　娜：她不是在打网球吗?

阿诺德：没有。我去过网球场了。出了一些让人讨厌的事儿。

安　娜：哦?

阿诺德：我不知道她究竟去哪儿了?

安　娜：波蒂厄斯勋爵和凯蒂大人什么时候能到啊?

阿诺德：他们会开汽车过来，按时吃午饭。

安　娜：你真想让我待在这儿吗?你看，现在还不太晚。我可以马上收拾东西，乘火车到其他什么地方去。

阿诺德：别走，我们当然希望你能留下。家里人多，会更方便些。你能留下真是再好不过了。

安　娜：哎，净瞎说！

阿诺德：而且我觉得特迪·卢顿在这里也挺好。

安　娜：他很机灵，对不对？

阿诺德：对。这是他的一大优点。我不敢说他十分聪明，但你知道，有些场合需要敢说敢干的人。我让仆人去找伊丽莎白了。

安　娜：也许她在穿鞋。她和特迪要打单打。①

阿诺德：换一双鞋要不了这么久吧。

安　娜：［微笑］你知道，换过鞋后肯定还要在脸上擦些粉呀。

［伊丽莎白上。她二十出头，穿着一件轻薄的夏季连衣裙，既漂亮又可爱］

阿诺德：亲爱的，我到处找你。你在干什么？

伊丽莎白：没干什么！我忙着打球呢。

阿诺德：我父亲回来了。

伊丽莎白：［吃惊］在哪儿？

阿诺德：在别墅里。他昨晚到的。

伊丽莎白：真烦人！

阿诺德：［心平气和地］伊丽莎白，我希望你别这么说。

伊丽莎白：碰到一件烦人的事不让说"烦人"，那什么时候才能说呢？

---

① 从下文可以看出，他们进行的是网球单打比赛。

阿诺德：我原想着你会说"唉，真够戗"或者类似的话嘛。

伊丽莎白：但那个词表达不了我的感情。演讲日那天你颁发奖品时说，英语里没有真正的同义词。

安　娜：［微笑］哎，伊丽莎白！你指望把政治家在公共场合说过的话拿来在私生活中对号入座，那就不好办咯。

阿诺德：我向来说话算数。我还是要说，英语里没有真正的同义词。

伊丽莎白：那很遗憾。即使如此，我觉得烦人时还就得说"该死"。

［爱德华·卢顿出现在窗口。他穿着一身法兰绒服装，很有魅力］

特　迪：喂，网球打得怎样？

伊丽莎白：进来呗。我们正在抬杠呢。

特　迪：［进入］好极了！抬什么杠？

伊丽莎白：关于英语这门语言。

特　迪：你不会是在分裂不定式上有问题吧？

阿诺德：［眉头微皱］伊丽莎白，严肃点儿。情况不太乐观。

安　娜：我看我和特迪最好还是回避一下。

伊丽莎白：别胡闹！你们两个得在场。要是出现什么不愉快的事儿，我们需要你们的道义支持。这也是我们请你们来的原因。

特　迪：我以为我受到了青睐呢。①

---

① 英语中"青睐"为 Blue Eye。这里是双关语，与下文中伊丽莎白的话语形成戏谑性的滑稽效果。

伊丽莎白：你真是自我感觉良好！你的眼睛偏偏不是蓝色的，而是棕色的。

特　迪：出了什么事儿？

伊丽莎白：阿诺德的父亲昨晚回来了。

特　迪：真的？妈呀！我还以为他在巴黎呢。

阿诺德：我们也都这样想。他告诉我他要在那里呆到下个月。

安　娜：你见到他了？

阿诺德：还没有。他给我打了电话。幸好他别墅里有一部电话，要不然他直接来这儿，就太难堪了。

伊丽莎白：你告诉他凯瑟琳夫人要来了吗？

阿诺德：当然没有。一听说他来，我头都大了。我想，我们最好先商量一下。

伊丽莎白：他要来这儿吗？

阿诺德：是啊，他说了要来。我想不出阻止他来这儿的借口。

特　迪：你不能让客人等等再来吗？

阿诺德：他们开着车，正在路上呢，可能很快就到。太晚了，来不及通知他们了。

伊丽莎白：而且这样做也太不近人情了。

阿诺德：我知道请他们来这儿不合适，可伊丽莎白非要请。

伊丽莎白：阿诺德，她毕竟是你的母亲呀。

阿诺德：她——离开我的时候一点儿也没有考虑这个问题。你不会想到，现在这事儿对我的伤害还是很大。

伊丽莎白： 那都是三十年前的事儿了。这么多年都过去了，你还耿耿于怀，也太可笑了。

阿诺德： 我不是耿耿于怀，可她给我造成了无可弥补的伤害。这是难以抹去的事实。我无法原谅她。

伊丽莎白： 你试着去原谅她了吗？

阿诺德： 我亲爱的伊丽莎白，旧话重提毫无意义。事实非常简单。当初，她的丈夫宠着她。她高人一等，钱花不完，还有一个五岁的儿子，竟然和一个有妇之夫跑了。

伊丽莎白： 阿诺德，听说波蒂厄斯夫人不太招人喜欢。［对安娜］你认识她吗？

安　娜： ［微笑］我觉得她大概有些难以接近吧。

阿诺德： 要是你们还拿这个事儿开玩笑，那我就什么都不想说了。

安　娜： 对不起，阿诺德。

伊丽莎白： 也许你母亲无法自拔——她坠入情网了吧？

阿诺德： 所以她就不顾廉耻、不负责任、不成体统了吗？呃，是的，在那种情况下，你可以为她找很多理由。

伊丽莎白： 你这么说你的母亲不太合适吧。

阿诺德： 我不能把她当作母亲看待。

伊丽莎白： 你无法克服的心理障碍是她没有为你着想。女人中，有些人母性气质会多一些，有些人女性气质会多一些。一想到她那么爱那个男人，我的内心就会受到触动——她甘愿为那个人牺牲自己的名誉、地位和孩子。

阿诺德： 既然母亲这样对待儿子，你也就不能指望伤心的儿子对她产生多么深厚的感情了。

伊丽莎白：是的，我不会有这种想法。不过，遗憾的是，事情已经过去了这么多年，你们还是不能言归于好。

阿诺德：真遗憾，你竟然不能理解在人言可畏的阴影下长大有多么痛苦。你知道吗，我在中学、在牛津，后来在伦敦，在任何地方，在别人的眼里，我都是凯蒂·切尼夫人的儿子。唉，真是太残酷了！太残酷！

伊丽莎白：是，我理解你的感受，阿诺德。你那时不容易。

阿诺德：一般说来，这样的事情就够糟糕的了，何况一个人的地位往往会使这种事情更加糟糕十倍。那时候，我父亲在议会里，波蒂厄斯——他还没有继承爵位——也在议会里；他是外交部的副部长，是公众瞩目的大人物。

安　娜：我父亲常说，他是党内最有能力的人。人人都认为他能当上首相。

阿诺德：你可以想象，这件事对于英国公众来说有多么轰动，多少年来没有发生过这样的趣事了。当时最时髦的话题就是我母亲，你没有听说过吗，"下流的凯蒂夫人"？想来是多么丢人啊……

伊丽莎白：[插嘴]唉，阿诺德，别说了。

阿诺德：而且我妈他们俩从来没有让人们忘掉他们。如果他们安安生生地在佛罗伦萨生活，不再抛头露面，那些流言蜚语也会逐渐平息下去。可波蒂厄斯勋爵和夫人不断惹是生非，不断提醒着人们，让人无法忘记他们的事。

特　迪：他们惹什么事了？

阿诺德：我父亲当然和妻子离了婚，可波蒂厄斯夫人不同意和波蒂厄斯离婚。波蒂厄斯试图通过拒绝给妻子提供经济支持、把她赶出家门等方法迫使她离婚。他们经常闹到法院去。

安　娜：我觉得波蒂厄斯夫人太可恶了。

阿诺德：她知道丈夫想娶我母亲，就恨我母亲。这也不能怪她。

安　娜：他们那时的处境一定很难。

阿诺德：这是他们一直住在佛罗伦萨的原因。波蒂厄斯有钱，他们发现，那里的人们愿意接受他们这种既成事实。

伊丽莎白：这次他们是第一次回英国。

阿诺德：伊丽莎白，咱们得告诉父亲这件事。

伊丽莎白：好吧。

安　娜：[对伊丽莎白] 他跟你说过凯蒂夫人吗？

伊丽莎白：从来没有。

阿诺德：我看，从她三十年前离开这栋房子开始，他就再也没有提起过她的名字。

特　迪：哦，他们在这里住过？

阿诺德：当然。有一次，这里举办一个家庭舞会。一个晚上，波蒂厄斯和我母亲没有下楼来用晚餐，其余人都在等着，大家不知道怎么回事。我父亲差人到我母亲房间找她，看到插针上有一张纸条。

伊丽莎白：[微微一笑] 那是欧洲中世纪黑暗时代盛行的做法。

阿诺德：从那个不堪回首的晚上起，我父亲就不再喜欢这栋房子了。他再也没有在这里住过。我结了婚，他就把这栋房子给了我。现在，在这个庄园，他只有一套别墅。想来这里时，他就到别墅去住。

伊丽莎白：这栋房子我们住得挺美的。

阿诺德：我父亲给予了我一切。我觉得，如果我把那两个人请到这里来，他绝不会原谅我。

伊丽莎白：阿诺德，我会承担一切责任的。

阿诺德：［烦躁地］无论如何，这种情况够难堪的了。我不知道该怎么对待他们。

伊丽莎白：你难道不相信，你见到他们时，事情会迎刃而解吗？

阿诺德：毕竟他们是我的客人。我会尽可能以礼相待。

伊丽莎白：我可办不到。我们还没有取暖设备呢。

阿诺德：［不理睬］她会希望我吻她吗？

伊丽莎白：［微笑］一定会的。

安　娜：可我不明白，为什么你从来没有去见见她？

阿诺德：我相信，我小时候她曾想见我，不过我父亲觉得不见更好。

安　娜：是这样。不过你长大以后呢？

阿诺德：她一直住在意大利，我没有去过意大利。

伊丽莎白：如果你们在大街上相遇，却谁都认不出对方。我觉得这好像很可悲啊。

阿诺德：这能怪我吗？

伊丽莎白：可你答应过要对她以礼相待的。

阿诺德：问题在于你还邀请了波蒂厄斯来这里。这就好像我们接受了他们的一切。那我该怎么对待他？难道要我和他握手、拍背吗？他完全破坏了我父亲的生活呀。

伊丽莎白：［微笑］那你想出多少钱制造一场车祸，来阻止他们来这里呢？

阿诺德：都是因为你的话，害得我做出错误的决定。我一直都在后悔。

伊丽莎白：［心平气和地］好在安娜和特迪在这里。我预感到这场聚会不一定会顺利。

阿诺德：我会尽力而为。我答应过你，我会说话算数。不过我可没法子替我父亲打包票。

安　娜：你父亲来了。

［克莱夫·钱皮恩·切尼先生出现在落地窗的窗口］

克莱夫：我是现在从这个窗口进来呢，还是先让一个傲慢的仆人通报一声，再领我进来呢？

伊丽莎白：爸爸，请进。我们正等着您呢。

克莱夫：没有等得不耐烦吧，我亲爱的孩子。

［克莱夫·钱皮恩·切尼先生是个六十开外的瘦高个子，脸庞瘦削，相貌聪慧，却透露出些许苦行僧的模样，一头花白的头发很是漂亮。他衣着讲究，行动敏捷，虽说上了年纪，却仍然精力充沛。他吻了吻伊丽莎白，然后把手伸给了阿诺德］

伊丽莎白：我们以为您会在巴黎再住一个月哩。

克莱夫：阿诺德，你还好吧？我经常保留的特权就是做事喜欢心血来潮。这是老先生和漂亮女子共同享有的唯一特权。

伊丽莎白：您认识安娜吧？

克莱夫：〔和安娜握手〕当然认识。很高兴在这里见到你。你在这里住了好久吗？

安　娜：只要他们一直欢迎我，我就一直住在这里。

伊丽莎白：还有这位卢顿先生。

克莱夫：你好。你玩桥牌吗？

卢　顿：玩啊。

克莱夫：太好了。你手里没有高点牌还叫牌吗？

卢　顿：那决不能叫牌。

克莱夫：这就对了。我看得出你是个好小伙儿。

卢　顿：不过，一般说来，像其他好人一样，我也是个穷人。

克莱夫：没关系。如果你打牌的原则是正确的，你可以玩十先令一百分，这没有危险。我打牌从来不少于这个数，也从来不超过这个数。

阿诺德：您……爸爸，您要在这里待很长时间吗？

克莱夫：你愿意让我在这里多待会儿的话，我就吃了午饭再走吧。

〔阿诺德烦躁地瞟了伊丽莎白一眼〕

伊丽莎白：我们会很高兴的。

阿诺德：我不是这个意思。您当然要在这里吃午饭。我的意思是，您打算在这里住多久？

克莱夫：一周吧。

〔沉默片刻。除了克莱夫，其他人都稍显难堪〕

特　迪：我看我们还是别打网球了。

伊丽莎白：好。我想让我公公告诉我，这周巴黎妇女的服装流行式样是什么。

特　　迪：那我去收拾球拍。

［特迪下］

阿诺德：伊丽莎白，快一点了。

伊丽莎白：我没想到都这么晚了。

安　　娜：［对阿诺德］我想你是否愿意开饭前到花园里走走？

阿诺德：［急切接受］我正想去走走呢。

［安娜从落地窗走出去。阿诺德跟随她出去时，又犹豫不定地停下来。向克莱夫］

我想让您看看我刚买来的椅子。我觉得挺好的。

克莱夫：很好。

阿诺德：我敢说，这大概是一七五〇年制造的。设计得不错，对吧？没有经过修补什么的。

克莱夫：真的很漂亮。

阿诺德：我觉得这宗买卖很划算，您觉得呢？

克莱夫：哦，亲爱的孩子，你知道，我对这些东西完全外行。

阿诺德：它正是我收集的这个时期的物品……好吧，午饭见。

［他尾随安娜从落地窗出去］

克莱夫：那个年轻人是什么人？

伊丽莎白：卢顿先生。他刚复员，现在在 F. M. S. ① 的一家橡胶种植园当经理。

克莱夫：国内怎么称呼 F. M. S. ?

伊丽莎白：叫作马来联邦。他在大战②开始时入伍，现在要回种植园了。

克莱夫：为什么大家都走了，把我们丢到这里？

伊丽莎白：是吗？我没有注意到。

克莱夫：看来年轻人很难意识到这一点。我可能是老了，却未必是傻瓜。

伊丽莎白：我可从来没有那样看您。人人都知道您很精明。

克莱夫：现在他们当然应该知道这一点，我常对他们这么说。你也有点儿紧张吗？

伊丽莎白：我来自己摸摸脉。［她把手指搭在手腕上］完全正常啊。

克莱夫：刚才我说要待在这儿吃午饭时，阿诺德就像服了一剂蓖麻油一样不太爽啊。

伊丽莎白：爸爸，您能坐下来吗？

克莱夫：我坐下来你会舒服吗？［拿来一把椅子］你显然有很不痛快的事儿要跟我讲吧？

伊丽莎白：您不会生我的气吧？

克莱夫：你有多大年纪？

---

① F. M. S.：The Federated Malay States 的缩写，意指"马来联邦"，是 1896 年至 1942 年间的前英属殖民地。
② 指第一次世界大战。

伊丽莎白：二十五岁。

克莱夫：我从来不会对三十岁以下的女人生气。

伊丽莎白：哦，那我还有十年。

克莱夫：你学数学吗？

伊丽莎白：不学，我学绘画。

克莱夫：你要告诉我什么？

伊丽莎白：［若有所思地］我想，我坐在您膝盖上可能会更舒服些。

克莱夫：你还真讨人喜欢。不过你得小心，不能再增加体重了。

［她坐在他膝盖上］

伊丽莎白：我瘦吗？

克莱夫：正相反……我听着呢，请讲！

伊丽莎白：凯瑟琳夫人要来这里了。

克莱夫：谁是凯瑟琳夫人？

伊丽莎白：您的……阿诺德的妈妈。

克莱夫：是她？

［他缩了一下腿，伊丽莎白站了起来］

伊丽莎白：您不要怪阿诺德，是我的错。我坚持要请她来，他反对了。我一直磨他，最后他让步了，然后我就写信邀请她来这里了。

克莱夫：我不知道你认识她。

伊丽莎白：我并不认识她。不过我听说她在伦敦，住在克拉里奇旅馆。大家都不理她，这显得太薄情了。

克莱夫：她什么时候来？

伊丽莎白：我们等她来吃午饭。

克莱夫：这么快？怪不得你们都那么窘迫呢。

伊丽莎白：您知道，我们没有料到您会来这里。您说过你还要在巴黎再待一个月的。

克莱夫：好孩子，这是你的家。你想请谁来，当然可以理直气壮地请谁来呀。

伊丽莎白：不管她做过什么错事，她毕竟是阿诺德的母亲。他们母子彼此永不见面，太说不过去了。一想到她是那么穷困、孤单，我的心都痛啊。

克莱夫：我倒从来没有听说过她孤单，而且她也肯定不会穷困。

伊丽莎白：还有呢，我不能只请她一个人来，这会显得那么……那么无礼，所以我还请了波蒂厄斯勋爵。

克莱夫：原来如此。

伊丽莎白：我想您最好不要见他们吧。

克莱夫：我也想说，他们最好不要见我。我可以在别墅里吃一顿美味的午餐。我注意到，要是我不请自来，一顿丰盛的美餐还是能够吃到的，至少可以吃到在仆人房间一样好的食物。

伊丽莎白：这儿没人跟我谈起过凯蒂夫人的事情。这是人人忌讳的话题，我甚至从来没有看到过她的照片。

克莱夫：她离开时，这间屋里到处都是她的照片。我记得，是我让管家把它们全丢到垃圾箱里的。她喜欢拍照，拍了许多照片。

伊丽莎白：您能告诉我她长什么样吗？

克莱夫：伊丽莎白，她和你很像。只不过她的头发是暗色的，不是红色的。

伊丽莎白：可怜的人儿！现在肯定都白了。

克莱夫：肯定是喽。她曾经是个美人儿。

伊丽莎白：她当时确实是个大美人儿，他们说她非常美丽可爱。

克莱夫：她的鼻子小小的，非常惹人喜爱，就像你的鼻子……

伊丽莎白：您喜欢我的鼻子吗？

克莱夫：她非常优雅标致，娇小玲珑，婀娜多姿，步履轻盈，就像古老的法国喜剧里的一位侯爵夫人。是的，她非常可爱。

伊丽莎白：她现在肯定还是十分可爱。

克莱夫：可是你要知道，岁月不饶人啊。

伊丽莎白：您可不能指望我像您和阿诺德一样有相同的看法。如果您也像她那样热烈地爱过，那么尽管您也会变老，却会老得幸福美丽。

克莱夫：你可真是个爱浪漫的人。

伊丽莎白：要不是人人把这件事渲染得神神秘秘，我肯定不会有这种感觉。我知道她对不起您，她也对不起阿诺德，我承认这一点。

克莱夫：你真是体谅人哪。

伊丽莎白：可是她曾爱过，她还有那么大胆的举动。爱情就是这么迷人的东西。您在书本上读到过,却很少亲眼见到。我听说后情不自禁地感到激动万分。

克莱夫:可是令人痛心的是,处于这种状况的丈夫却无法浪漫起来。

伊丽莎白:她的生活可谓一片光明,应有尽有。您那么富有,她有头有脸,竟然为了爱情抛弃了一切。

克莱夫:[冷冷地]我有点儿怀疑,你请她来这儿,可不只是为了她,也不只是为了阿诺德吧。

伊丽莎白:我好像早就认识她似的。我觉得她的面容会略带哀伤,那样的爱情毕竟不会让人快乐,只会使人忧郁。不过我想她苍白的脸庞也许还没有皱纹,还像孩子的脸一样光滑细嫩哩。

克莱夫:亲爱的,你的想象力可真丰富啊!

伊丽莎白:我还想象着她身材苗条、弱不禁风的样子呢。

克莱夫:她当然很羸弱。

伊丽莎白:她还有美丽的纤纤小手和雪白的头发。我经常想象她生活在文艺复兴时期的宫殿里,墙上挂着著名画家的作品,周围净是精美的雕塑。她穿着黑色绸缎衣服,颈部装饰有老式花边,脖子上戴着老式的钻石项链。您知道,我从来没有见过我妈妈,我还是个婴儿时她就去世了。姑妈和姨妈都有自己一大家子人,您总不能有苦找她们倾诉吧。我真希望阿诺德的妈妈能把我当作女儿看待,我有许多话想要告诉她。

克莱夫:你和阿诺德在一起幸福吗?

伊丽莎白:有什么不幸福的呢?

克莱夫:那你们为什么没有生孩子呢?

伊丽莎白：给我们宽限些时间呗。我们结婚才刚三年嘛。

克莱夫：不知道休吉现在怎样了？

伊丽莎白：您是说波蒂厄斯勋爵吗？

克莱夫：以前他的服装是伦敦人当中最讲究的。你知道，他如果还在政界混，有可能当上首相了呢。

伊丽莎白：那时他是个什么样的人？

克莱夫：他是个美男子，一流骑手。我觉得他有极强的个人魅力，黄头发，蓝眼睛，体态匀称，我很喜欢他。那时我是他议会办公室的秘书，他是阿诺德的教父。

伊丽莎白：我知道这一点。

克莱夫：不知道他后悔不后悔。

伊丽莎白：我想他不一定后悔。

克莱夫：好了，我得溜达着回别墅去了。

伊丽莎白：您不生我的气吧？

克莱夫：一点儿也不。

[她扬起脸让他亲吻。他吻了吻她的脸颊，然后离开了。一会儿特迪在窗口出现。]

特　迪：我看到那个可恶的老家伙走了。

伊丽莎白：进来吧。

特　迪：事情都搞定了？

伊丽莎白：哦，是的，没问题了。他会回避的。

特　迪：不太顺利吧？

伊丽莎白：没有。他没有为难我。他是个不错的老头儿。

特　迪：你之前很害怕吧。

伊丽莎白：是有点儿害怕，现在还心有余悸呢。我也不知道为什么。

特　迪：我就猜着你害怕了。所以，我想着得来给你一点道义支持。这儿还不错吧？

伊丽莎白：很棒的。

特　迪：一想到我要回到 F. M. S 去，就很开心。

伊丽莎白：你在那儿有时不想家吗？

特　迪：哦，你知道，每个人有时都会想家的。

伊丽莎白：你愿意的话，可以在英国找到一份工作的，不是吗？

特　迪：嗯，可我喜欢那儿。回英国也很好，不过我现在不能老在这儿住。这就好像你很长时间不见一个女人时会发疯地爱她，但一旦和她在一起，你会被她惹得发狂，反而受不了她了。

伊丽莎白：［微笑］英国有什么不好呢？

特　迪：我也没有觉得英国不好。我想可能是我自己有问题。我离开这里太久了，觉得英国好像到处都是一些无奈的人，净做些自己不想做却被人们指望做的事儿。

伊丽莎白：那不就是你所说的高度文明吗？

特　迪：我觉得这儿的人好像很不地道。你在伦敦参加宴会，会发现他们在对艺术高谈阔论，可你会感到其实他们内心一点儿也不喜欢艺术。他们之所以读大家都在谈论的书，是不想做门外汉。在 F. M. S，我们的书不多，却能反复诵读，觉得很有意思。我觉得那里的人们，聪明劲儿不及国内人的一半，你可以对他们有更多了解。你瞧，我们在那里人很少，相互之间必须好好相处。

伊丽莎白：我猜，在 F. M. S.，人们不会常穿这种带褶边的衣服吧！那样肯定很舒服。

特　迪：在那儿，人人都知道你的为人和底细，装腔作势实在不合适。

伊丽莎白：我想，社交方面你也别指望人人都很真诚，它就像是在一座纸牌搭起的房子里架上一根铁梁一样不般配。

特　迪：你也知道，那地方太美了。在那里，你会习惯看到蓝蓝的天空。所以在英国，你就会怀念那个地方了。

伊丽莎白：你在那儿整天都干什么？

特　迪：哦，天天忙着干活。作为种植园经理，必须身强力壮。还有，那里的海水浴很爽。那地方太美了，沿着海滩全是棕榈树，还能打猎。有时我们还伴着留声机开小型舞会呢。

伊丽莎白：[假装逗弄他] 我看，你在那儿肯定有年轻女人，特迪。

特　迪：[反应激烈] 哎，我没有！

[他那么认真地否认，让她大吃一惊。沉默片刻，她又定下神来]

伊丽莎白：不过你得尽快结婚，安顿下来。

特　迪：我倒是想过，可这不是一件轻而易举的事儿呀。

伊丽莎白：我不明白，这事儿为什么在那儿更难解决。

特　迪：在英国，要是两个人合不来，他们就会各行其是地拖延下去。可是在那种地方，你主要得靠自己。

伊丽莎白：那是自然的了。

特　迪：许多女孩子以为那里好玩，就都去了。可如果她们没有头脑，就得自食其果。要是丈夫有钱，她们就可以回国，定居下来守活寡。

伊丽莎白：我见过这种女人。她们好像觉得那种生活很愉快呢。

特　迪：可她们的丈夫倒霉透了。

伊丽莎白：假如她们的丈夫负担不起这笔费用呢？

特　迪：那她们就狂饮，借酒浇愁呗。

伊丽莎白：情况就比较糟糕了。

特　迪：假如她是不错的女人，就不会变心。毕竟我们才是大英帝国的缔造者。

伊丽莎白：那类不错的人是什么样的女人呢？

特　迪：有勇气，有恒心，诚实可靠的女人。当然，她得爱自己的丈夫，否则她还得变心。

[他热切地望着她。她抬起头，久久地凝视着他。两人都默不作声]

特　迪：我的房子在一座小山的一侧，椰子树环绕着海滨。我的花园里长满了杜鹃花、山茶花和各种美丽的花儿。房子前面就是弯弯曲曲的海岸线，还有湛蓝的大海。

[停顿]

你知道吗，我非常爱你。

伊丽莎白：[严肃地] 我以前可不大清楚，只是有些怀疑。

特　迪：那你呢？

[她慢慢地点点头]

我还从来没有吻过你呢。

伊丽莎白：我不希望你那样做。［他们定睛凝视着对方，神情庄重。阿诺德匆匆走入］

阿诺德：伊丽莎白，他们来了。

伊丽莎白：［如梦初醒］谁呀？

阿诺德：［不耐烦地］我的宝贝儿，当然是我妈妈呀。汽车已经开到前面的路上了。

特　迪：你看我是否得避一避？

阿诺德：不用，不用！看在上帝的分上，你可得留下。

伊丽莎白：我们最好出去接接他们，阿诺德。

阿诺德：不，不！我看还是让人把他们领进来更好一些。我觉我紧张得难受死了。

［安娜从花园里进来］

安　娜：你们的客人到了。

伊丽莎白：好，我知道了。

阿诺德：我已经吩咐下去了，马上开饭。

伊丽莎白：怎么这么早？还没到一点半，是吧？

阿诺德：我觉着这样好一些。你不知道说什么的时候，就可以一直低头吃饭。

［管家进来报告］

管　家：凯瑟琳·钱皮恩·切尼夫人到！波蒂厄斯勋爵到！

［凯蒂夫人进来，波蒂厄斯勋爵尾随而入。管家退场。凯蒂夫人是个矮个子快活女人。她把头发染成了红色，脸颊上擦着厚厚的脂粉。她衣着妖艳，从未忘记自己曾经是个美人儿。眼下，她的举止显得好像还是二十五岁时一样。波蒂厄斯勋爵是个秃顶

老先生,穿着一身宽大的样式古怪的衣服,声音粗哑,说话恶声恶气。他们根本不是伊丽莎白想象中的一对夫妻。她睁大眼睛,盯着他看了好大一会儿。凯蒂夫人走来,向她伸出双臂〕

凯　蒂:伊丽莎白!伊丽莎白![她热烈地吻伊丽莎白]多么可爱的美人儿啊![她转向波蒂厄斯勋爵]休吉,你看她是个大美人儿吧?

波蒂厄斯:[嘟囔着]呃!

[伊丽莎白这时微笑着转向了他,向他伸出一只手]

伊丽莎白:您好!

波蒂厄斯:你们这儿的路可真糟糕。你好,亲爱的。为什么你们英国的路这么糟糕?

[凯蒂夫人的视线落到特迪身上,她张开胳膊,向他走来,准备拥抱他。]

凯　蒂:我的孩子,我的孩子!在哪儿我都能认出你来!

伊丽莎白:[赶紧地]那个是阿诺德。

凯　蒂:[毫不迟疑地]真像他爸爸!在哪儿我都能认出你来![她伸出胳膊搂住他的脖子]我的儿子!我的儿子!

波蒂厄斯:[嘟囔着]呃!

凯　蒂:告诉我,你会认出我来吗?我变了吗?

阿诺德:我那时只有五岁,您知道,当……当您……

凯　蒂:[动情地]我记得清清楚楚,就像是昨天发生的事儿一样。我上楼到了你的房间,[突然口气一变]顺便说一句,当时我老觉得那个保姆喝醉了酒。你有没有发现过她真喝醉了?

波蒂厄斯:真见鬼!你怎么能指望他知道这种事儿呢,凯蒂?

凯　蒂：你从来没有过孩子，休吉！你怎么能说得清他们知道什么，又不知道什么呢？

　　伊丽莎白：［打圆场］：这是阿诺德，波蒂厄斯勋爵。

　　波蒂厄斯：［与阿诺德握手］：你好，我认识你的父亲。

　　阿诺德：我知道。

　　波蒂厄斯：他还健在吗？

　　阿诺德：健在。

　　波蒂厄斯：他一定上了年纪。他还好吧？

　　阿诺德：很好。

　　波蒂厄斯：呃！我料想他会保重好自己的身体。我可不行喽，适应不了这种可恶的鬼天气。

　　伊丽莎白：［对凯蒂夫人］这位是申斯通太太！这位是卢顿先生！这是个小型宴会，请不要见怪。

　　凯　蒂：［与安娜和特迪握手］啊，没关系，我会喜欢的。我过去常在这里举办大型宴会，是政治性的，你知道。你把这问屋子布置得真好！

　　伊丽莎白：哦，那是阿诺德布置的。

　　阿诺德：［紧张地］您喜欢这把椅子吗？我刚买的，刚好是我收集的那个时代的物品。

　　波蒂厄斯：［不客气地］那是假货！

　　阿诺德：［愤怒地］我一点儿也不这么看。

　　波蒂厄斯：那些椅子腿不太对劲。

　　阿诺德：我不明白您怎么能说那种话。如果说这把椅子好的话，它就好在腿上。

凯　蒂： 我敢保证那些椅子腿不错嘛。

波蒂厄斯： 你对这个根本就一窍不通，凯蒂。

凯　蒂： 那是你的看法罢了。我觉得那把椅子很漂亮，是赫普怀特式的吗？①

阿诺德： 不是，是谢拉顿式的。②

凯　蒂： 哦，我知道了。是《造谣学校》的作者。③

波蒂厄斯： 是谢拉顿式的，亲爱的，是谢拉顿式的家具风格。

凯　蒂： 是，我说的就是这个。我在佛罗伦萨的一些业余戏剧组里上台演过。意大利伟大的悲剧作家厄米特·诺维利告诉我说，他从来没有见过还有谁演蒂则尔夫人④比我更好的。

波蒂厄斯： 嗬！

凯　蒂： ［对伊丽莎白］你也演戏吗？

伊丽莎白： 哦，我不会。我会紧张得不得了。

凯　蒂： 我从来不紧张。我是个天生的演员。当然，如果我再活一次，我要当个演员。你知道，他们永葆青春的方法真是离奇，我是指女演员们。我觉得那是因为她们总是在扮演不同的角

---

① 指乔治·赫普怀特（George Hepplewhite）。他与托马斯·谢拉顿（Thomas Sheraton）、托马斯·齐彭代尔（Thomas Chippendale）并称为西方家具史上的三位大师。他们具有不同的家具风格。
② 即上一注释中提及的家具大师托马斯·谢拉顿。
③ 家具大师托马斯·谢拉顿（Thomas Sheraton）的名字和英国18世纪戏剧家理查德·布林斯利·谢里丹（Richard Brinsley Sheridan）发音相似。这里凯蒂把谢拉顿错认作谢里丹了，所以在接下来的对话里波蒂厄斯纠正了她。
④ 蒂则尔夫人（Lady Teazle）是英国18世纪的戏剧家理查德·布林斯利·谢里丹的代表作《造谣学校》中的一个人物。

色。休吉，你看阿诺德像我还是像他父亲？我当然觉得他很像我。阿诺德，我想我应该告诉你，我去年冬天获准加入了天主教会。多年来，我一直想加入天主教。去年我们在蒙特卡洛①碰到了一位仁慈的天主教阁下，我跟他讲了我的一大堆困难。他人真是太好喽。我知道休吉不会赞成我这么做，就没有告诉他。[对伊丽莎白]你对宗教感兴趣吗？我看它是真太玄妙了！我们这几天一定要抽空好好谈谈这个事。[指着她的连衣裙]这是卡洛时装店②的手艺吗？

伊丽莎白：不是，是沃斯时装店③的手艺。

凯　蒂：我就知道，这不是沃斯店的手艺就是卡洛店的手艺。当然，最主要的是线条。我到沃斯店去，总是跟他说注意线条。亲爱的沃斯，注意线条！怎么了，休吉？

波蒂厄斯：我这些新镶的牙真讨厌，难受死了。

凯　蒂：男人总是那么特别，忍受不了一丁点儿不舒服。为什么一个女人从一早起床到夜里上床，生活总是不舒服？你以为脸上戴着一副面具睡觉舒服吗？

波蒂厄斯：这些牙齿好像总是不合适。

凯　蒂：噢，那不是你的牙齿的问题，那是你的牙龈有问题。

波蒂厄斯：该死的牙医。问题就在这儿。

凯　蒂：我看那个医生还是不错的。他告诉我，我的牙齿在

---

① 蒙特卡洛（Monte Carlo）是摩纳哥的一座城市，世界著名赌城。
② 卡洛特（Callot）是 1895 年在法国成立的一家高级时装店。
③ 沃斯（Worth）是 19 世纪法国巴黎的高级时装店，在高级定制领域享有很高的声誉。

我五十岁时还会保持完好。他有一间中国式样的屋子，可真有趣。他给你洗牙时，会讲许多关于那位尊贵的皇太后①的故事。你对中国感兴趣吗？我觉得太棒了。你知道，他们都剪掉了辫子②。我觉得太可惜了，那些辫子那么别致。

［管家上］

管　　家：午饭准备好了，老爷。

伊丽莎白：你们要先去看看房间吗？

波蒂厄斯：我们可以饭后再去看看。

凯　　蒂：我得在鼻子上扑点儿粉，休吉。

波蒂厄斯：你就在这儿扑吧。

凯　　蒂：我从来没见过像你这么不体贴人的。

波蒂厄斯：我就知道你会让我们大家等半个小时。

凯　　蒂：［在手提包里摸索］啊，不过，就像比坎斯菲尔德勋爵说过的，做什么事都要不惜一切代价。

波蒂厄斯：他是说过一大堆讨厌的傻话，凯蒂，不过他可从来没有这样讲过。［凯蒂的脸色变了，先是茫然不知所措，接着垂头丧气，然后又惊慌失措］

凯　　蒂：哎呀！

伊丽莎白：怎么了？

凯　　蒂：［气恼地］我的口红。

伊丽莎白：找不见了吗？

---

① 应该是指中国清朝末年的慈禧太后（1835年11月29日－1908年11月15日），即孝钦显皇后，叶赫那拉氏，咸丰帝的妃嫔，同治帝的生母。
② 指中国清朝时期男人留长辫的习俗。

凯　蒂：我在车上时还有呢。休吉，你该记得我在车上时还有的吧。

波蒂厄斯：我怎么会记得这种事呢。

凯　蒂：别装傻啊，休吉。哎，我们进门时我还说：我的家，我的家！我还把它掏出来，在嘴唇上擦了一些。

伊丽莎白：也许您把它掉到车上了。

凯　蒂：看在上帝的分上，让人去找找吧。

阿诺德：我来叫人。

凯　蒂：口红没了，我简直不知道该怎么办。把你的借给我怎样，亲爱的？

伊丽莎白：实在抱歉，我根本就没有口红。

凯　蒂：你是说你不用口红吗？

伊丽莎白：我没有用过。

波蒂厄斯：看看她的嘴唇。你怎么会以为她会用那种破烂东西呢？

凯　蒂：哦，亲爱的，你犯了个多大的错误啊！你一定要用口红，它对你的嘴唇很有好处。男人喜欢这种东西，你要知道。我离了口红简直没法过。

［克莱夫出现在窗口，他的一只手向上伸着，拿着一个小金盒］

克莱夫：［进门时］这儿有人丢了一个小物件吗？如果我没有猜错，这是梳妆打扮用的必不可少的物件吧？

［阿诺德和伊丽莎白一看见他，大惊失色，连特迪和安娜也吓了一跳，可是凯蒂夫人却喜笑颜开］

凯　蒂：我的口红！

克莱夫：我在路上见到的，就冒昧地把它拿了进来。

凯　蒂：感谢上帝。我在包里找的时候就祈求上帝保佑哩。

波蒂厄斯：什么上帝！是克莱夫，天哪！

凯　蒂：［吃惊，她的注意力从口红转向克莱夫］克莱夫！

克莱夫：你都不认识我了。从我们分手到现在，是有一些年头了。

凯　蒂：我可怜的克莱夫，你的头发全白了！

克莱夫：［伸出手］你从伦敦到这里来，一路还愉快吧？

凯　蒂：［把脸凑近他］你可以吻我，克莱夫。

克莱夫：［吻她］你不介意吧，休吉？

波蒂厄斯：［嘟囔着］呃！

克莱夫：［热情地走向他］你还好吧，亲爱的休吉。

波蒂厄斯：就是这该死的风湿病把我害得够戗。这个国家的天气真让人讨厌。

克莱夫：不和我握握手吗，休吉？

波蒂厄斯：我不反对和你握手啊。

克莱夫：你老了，可怜的休吉。

波蒂厄斯：有一天，有人还向我打听过你有多大岁数呢。

克莱夫：那你告诉他们时，他们感到很奇怪吗？

波蒂厄斯：可奇怪了！他们奇怪你怎么还没死。［管家上］

管　家：老爷，您按铃了吗？

阿诺德：没有。呃，是的，我按了。现在没事了。

克莱夫：［管家待下］等等。我亲爱的伊丽莎白，我来是想得到你的恩赐。我的仆人都在忙自己的事，我的别墅里没有一点儿吃的。

伊丽莎白：哦，假如您是来和我们一起吃午饭的话，我们会很高兴的。

克莱夫：我是这个意思，不然我得饿死。你不介意吧，阿诺德？

阿诺德：我亲爱的爸爸！

伊丽莎白：［对管家］切尼先生要在这里用餐。

管　家：是，太太。

克莱夫：［对凯蒂夫人］你觉得阿诺德怎么样？

凯　蒂：我非常喜欢他。

克莱夫：他长大成人了吧？可不，他真该成人了，都过了三十年啦。

阿诺德：看在上帝的分上，咱们去吃饭吧，伊丽莎白！

幕落

第二幕

布　景：同前。

幕　启：波蒂厄斯、凯蒂夫人、安娜和特迪在打桥牌，伊丽莎白和克莱夫在观战。波蒂厄斯和凯蒂夫人是一方。

克莱夫：伊丽莎白，阿诺德什么时候回来？

伊丽莎白：我想很快吧。

克莱夫：他要在大会上发表演说吗？

伊丽莎白：不，这只是他和助手以及一两个选民的讨论会。

波蒂厄斯：［烦躁地］周围有人扯着嗓子大喊大叫，还怎么玩桥牌？我真不明白。

伊丽莎白：［微笑］对不起。

安　娜：我能看到您手里的牌，波蒂厄斯勋爵。

波蒂厄斯：那你就占便宜了。

凯　蒂：我跟你说过多少遍，让你把牌往上拿。倘若有人看到对方的牌，整局牌给毁了。

波蒂厄斯：大家本来就不应该看嘛。

凯　蒂：阿诺德上次竞选时得了多数票，多得了多少票？

伊丽莎白：多得七百多票。

克莱夫：他想要在下一次竞选保住席位，得好好努力奋斗。

波蒂厄斯：我们是在打桥牌还是在谈政治？

凯　蒂：我从来没觉得谈话会影响到我们打牌。

波蒂厄斯：你无论是说话还是闭上嘴，牌都打得一样糟糕。

凯　蒂：你说话可真饯人，休吉。就因为我和你打牌的方式不一样，你就觉得我不会打牌。

波蒂厄斯：你承认你玩牌和我不一样，我很高兴。那么你知道到底为什么那叫桥牌呢？

克莱夫：我同意凯蒂说的。我讨厌那些玩起牌来就像是参加葬礼一样板着脸的人，再说他们也知道那样子很不舒服。

波蒂厄斯：你当然和凯蒂一个立场。

凯　蒂：他起码会这样做嘛。

克莱夫：我天生喜欢逗乐。

波蒂厄斯：你从来不会发火。

凯　蒂：休吉，我不明白你这是什么意思。

波蒂厄斯：［努力克制］你非得出主牌吃我的 A 吗?

凯　蒂：［无辜地］呀，亲爱的，是你的 A 吗?

波蒂厄斯：［狂怒地］是的，是我的 A。

凯　蒂：哎呀，那是我唯一的主牌。我本不该那样出牌。

波蒂厄斯：你用不着告诉他们这一点嘛。现在安娜知道我的牌底了。

凯　蒂：她本来就知道。

波蒂厄斯：她怎么会知道?

凯　蒂：她说她看到你手上的牌了呀。

安　娜：喂，我没看。我是说我能看见。

凯　蒂：噢，我很自然地认为，既然她能看见，那她就会看喽。

波蒂厄斯：真的，凯蒂，你的想法最奇特了。

克莱夫：一点儿也不奇特。如果有谁傻到想给我看牌，我当然会看喽。

波蒂厄斯：［生气］要是你研究一下桥牌的规则就会发现，旁观者不该干预牌局。

克莱夫：我亲爱的休吉，这是个道德问题，和桥牌无关。

安　娜：不管怎样，我赢了这局。这是决胜局。

特　迪：我声明，有人有牌不跟。

波蒂厄斯：谁有牌不跟了？

特　迪：是您呀。

波蒂厄斯：胡扯。我这辈子都没有过有牌不跟。

特　迪：那我给您看一下。[他翻出牌的正面给他们看] 在打第三圈红心时，您打出一张梅花，可您手里还有一张红心。

波蒂厄斯：我只有两张红心。

特　迪：嘀，你有。你看，这是你在倒数第二圈打出的牌。

凯　蒂：[很高兴他被人揭发] 这是明摆着的嘛，休吉，你就是有牌不跟。

波蒂厄斯：我跟你说，我没有那样做。我从来没有有牌不跟。

克莱夫：休吉，你就是有牌不跟。我真奇怪你是怎么玩的。

波蒂厄斯：这很明白，周围一直都是你们讨论事情的叽叽喳喳声，我免不了会有牌不跟嘛。

特　迪：那好，我们再加一百分。

波蒂厄斯：[对克莱夫] 我希望你别在我的脖子上吹气。有人在我脖子上吹气，我根本就玩不好牌。[牌桌上的人都起身站立，在屋里来回走动]

安　娜：好吧，我要拿本书到吊床上躺躺，到该换衣服吃饭时再来。

特　迪：[在计算分数] 我来把它记到账上怎样？

波蒂厄斯：[坐着没动，正摆着牌玩着单人纸牌游戏] 好啊，好啊，记下来吧。反正我没有有牌不跟。

[安娜下]

凯　　蒂：休吉，你要不要出去稍微走走？

波蒂厄斯：为什么要出去？

凯　　蒂：锻炼锻炼呀。

波蒂厄斯：我不喜欢锻炼。

克莱夫：［看着休吉摆的单人纸牌游戏］把七放到八上面嘛。

［波蒂厄斯不加理会］

凯　　蒂：休吉，把七放到八上面。

波蒂厄斯：我不愿意把七放到八上面。

克莱夫：把J放到Q上。

波蒂厄斯：我眼又不瞎，多谢。

凯　　蒂：把三放到四上。

克莱夫：这些全放到那边去。

波蒂厄斯：［大怒］是我在玩牌，还是你们在玩？

凯　　蒂：可你老漏掉牌。

波蒂厄斯：你们俩都走开，真让人生气。

凯　　蒂：我们只是想帮帮你，休吉。

波蒂厄斯：我不需要帮忙，就想自己玩。

凯　　蒂：我觉得你这种做法很不光彩，休吉。

波蒂厄斯：你在玩单人纸牌，有人却老在旁边碍事，能不惹人生气啊。

克莱夫：那我们不吭声了。

波蒂厄斯：把三放过去，我相信就成了。如果我傻得把七放上去，就不能把这些全拿下来。

［他又把几张牌放下，他们默不作声地看着他］

凯蒂和克莱夫：［异口同声地］把四放到五上。

波蒂厄斯：［猛地摔掉牌］你们真该死！为什么不能让我一个人静静？真让人受不了。

克莱夫：牌掉出来了，伙计。

波蒂厄斯：我知道牌掉出来了。你们都给我滚开！

凯　蒂：休吉，你怎么这么小题大做啊！

波蒂厄斯：小题大做，见鬼去吧！我告诉你多少遍了，我玩单人纸牌时，不希望有人打扰我。

凯　蒂：休吉，别那样跟我说话。

波蒂厄斯：我想怎样跟你说话就怎样跟你说话。

凯　蒂：［开始哭泣］哎呀呀，你这个猪狗不如的东西！

［她冲出了房门］

波蒂厄斯：唉，千刀万剐的！她又该哭了。

［他跟跟跄跄地走到花园里，屋里剩下克莱夫、伊丽莎白和特迪。静了片刻，克莱夫抬眼，讥笑着看看特迪，又望望伊丽莎白］

克莱夫：我敢发誓，他们可能结婚了，可他们过得不怎么和谐啊。

伊丽莎白：［冷冷地］他们到了以后，您能频繁来这里，真是难为您了。您这样把事情搞得更轻松愉快了。

克莱夫：你这是在说反话讽刺我啦？在这个神圣的地方，这个世界，这个王国，这英格兰，你这种修辞形式的言辞是不太时兴的。

伊丽莎白：您来这里到底目的何在？

克莱夫：现在的年轻妇女可真喜欢爆粗口！我看出了一点，

那就是阿诺德是个讲究修辞的人,却把你引向了出言不逊的另一个极端。

伊丽莎白:不管怎样,明白我的意思就行。

克莱夫:[微笑] 我有一点模糊的怀疑。

伊丽莎白:您答应了要回避的,那为什么他们刚来,您就又回来了呢?

克莱夫:亲爱的孩子,我好奇嘛。这种好奇心肯定情有可原呀。

伊丽莎白:从您来了以后,您就一直在这里待着了。一般来说,您来别墅住时,没有这么喜欢我们以至于要和我们在一起呀。

克莱夫:我觉得非常有趣呗。

伊丽莎白:我觉得,只要他们开始闹别扭,您就幸灾乐祸,在旁边煽风点火,唯恐天下不乱。

克莱夫:我觉得他俩现在没有什么爱情可言,你看呢?

[特迪显出要离开的样子]

伊丽莎白:别走,特迪!

克莱夫:别,千万别走!我只待一分钟。凯蒂夫人来之前,我们正在谈论她。[对伊丽莎白] 你记得吗?那位穿着饰有老式花边的黑色绸缎衣服、脸色苍白、弱不禁风的夫人。

伊丽莎白:[轻笑] 您看,您真是个魔鬼。

克莱夫:啊,不过我这人一向的美名是幽默家和绅士。

伊丽莎白:可怜的人啊,您希望她是那个样子吗?

克莱夫:我亲爱的孩子,我以前没有一丁点儿那样的想法。

那天你问我她出走时是什么样子,我给你说的还不到一半。她那时是那么开心快乐,天真烂漫。谁会想到,一个充满朝气的人会变得这么无聊!一个敢恨敢爱、魅力无穷的人会变得这么滑稽可笑、矫揉造作!

伊丽莎白:听您这么说她,我心里真不是滋味。

克莱夫:是真相让你心里不是滋味,不是我。

伊丽莎白:您曾经爱过她。难道您对她就没有一点儿感情了吗?

克莱夫:早没了。我凭什么还要爱她呀?

伊丽莎白:她是您儿子的妈呀。

克莱夫:我亲爱的孩子,你的本性真可爱!你那么单纯、坦诚,像她以前一样朴实。不要让谎话蒙蔽了你辨别是非的判断力。

伊丽莎白:我们没有权利这样评判她。她在这里只待两天,我们对她还不了解。

克莱夫:亲爱的孩子,就像她的脸蛋抹着一层厚厚的脂粉一样,她的灵魂也积有厚厚的灰尘。她的情感不真诚,她华而不实。你觉得我是个残忍的、玩世不恭的老家伙,可是我想起她过去的那个样子,不嘲笑一番她现在的这副狼狈相,岂不得大哭一场啊。

伊丽莎白:如果她还是您的妻子,那您怎么就知道她不是现在这个样子呢?您以为您的影响力会对她产生多好的效果?

克莱夫:[好声好气地]我喜欢你冷嘲热讽和傲慢无礼的风格。

伊丽莎白:既然您喜欢我,那就来回答一下我的问题?

克莱夫：她出走时才二十七岁，可能会变成各种类型的人。她可能会成为你所期望的那类人，我们中间很少有人能成为造时势的英雄，我们往往为环境所塑造。她是一个愚蠢而卑微的女人，那是因为她过着愚蠢而卑微的生活。

伊丽莎白：[不安地] 您今天真可怕。

克莱夫：我不是说只有我可以阻止她从一个会失去美貌的女人变成如今这副漫画式人物的可笑模样，但是生活可以帮助她，使她不至于落到这般境地。在这里，她可以有与自己身份相符的朋友、体面的社会活动和相应的趣味。你问问她这些年与离婚女人、男人包养的女人和那些与男人鬼混的女人的生活怎么样，再也没有比这种寻欢作乐的生活更可悲的了。

伊丽莎白：不管怎么说，她爱过，而且爱得轰轰烈烈。我对她只有怜悯和爱慕。

克莱夫：如果说她爱过，那当她认识到是自己毁了休吉时，你想她的感受会怎样？你看看，昨晚饭后他喝得醉醺醺的！前天晚上也是如此！

伊丽莎白：我知道。

克莱夫：凯蒂却把这视为理所当然。你知道他每天晚上喝得醉醺醺的生活持续多久了吗？你以为他三十年前就是这副德行？你能想象得到吗？那时候他意气风发、才华横溢、前程似锦，人人都认为他能当上首相。看看他现在这副德行——一个满口义齿、脾气暴躁、成天抱着酒坛子的老头了。

伊丽莎白：您也有义齿。

克莱夫：是，我这些义齿是让人讨厌，可都很合适。凯蒂毁了他,也知道是自己毁了他。

伊丽莎白:[狐疑地看着他]您为什么跟我说这些?

克莱夫:我伤了你的感情吧?

伊丽莎白:我想我听够了。

克莱夫:那我走了,去看金鱼。阿诺德回来后我想见见他。[客气地]恐怕我们让卢顿先生烦透了。

特 迪:哪里,哪里!

克莱夫:你什么时候回 F. M. S.?

特 迪:大概一个月以后吧。

克莱夫:噢,是这样。

[克莱夫下]

伊丽莎白:真不知道他脑子里整天想什么呢。

特 迪:你觉得他是在指桑骂槐吗?

伊丽莎白:他满脑子的鬼点子。

[一阵沉默。特迪稍微犹豫了一下。他再张口时,语气变得既严肃又稍显紧张]

特 迪:好像我很难找到和你单独在一起的时间。不知道你是不是在有意制造这种困难?

伊丽莎白:我想好好考虑考虑这个问题。

特 迪:我决定明天离开这里。

伊丽莎白:为什么?

特 迪:我想和你一起离开,或者我自己走。

伊丽莎白:你好霸道啊。

特 迪:你说过你……你说过你在乎我。

伊丽莎白：我是在乎你。

特　　迪：如果我们现在再谈这个事儿，你不介意吧？

伊丽莎白：我不介意。

特　　迪：［皱着眉］这反而弄得我不好意思，比较难堪。我一遍又一遍重复我想跟你说过的，现在我准备好的话好像一文不值了。

伊丽莎白：我恐怕要哭出来了。

特　　迪：我感觉这是非常严肃的事，我觉得我们都不应该感情用事。你很动感情，是吧？

伊丽莎白：［面带微笑，但眼含热泪］你对这事儿也是感情用事。

特　　迪：那就是为什么我要把我想要说的原原本本讲给你听。如果我这么向你表白爱情，你却退缩了，那就太不合适了。我把我的想法写了下来，打算作为一封信交给你。

伊丽莎白：那你为什么没有给我呢？

特　　迪：可我又有些担心。信好像那么……那么冷淡。你知道，我非常热烈地爱着你呀。

伊丽莎白：看在上帝的分上，请不要再说这种话了。

特　　迪：你一定不能哭。请不要哭，要不我会肝肠寸断的。

伊丽莎白：［强颜欢笑］对不起。那其实不算什么，我只不过是泪水流出眼眶罢了。

特　　迪：我们唯一的机会就是讲求实际。

［他停顿了一下，感到难以自制，于是清清嗓子，皱着眉头，恼恨自己］

伊丽莎白：怎么了？

特　迪：我嗓子堵得慌。我真蠢。我想抽支烟。[*他点着烟，她默默地望着他*] 你看，我从来没有真正谈过恋爱，这次把我搞得晕头转向。现在，要是没有你，我真不知道该怎么生活……那个老蠢货知道我爱上你了吗？

伊丽莎白：我猜大概他知道了吧。

特　迪：他谈起凯蒂夫人毁掉了波蒂厄斯爵爷的前程时，我觉得他是在旁敲侧击。

伊丽莎白：我想他是在劝我不要毁掉你的前程。

特　迪：我敢肯定他是在为我着想，不过我偏偏没有什么前程可以毁掉。我倒希望有前程呢。这是我生平第一次希望自己是个了不起的人。这样，我就可以抛弃一切，展示你在我心中无比的重要性。在我心里，你比世界上的任何东西都重要。

伊丽莎白：[*动情地*] 特迪，你真是个可爱的家伙。

特　迪：你知道，其实我并不真的了解该怎样去求爱。不过，即便我懂，我现在也不会那么做，我希望得到的是绝对实际的东西。

伊丽莎白：[*嘲笑他*] 我很高兴你不知道怎么求爱。你要是真这么做了，我还真受不了呢。

特　迪：你瞧，我一点儿也不浪漫，也没有这方面的特点，只不过是个普通的园林商人。这是件极为严肃的事情，我想我们应当理性一些。

伊丽莎白：[*嗓音发抖*] 你个滑头！

特　迪：别，伊丽莎白，别跟我说那样的话。我想让你明白事情的利弊,我的心在胸膛里怦怦直跳,你知道我有多爱你。我爱你,我爱你。

伊丽莎白:［一往情深地叹口气］啊,我的心肝儿。

特　迪:［不是对伊丽莎白,而是对自己不耐烦地］别傻了,伊丽莎白。我不会跟你说"没有你我就没法活了"之类的废话。你要知道,对于我而言,你就是整个世界。［几乎认为是白费力气而泄气］哦,天哪!

伊丽莎白:［嗓音发颤］你能对我说些我不知道的新鲜话吗?

特　迪:［绝望地］可我还没有说出一丁点儿我想表达的意思。我是个生意人,如果你明白我的意思,我想要把这件事处理得像谈生意一样。

伊丽莎白:［微微一笑］我不相信你是个很棒的生意人。

特　迪:［急切地］你不知道自己在说什么。我是个一流的生意人,可这事不一样。［无望地］我也不知道自己为什么讲不清楚。

伊丽莎白:那我们该怎么处理这件事?

特　迪:你瞧,这不仅仅是因为你漂亮我才爱你。即使你年老、丑陋,我也仍旧爱你。我爱的是你这个人,并不是你的长相。这不只是爱情的问题,让爱情见鬼去吧。我是那么喜欢你,觉得你是那么好的人。我就是想和你在一起,一想起你在身边,我就感到十分快乐、幸福。我太喜欢你了。

伊丽莎白:［破涕为笑］不知道你谈生意是不是这个谈法。

特　迪:你真讨厌,不让我说。

伊丽莎白:你已经说了。你真讨厌。

特　迪：我就是那个意思。

伊丽莎白：你的声音听起来好像就是那个意思，宝贝儿。

特　迪：伊丽莎白，说实话，你真让人受不了。

伊丽莎白：我没有做什么呀。

特　迪：可你明明不让我说话嘛。我想说的话很简单，我就是一个普通的生意人。

伊丽莎白：你原先已经说过这话了。

特　迪：［生气地］算了吧。我除了赚的钱一无所有，我没有社会地位，不名一文。而你既有钱，又有社会地位，还拥有其他人向往的一切，我向你唠叨这些实在是太冒昧。不过世界上只有一件事最重要，那就是爱情。我爱你，伊丽莎白。抛弃这一切，跟我走吧。

伊丽莎白：你生我的气了？

特　迪：非常生气。

伊丽莎白：亲爱的！

特　迪：要是你不喜欢我，就马上告诉我吧，我好赶紧离开这里。

伊丽莎白：特迪，对我来说，这个世界上再也没有比你更重要的人了。我会跟着你到天涯海角。我爱你。

特　迪：［情绪失控］哦，天哪！

伊丽莎白：啊，特迪！你真的那么爱我吗？

特　迪：［试图控制自己的情绪］别傻了，伊丽莎白。

伊丽莎白：你才是傻瓜呢。你快把我弄哭了。

特　迪：你可真爱动感情。

伊丽莎白：你才爱动感情呢。我敢肯定你是个蹩脚的生意人。

特　迪：我不在乎你怎么看我。你让我感觉太幸福了。我感到，未来的生活将会多么美好啊。

伊丽莎白：特迪，你真是个可爱的人。

特　迪：咱们快点走吧。别浪费时间，伊丽莎白。

伊丽莎白：干什么？

特　迪：没什么。我只是喜欢叫伊丽莎白这个名字。

伊丽莎白：你这个傻瓜。

特　迪：喂，你会打猎吗？

伊丽莎白：不会。

特　迪：我来教你。你不知道天刚亮时就从营地出发、穿过丛林多么有趣。到晚上，你全身疲乏，却可以欣赏到满天繁星。那是多么惬意的享受！当然，在你决定跟我走之前，我不想再多说了。我下定决心要讲求实际。

伊丽莎白：［逗弄他］你说的唯一实际的事情是，爱情是唯一真正重要的事情。

特　迪：［愉快地］你干脆再取笑我一次得了，我做事喜欢成双，不喜欢成单。

伊丽莎白：爱上一个也爱你的人不是很有趣吗？

特　迪：哎，我觉得我最好马上离开，你不离开吗？待在这栋房子里实在无聊。

伊丽莎白：你今晚走不了，没有火车。

特　迪：我明天走。我会在伦敦等你和我一起离开。

伊丽莎白：我不会像凯蒂夫人那样在插针上留个字条就走，我要告诉阿诺德。

特　　迪：你要那样做？你不知道那会惹出一堆麻烦吗？

伊丽莎白：我必须面对这件事情。我不喜欢鬼鬼祟祟的骗人的鬼把戏。

特　　迪：好吧。那咱们一起来面对吧！

伊丽莎白：不，我要单独和阿诺德谈谈。

特　　迪：你不会受别人的影响吧？

伊丽莎白：不会。

［他伸出手来，她握住了。他们以几乎庄重的神情严肃、深情地凝视着对方。外面传来了汽车开来的声音］

伊丽莎白：有车来了，是阿诺德回来了。我得去抹抹眼睛，免得有人看出我哭过。

特　　迪：好吧。［她要离开时］伊丽莎白！

伊丽莎白：［停下］怎么了？

特　　迪：祝福你。

伊丽莎白：［含情脉脉地］傻瓜！

［她走出门去，特迪通过落地窗走进花园。房间里顿时空无一人。阿诺德进来后，坐下来，从公文包里拿出一些文件。看到凯迪夫人进来，他站起身］

凯　　蒂：我看见你进来了。啊，亲爱的宝贝儿，你不用起来。你不必对我这么客气。

阿诺德：我刚才按铃要了一杯茶。

凯　　蒂：也许我们可以抓住这个机会谈一会儿话。我们好像连五分钟的谈话时间都没有。你知道,我们应当相互多了解一下。

阿诺德:我希望您能知道,我并不希望我父亲来这里。

凯　蒂:我倒是很想见见他。

阿诺德:我担心您和波蒂厄斯勋爵会感到不爽。

凯　蒂:哦,不会的。休吉是他的好朋友。他们一起在伊顿和牛津上过学。我觉得他比我上次见到时的气质好多了。他年轻时并不帅气,现在倒很潇洒了。

[仆人端上一个盛有茶具的托盘]

凯　蒂:我来给您倒茶吧?

阿诺德:非常感谢。

凯　蒂:你要糖吗?

阿诺德:不要了。我在战时就不再用糖了。

凯　蒂:你真明智。当然,除了从爱国的角度考虑,吃糖对身材也不好。我这个母亲问儿子吃不吃糖,岂不可笑?生活真是离奇有趣,当然,也很令人悲哀。不过,真是太离奇有趣了!我常常夜里躺在床上,想到生活如此离奇有趣时就会独自大笑。

阿诺德:我觉得我是个严肃的人。

凯　蒂:你有多大岁数了,阿诺德?

阿诺德:三十五岁。

凯　蒂:真的吗?也是,我嫁给你父亲时还只是个小姑娘。

阿诺德:真是这样。他常告诉我说,您那时二十二岁。

凯　蒂:唉,真是胡扯!哎,我是从育儿室直接出来结婚的。结婚那天我才第一次把头发盘起来。

阿诺德：波蒂厄斯勋爵去哪儿了？

凯　蒂：亲爱的儿子，听你叫他波蒂厄斯勋爵显得很滑稽。你怎么不叫他——休吉叔叔呢？

阿诺德：他不是我叔叔。

凯　蒂：他不是你叔叔，可他是你的教父呀。我相信，你对他了解多了就会喜欢他。我真希望你和伊丽莎白能来佛罗伦萨和我们住些日子。我喜欢伊丽莎白，她真是太漂亮了。

阿诺德：她的头发很漂亮。

凯　蒂：她没有染发吧？

阿诺德：哦，没有。

凯　蒂：我真奇怪，事情竟然这么凑巧，她的头发和我的颜色一样。这就证明，你和你父亲都是被同一样东西吸引住了。这是遗传，是吧？真是太有趣了。

阿诺德：真是这样。

凯　蒂：当然，我信奉天主教以后，就不再相信什么遗传、达尔文和类似说法了。那太可怕了，是歪门邪道。你知道的，还有失体统，对吧？

[克莱夫从花园进来]

克莱夫：我打扰你们了吗？

凯　蒂：进来吧，克莱夫。阿诺德和我在推心置腹地交谈呢。

克莱夫：好极了。

阿诺德：爸爸，我回来时拐到哈维那里待了一会儿。他们把房子搞得乱七八糟，简直是犯罪。

克莱夫：他们做什么了？

阿诺德：那房子本来是乔治时代的风格，他们却把一大堆维多利亚①式的家具搬了进去。我也给他们谈了我对这个问题的看法，可没有用。他们说喜欢那些家具。

克莱夫：阿诺德本来应该做室内装潢师的。

凯　蒂：他的鉴赏力很高，从我这里遗传的。

阿诺德：我也认为自己在这方面有一定的眼光，我尤其喜欢房子的装潢。

凯　蒂：你把这栋房子装饰得很有品位。

克莱夫：你还记得吗？我们当初住在这里时，只有印花棉布窗帘和安乐椅。

凯　蒂：难看死了，是吧？

克莱夫：那时候你别指望先生们和女士们有什么鉴赏力。

阿诺德：您知道，我一再观察这把椅子。自从波蒂厄斯勋爵说这把椅子的腿不对劲，我心里就一直不舒服。

凯　蒂：那只不过是他气头上的话罢了。

克莱夫：凯蒂，我看他现在脾气很坏。

凯　蒂：呃，是这样。

阿诺德：看得出，他在这方面很在行。我花了七十五英镑买的这把椅子。我很少上当。我总认为东西好坏是能看出来的。

---

① 维多利亚女王（Alexandrina Victoria，1819 – 1901）是英国历史上在位时间第二长的君主，长达六十四年。她也是第一个以"大不列颠和爱尔兰联合王国女王和印度女皇"名号称呼的英国君主。她在位的六十四年间（1837 – 1901）是英国最强盛的所谓"日不落帝国"时期。她统治时期，英国历史上称为"维多利亚时代"。

克莱夫： 算了，别让这事影响你晚上的休息。

阿诺德： 可亲爱的爸爸，问题就在这里。我昨晚就做了和此事有关的非常可怕的梦。

凯　蒂： 休吉来了。

阿诺德： 我得去拿一本评论英国古代家具的书。书上有一幅插图，和这把椅子几乎一样。

[波蒂厄斯勋爵上]

波蒂厄斯： 我的天哪，好一个家庭团聚呀！

克莱夫： 我刚才还在想，我们将构建一个典型的英国式幸福家庭的场景。

阿诺德： 我五分钟后会回来。波蒂厄斯勋爵，我要给您看一样东西。

[阿诺德下]

克莱夫： 休吉，你愿意和我一起玩皮克牌①吗？

波蒂厄斯： 不太愿意。

克莱夫： 你的皮克牌本来就玩得不怎么样吧？

波蒂厄斯： 我亲爱的克莱夫，在英国，你们这些人就不懂什么叫皮克牌。

克莱夫： 那咱就来一盘吧！你还可能赢钱呢。

波蒂厄斯： 我不愿意跟你玩。

凯　蒂： 休吉，你为什么不玩呢？

波蒂厄斯： 让我告诉你吧，我不喜欢他的态度。

---

① 两人一起玩的一种牌戏。

克莱夫：这个嘛，我向你道歉。不过，我这个年纪怕是改不了了。

波蒂厄斯：我真不明白，你老在这里转悠，到底想干什么。

克莱夫：这很自然，我恋自己的家嘛。

波蒂厄斯：你要是明智一点儿，就该回避一下。

克莱夫：我亲爱的休吉，我一点儿也不理解你的意思。既然我都既往不咎了，为什么你还对过去耿耿于怀？

波蒂厄斯：去你的吧，没有什么过去的事情。

克莱夫：说到底，我是受伤害的一方。

波蒂厄斯：见鬼，你怎么是受伤害的一方啦？

克莱夫：喂，你是不是和我老婆跑了？

凯　蒂：现在咱别再提以前的事了。我不明白，为什么我们不能做朋友。

波蒂厄斯：凯蒂，我求你不要捣乱。

凯　蒂：我很喜欢克莱夫。

波蒂厄斯：你从来不在乎克莱夫。你是故意那样说来气我的。

凯　蒂：根本不是这么回事。我不明白为什么他不该来和我们一起住一段时间。

克莱夫：我倒愿意去。我觉得佛罗伦萨的春天令人愉快。你们有集中供暖吗？

波蒂厄斯：我以前就没有喜欢过你，现在也不喜欢你，以后也永远不会喜欢你。

克莱夫：真是太不幸了！恰恰因为我过去喜欢你，现在也喜欢你，以后我还会继续喜欢你。

凯　蒂：克莱夫，你真的有可爱的一面。

波蒂厄斯：既然你那样想，那你当初为什么又离开他了？

凯　蒂：因为我以前爱上了你，你还要责备我吗？你真是太、太、太可恶了！

克莱夫：得啦得啦，你们别再吵了。

凯　蒂：全是他的错。我是世界上最容易相处的人。可他，真是的，连圣人都和他合不来。

克莱夫：算了，算了，凯蒂，别生气。两个人在一起生活，总得相互忍让一些才行。

波蒂厄斯：我真不知道你在说什么。

克莱夫：事情逃不过我的眼睛，你们总爱闹矛盾。许多夫妻都这样。这真可怜。

波蒂厄斯：你能不能别管闲事，只去管好你自己的事？

凯　蒂：这是他的事。他当然想要我过得幸福喽。

克莱夫：我对凯蒂的感情是最为深厚的。

波蒂厄斯：那当初你怎么不好好照顾她呢？

克莱夫：我亲爱的休吉，你曾经是我最要好的朋友，我当初那么信任你。我这番话也许有些鲁莽吧。

波蒂厄斯：你这话不可原谅。

凯　蒂：休吉，我不明白你那么说是什么意思。

波蒂厄斯：不要，不要，不要再欺负我了，凯蒂。

凯　蒂：噢，我明白你什么意思了。

波蒂厄斯：那你为什么说你不明白？

凯　蒂： 我一想到为那个人牺牲了一切，就心痛得很！三十年来，我只能住在没有卫生设施的肮脏的大理石宫殿里。

克莱夫： 你是说你们连浴室都没有吗？

凯　蒂： 我只能在一个浴盆里洗澡。

克莱夫： 可怜的凯蒂，你可真是遭罪了啊！

波蒂厄斯： 说真的，凯蒂！老听你所谓牺牲之类的话，我都听腻了。你以为我就没有做出牺牲？要不是为了你，我早就做首相了。

凯　蒂： 你净胡扯！

波蒂厄斯： 你那话什么意思？人人都说我应该做首相。克莱夫，你说，我不应该做首相吗？

克莱夫： 这当然是大家的期望。

波蒂厄斯： 我当年是有着远大前程的年轻人。我肯定可以在下一届内阁选举中获得一个席位。

凯　蒂： 就像我发现你是这么个人一样，他们也会发现你是这么个人。你老说我毁了你的事业，我也听腻了。你本来就没有什么事业可以毁掉。什么首相！你没有当首相的头脑，你也没有做首相的品质特点。

克莱夫： 你知道，厚脸皮、出风头、瞎扯淡反而会更有用。

凯　蒂： 除此之外，在政界起关键作用的不是男人，而是他们背后的女人。如果我愿意，我早让克莱夫当上内阁大臣了。

波蒂厄斯： 你是说克莱夫？

凯　蒂： 以我的脸蛋儿、我的魅力，还有我的品格和才智，我什么事都能办成。

波蒂厄斯： 克莱夫只不过是我的行政秘书。我要是当上内阁大臣，也许会让他当个什么殖民地总督，比如说，到西澳大利亚①去。这可完全是出于我的好心。

凯　蒂：[翻白眼] 凭着我的脸蛋儿和我的魅力，你觉得我会把自己埋没在西澳大利亚吗？

波蒂厄斯：也许可以让你去巴巴多斯②。

凯　蒂：[怒火冲天] 巴巴多斯岛！巴巴多斯人才去……巴巴多斯呢。

波蒂厄斯：你也就配去这种地方。

凯　蒂：你胡说！我该去印度。

波蒂厄斯：我才不会让你去印度呢。

凯　蒂：你该让我去印度。

波蒂厄斯：我说了不会让你去印度。

凯　蒂：国王会让我去印度。国家会支持我去印度。我要么做个总督夫人，要么就哪儿都不去。

波蒂厄斯：我告诉你，只要是大英帝国的利益……真该死，我的义齿又掉出来了！

[他匆匆走出屋去]

凯　蒂：够了。我再也受不了了。我忍了他三十年，现在我真的忍无可忍了。

克莱夫：亲爱的凯蒂，别生气了！

凯　蒂：我什么也不愿意听，我下定决心了！一切都结束了，结束了，结束了！[改变口吻] 当我听说，我离开这座房子

---

① 当今的澳大利亚西部。
② 拉丁美洲西印度群岛岛国，首都为布里奇顿。

后你就再也没有在这里住过,真的十分感动。

克莱夫:这里的杜鹃鸟一直都很多。它们的啼叫声声打动我的心。我不得不承认,这让我很是伤感。

凯蒂:看到你没有再结婚,我不免想到你还爱着我。

克莱夫:我是那种能够吃一堑长一智的人之一。

凯蒂:在教会眼中,我还是你的妻子。教会很明智,知道一个女人最终会回到第一个爱人身边。克莱夫,我愿意回到你身边。

克莱夫:我亲爱的凯蒂,我不会乘人之危,在你和休吉暂时闹矛盾时就渔翁得利,让你迈出令你后悔不迭的一步。我知道你会后悔的。

凯蒂:为了阿诺德,你等了我好久吧。

克莱夫:你以为我们真的需要担心阿诺德吗?这三十年来,他早已经习惯这种状况了。

凯蒂:[微微一笑]克莱夫,我觉得我这些年有些及时行乐。

克莱夫:我可没有啊。凯蒂,我那时可是个规矩的青年。

凯蒂:我知道。

克莱夫:我也很高兴你做的事。这倒让我成了情场老手。

凯蒂:你什么意思?

[阿诺德手里拿着一本大书进来]

阿诺德:嗨,我找到了这本一直在找的书。咦,波蒂厄斯勋爵不在这里呀?

凯蒂:阿诺德,稍等片刻。你父亲和我这会儿正忙着哩。

阿诺德:对不起。

[他出去到花园里]

凯　蒂：请你解释一下吧，克莱夫。

克莱夫：凯蒂，当初你抛弃了我，我既恼火、伤心，又很痛苦，最主要的是我觉得自己成了傻瓜。

凯　蒂：男人可真虚荣。

克莱夫：可我毕竟是学历史专业的。很快我就想到，几乎所有伟人都有过和我类似的不幸遭遇。

凯　蒂：我也喜欢读书，可你说的总让我感到很怪。

克莱夫：道理很简单。女人不喜欢知识。她们发现丈夫有知识时，就以她们能采取的唯一方式报复男人——呃，就像你报复我一样。

凯　蒂：你说的很新鲜，也可能是真的。

克莱夫：那时我觉得尽了社会义务，就决心在有生之年好好享乐一番。我一直都烦透了下院，我们离婚的丑闻给了我辞去议员席位的机会。我发现，地球没有我照样转得好好的，就如释重负了。

凯　蒂：你再也没有经历过爱情吗？

克莱夫：凯蒂，你实话告诉我，你不觉得人们对爱情太小题大做了？这太无必要了。

凯　蒂：爱情是世界上最美好的事物。

克莱夫：你可真是不可救药。你真的认为值得为爱情牺牲一切吗？

凯　蒂：我亲爱的克莱夫，不瞒你说，要是我再年轻一次，还会对你不忠诚。不过，我不会离开你了。

克莱夫：有些年我确实声名狼藉，独自伤心。我发现许多美人都急着来抚慰我，到头来我竟然疲于应付她们。我为健康状况着想，不再时常光顾梅菲儿区①的那些客厅了。

凯　蒂：后来呢？

克莱夫：从那以后，我就沉溺于花天酒地的生活，资助一些地位有些低下的年纪不大的美人儿，她们大概在二十到二十五岁之间。

凯　蒂：我真不明白男人怎么会迷恋年轻小姑娘。我觉得她们很无聊。

克莱夫：那是因为各人的品位不同。我喜欢陈酒、老朋友和古旧书籍，可我也喜欢年轻女人。她们二十五岁生日时，我会送给她们钻戒，并告诫她们不要再在像我一样的老朽身上浪费青春和美貌了。我们离别的一幕常常十分感人，我对付这些场合的技巧可谓完美之极。之后，我会从头再来。

凯　蒂：克莱夫，你真是个老奸巨猾的老东西。

克莱夫：我告诉你的就这些。不过，老天爷！我可是个幸福的人。

凯　蒂：对于我来说，现在只有一件事情最重要。

克莱夫：那会是什么？

凯　蒂：[莞尔一笑]去换衣服吃饭。

克莱夫：好极了。我也学你去。

[凯蒂夫人走出去时，伊丽莎白进来]

伊丽莎白：阿诺德在哪儿？

---

① 伦敦的上流住宅区，社交界。

克莱夫：他在阳台上，我去叫他。

伊丽莎白：不麻烦您喽。

克莱夫：我正要逛回别墅去穿件晚礼服。[他出去时喊]阿诺德。

[克莱夫下]

阿诺德：在这儿呢！[他上]哎，伊丽莎白，我在一本书上找到一幅椅子的插图，它和我那把椅子几乎一模一样。瞧，这里写着1750年呢！

伊丽莎白：这可真有意思。

阿诺德：我想给波蒂厄斯勋爵看看。[挪动一把放得不合适的椅子]你知道，总有人不把东西当回事。这真让我生气。我刚把它放好，就有人动过了。

伊丽莎白：你可真生气啦。

阿诺德：是啊。你最让我生气。我想不通，为什么你不像我一样为这座房子骄傲。毕竟它是县里一个有名气的地方。

伊丽莎白：看来你对我很不满意喽。

阿诺德：[和颜悦色地]这我可不清楚。我生活中关注的是政治和室内摆设，你却一点儿都不在乎这两样东西。要是我看不出来这些，才是个十足的大傻瓜哩。

伊丽莎白：阿诺德，我们并无太多共同之处，对不对？

阿诺德：我想，你总不能怪我吧。

伊丽莎白：我不怪你。没什么可怪你的。我在你身上找不到毛病。

阿诺德：[对她这种意味深长的口气大为惊讶]好家伙，你这话是什么意思?

伊丽莎白：哦，我看没必要再兜圈子了。我希望你放我走。

阿诺德：你要去哪里?

伊丽莎白：离开，永远离开这里。

阿诺德：我的宝贝儿，你在说什么呢?

伊丽莎白：我想要自由。

阿诺德：［感到有趣而非困惑］别搞笑了，亲爱的。我看你是累了，需要调整一下。要是你愿意，我带你到巴黎去玩两周。

伊丽莎白：要是没有下定决心，我不会跟你说这个。我们结婚三年了，我觉得我们的婚姻并不成功。说实话，我不喜欢你要我过的这种日子。

阿诺德：哦，要是让我来说的话，这都是你的过错。我们过的是一种极为体面、有意义的生活，我们认识的是一些人品很好的人。

伊丽莎白：我甘愿承认错误在我，可那又有什么用呢?我只有二十五岁，要是我犯了错，还有时间去弥补。

阿诺德：我简直难以相信你是在严肃地讲话。

伊丽莎白：你要明白，我并不爱你。

阿诺德：唉，这真让我难过。可当初没人逼你嫁给我呀。你这是自作自受。

伊丽莎白："自作自受"是英语里最不恰当的一个谚语。既然你不愿意，为什么还要躺在自己做的床上呢？总归还有地板嘛。①

阿诺德：伊丽莎白，看在上帝的分上，不要再逗乐了。

伊丽莎白：阿诺德，我下定决心要离开你。

阿诺德：得啦，得啦，伊丽莎白。你要明智点儿，你根本没有离开我的理由。

伊丽莎白：你为什么要把一个想要自由的女人绑在你身边呢？

阿诺德：可我非常爱你呀。

伊丽莎白：你要是以前这么说就好了。

阿诺德：我以为你本来就知道。你总不能指望一个男人在结婚三年后还老向妻子求爱吧。我很忙，非常热爱政治事业。我为了把我们的房子装饰得更漂亮，非常辛勤地工作着。总之，一个男人结婚是为了有个家，也是因为他不想在两性问题上惹麻烦。我第一次见到你就爱上了你，从那以后就一直爱着你。

伊丽莎白：对不起。不过，要是一个女人不爱一个男人了，那个男人的爱对她而言也就毫无意义了。

阿诺德：你真是辜负了我的一片心。我为你真是尽心尽力了。

伊丽莎白：你是对我很好，可是你要求我过一种我不喜欢并且不适合我的生活。我很抱歉，给你造成了痛苦，可现在你一定

---

① 这里伊丽莎白打趣地从字面意思解释了"自作自受"（As you make your bed so you must lie on it.）这一谚语，旨在以玩笑的方式化解阿诺德说她的尴尬场面。

得放我走。

阿诺德：一派胡言！我比你年长，我相信比你更理智。为了你的利益，也为了我的利益，我都不会做这种事。

伊丽莎白：［微微一笑］你怎么阻止得了我呢？你总不能把我关起来。

阿诺德：请你不要把我当作傻孩子一样，对我说话。你是我的妻子，你还将一直是我的妻子。

伊丽莎白：那你觉得我们将会过什么样的日子？你以为你会过得比我更幸福吗？

阿诺德：可你到底想要怎样？

伊丽莎白：喏，我希望你能允许我和你离婚。

阿诺德：［大吃一惊］难道你是要和我离婚吗？我真是非常感谢你。你以为我会因为你一时心血来潮就牺牲我的事业？

伊丽莎白：离婚怎么会和你的事业有关？

阿诺德：我的地位本来就不稳定。要是我卷入离婚案，你以为我还能保住我的地位吗？即使这像当今的多数离婚案一样只是个捏造的玩意儿，也会毁了我。

伊丽莎白：可明明离婚女人的日子才更难过嘛。

阿诺德：［突然产生怀疑］你这话是什么意思？难道你爱上了什么人？

伊丽莎白：是的。

阿诺德：是谁？

伊丽莎白：特迪·卢顿。

［他先是吃了一惊，继而大笑］

阿诺德：我可怜的宝贝儿，你怎么这么可笑？他不名一文，只不过是个普普通通的年轻人。这太荒谬了，我简直懒得跟你生气。

伊丽莎白：阿诺德，我狂热地爱上了他。

阿诺德：够了，你最好尽快和他分手。

伊丽莎白：他想要娶我。

阿诺德：我想他会这样想的。让他见鬼去吧。

伊丽莎白：你这样说不太好吧。

阿诺德：他是你的情人吗？

伊丽莎白：不是，当然不是。

阿诺德：那就表明，他是个卑鄙小人，利用我的好客来向你求爱。

伊丽莎白：他不是那样的人，甚至没有吻过我。

阿诺德：我要是你，就不相信他的鬼话。

伊丽莎白：正因为我不想干卑鄙的勾当，才对你如实相告。

阿诺德：你有这个想法多久了？

伊丽莎白：自从认识他起，我就爱上他了。

阿诺德：看来，你从来没有想到过我喽。

伊丽莎白：哦，是的，确实如此。我也很痛苦，可我无法自拔。我想去爱你，可我做不到。

阿诺德：我劝你好好想想，不要贸然做出傻事来。

伊丽莎白：我已经好好想过了。

阿诺德：上帝啊，我不知道为什么不好好揍你一顿。说不定那会是让你清醒过来的最好的解决方法。

伊丽莎白:喂,阿诺德,你别那样想啊。

阿诺德:那你要我怎样对待这件事?你镇静自若地来告诉我说:"我受够你了。我们结婚三年了,现在想和别人结婚。我会拆散你的家庭?你太无聊了!你在意我和你离婚?这会毁掉你的事业?真可惜!"唉,不行,太太。我可能是个傻瓜,可我不是个大傻瓜。

伊丽莎白:特迪明天要坐第一班火车离开这里。我警告你,他一作好必要的安排,我就和他一起走。

阿诺德:他现在在哪里?

伊丽莎白:我不知道。大概在他自己的房间里吧。

[阿诺德到门边呼喊]

阿诺德:乔治!

[有一阵子他在房间里不安地踱来踱去,伊丽莎白望着他。仆人上]

仆　人:老爷,请吩咐。

阿诺德:叫卢顿先生马上来一下。

伊丽莎白:问一下卢顿先生,看他是不是能来这里一会儿。

仆　人:是,太太。

[仆人下]

伊丽莎白:你要跟他说什么?

阿诺德:那是我的事。

伊丽莎白:我要是你,就不会当众出丑。

[他们静静地等待]

阿诺德:为什么你非要坚持让我母亲来这里?

伊丽莎白：你这种态度真好笑，好像是我受了她的传染才……

阿诺德：[打断她的话]才好步她的后尘。好了，现在你见到她了，你觉得她怎么样？你觉得她做的事情很成功吗？一个人希望自己的母亲变成那种女人吗？

伊丽莎白：我很惭愧，很抱歉。看来，那也太可怕、太讨厌了。今天早上，我在花园碰巧注意到一朵玫瑰花给风吹得散落在污水中。它看起来就像一位浓妆艳抹的老妇人。我还记得一两天前我见到了这朵花。那时它非常美丽宜人、鲜艳夺目、香气怡人，现在可能变丑了。可是，那并不能夺走它曾经拥有的美丽。这是不可抹去的事实。

阿诺德：天哪，你是在做诗啊！好像这是即兴做诗的时刻！

[特迪上。他换了一件晚礼服]

特　迪：[对伊丽莎白]是你叫我吗？

阿诺德：我叫你来的。

[特迪看看阿诺德，又瞅瞅伊丽莎白。他看出来有问题了]

你方便什么时候离开这里？

特　迪：我打算明天早上走。不过要是你愿意，我可以马上走。

阿诺德：我希望你马上走。

特　迪：行。你还有什么话要跟我说吗？

阿诺德：难道你觉得来这里向我妻子求爱是件光荣的事吗？

特　迪：不，我没有这么做。我对这事一直感到不太痛快，所以想离开。

阿诺德：听过我的话以后，你倒挺镇静的啊。

特　迪：恐怕现在说对不起之类的话无济于事了，你知道眼前是什么状况。

阿诺德：难道你真的要和伊丽莎白结婚吗？

特　迪：是的。只要有可能，我想尽快与她成婚。

阿诺德：你为我想过吗？你想过你在破坏我的家庭，破坏我的幸福吗？

特　迪：如果伊丽莎白不在乎你，我看不出你还有什么幸福可言？

阿诺德：我告诉你，我不会让一个无名的投机取巧之人利用一个傻妇人的无知来破坏我的家庭，我不能接受离婚。要是她铁了心当大傻瓜，我不能阻止她跟你走，可我得告诉你：没有什么能让我跟她离婚。

伊丽莎白：阿诺德，那也太可怕了。

特　迪：我们可以迫使你离婚。

阿诺德：你们怎么迫使我离婚？

特　迪：要是我们公开一起出走，你就不得不提出离婚。

阿诺德：你们敢离开这座房子二十四小时，我就带一个舞女到布莱顿去玩。无论你还是我，都不能离婚。我们家离婚离得够多的了。现在你们都给我滚出去，滚，滚！

［特迪犹豫不决地盯着伊丽莎白］

伊丽莎白：［淡然一笑］你不用担心我，我没事。

阿诺德：滚！滚！

幕落

第三幕

布　景：如前。

时　间：当天晚上。

[克莱夫和阿诺德都穿着晚礼服。克莱夫坐着,阿诺德焦躁不安地在屋里踱来踱去]

克莱夫：我看,如果你能完全听从我的建议,也许能够达到目的。

阿诺德：您知道,我不喜欢那样做。那将违背我的原则。

克莱夫：我亲爱的阿诺德,我们大家都希望你仕途一帆风顺,能够出人头地。只要有利可图,什么原则都可以牺牲。这正是原则的最为有用之处。你还没有来得及学会这一点哩。

阿诺德：可假如我这么做了,事情并没有按照我希望的结果发展,该怎么办?女人是很难预料的。

克莱夫：胡扯!男人很浪漫!女人嘛,只要给她机会,她都会牺牲自己的。这是女人最喜欢的放纵自己的方式。

阿诺德：亲爱的爸爸,我真不知道您是个幽默家呢还是个玩世不恭的人。

克莱夫：我亲爱的孩子,这两者我都不是。我只是一个老实人。可人们不习惯这种老实,老把它错当成玩笑或者讥讽。

阿诺德：[暴躁地] 这种事情落到我头上,真是太不公平了。

克莱夫：我的孩子，要镇静！按照我说的去做吧！

［凯蒂夫人和伊丽莎白上。凯蒂夫人身穿一件华丽的晚礼服］

伊丽莎白：波蒂厄斯勋爵在哪儿呢？

克莱夫：他在阳台上，在抽雪茄呢。［走到窗口］休吉！

［波蒂厄斯进来］

波蒂厄斯：［咕哝道］怎么了，申斯通太太呢？

伊丽莎白：哦，她头痛，去睡觉了。

［波蒂厄斯进来时，凯蒂夫人傲慢地噘起嘴，拿起一张画报。波蒂厄斯恼怒地瞥了她一眼，拿起另一张画报，坐到屋子的另一头。两人互不说话］

克莱夫：阿诺德和我刚刚到我的别墅去了。

伊丽莎白：我还奇怪你们到哪儿去了呢。

克莱夫：今天下午，我偶然见到一本旧影集。我本想在吃晚饭时带来，可是忘记了。所以，我们去取影集去了。

伊丽莎白：啊，一定让我看看。我喜欢看旧影集。

［克莱夫把影集递给伊丽莎白。她坐下来，把影集放在腿上，开始翻看。克莱夫站在她背后。凯蒂夫人和波蒂厄斯勋爵偷偷瞟了对方一眼］

克莱夫：我想，你看到三十五年前那些漂亮女人的样子，一定会感到很有趣。那就是当时的美女。

伊丽莎白：您看当时的美女比她们现在的样子更美吧。

克莱夫：是啊，当时她们美得多。

伊丽莎白：她们的服装也很有趣吧？

克莱夫：［指着一张照片］那是兰特雷太太。

伊丽莎白：她的鼻子真可爱。

克莱夫：她是难得一见的绝代佳人。她走进客厅时，孀居的贵妇们为了一睹芳容，都会站到椅子上看她一眼。有一次，我和她一起去骑马。她上马时，来看她的人太多了，我们只好把马房的门关上。

伊丽莎白：那是谁？

克莱夫：朗斯代尔夫人。那是达得利夫人。

伊丽莎白：这是一位演员吧？

克莱夫：是的，不错。艾伦·特利！天哪，我以前多么爱那个女人！

伊丽莎白：［微笑］亲爱的艾伦·特利！

克莱夫：那是博伯斯。我没有见过比他更潇洒的男人。还有奥利弗·蒙塔古。那个亨利·曼纳斯戴着眼镜。

伊丽莎白：他很帅气吧？这是……

克莱夫：这是玛丽·安德森。你要是能看她在《一个冬天的故事》中的演出就好了。她的美貌简直让你大吃一惊。瞧！伦道夫夫人、伯纳尔·奥斯本——我见过的最风趣的人。

伊丽莎白：这看起来太棒了。我喜欢她们滑稽的裙撑和绷紧的袖子。

克莱夫：她们的身材多美啊！那时女人不时兴瘦得像根竹竿，也不时兴扁得像个煎饼。

伊丽莎白：啊，她们不是束腰吗？她们怎么受得了啊？

克莱夫：那时她们不打高尔夫球和参加类似不成体统的活动，你知道。她们戴着高帽子、穿着黑色长款骑马装去打猎，而且她们对乡村的穷人亲和、慷慨。

伊丽莎白：穷人喜欢她们的这种做法吗？

克莱夫：要是这些穷人不喜欢，就只能过极度贫困的日子。这些贵夫人在伦敦时，每天下午都驱车到公园去玩，她们吃十道菜的宴席，只会见熟人。帕蒂或阿尔巴尼夫人唱歌时，她们就坐在歌剧院的包厢里听。

伊丽莎白：呀，这是一个多么可爱的小个子美女！那个到底是谁？

克莱夫：是那个吗？

伊丽莎白：她看起来弱不禁风，就像一个精美的瓷器。她穿着皮毛大衣，脸紧贴着暖手筒，白雪飘落而下。

克莱夫：是的，那时候很流行在人工暴风雪中拍照。

伊丽莎白：她笑得那么甜美、淘气、坦诚、开心！哎呀，我要是有这么美就好了。请告诉我，她是谁？

克莱夫：你不认识吗？

伊丽莎白：不认识。

克莱夫：怎么——她是凯蒂呀。

伊丽莎白：凯蒂夫人！［对凯蒂］啊，亲爱的！您瞧瞧，您真是太美了。［她激动地把影集递给凯蒂夫人］您怎么不告诉我你以前这么漂亮啊？当时一定是所有人都爱上了您。

［凯蒂夫人接过影集翻看。然后，影集从她手中滑落下来。**她双手掩面哭泣**］

［惊慌失措地］亲爱的，怎么了？啊，我做错了什么？真对不起！

凯　蒂：别，别跟我说话。不要管我。我真蠢。

［伊丽莎白茫然地看了她片刻，然后转身挽住克莱夫，把他带到阳台上］

伊丽莎白：［他们边走边小声嘀咕］您是故意这样做的吗？

［波蒂厄斯勋爵起身向凯蒂夫人走去。他把手放到凯蒂夫人的肩上，他们就这么站了一会儿］

波蒂厄斯：凯蒂，饭前我恐怕对你太粗鲁了。

凯　蒂：［握住他放在自己肩膀上的手］没关系。我肯定也把你气恼了。

波蒂厄斯：你知道，我心口不一，并不真是那个意思。

凯　蒂：我也不是那个意思。

波蒂厄斯：当然，我知道我永远也当不了首相。

凯　蒂：你怎么能说这种傻话呢，休吉？你要是在政界干，就没人有机会做首相了。

波蒂厄斯：我没有那种品质。

凯　蒂：我从来没有见过谁比你更有那种品质。

波蒂厄斯：而且，而且我觉得我不太想当首相。

凯　蒂：可我很为你感到自豪。你当然有可能当首相。

波蒂厄斯：你知道，我做了首相，会让你去印度。我想，这样的任命才合理。

凯　蒂：我才一点儿都不稀罕印度呢。有西澳大利亚我就很满足了。

波蒂厄斯：我亲爱的，你不会想着我会让你把自己埋没到西澳大利亚吧？

凯　蒂：或者巴巴多斯岛。

波蒂厄斯：才不会呢。这听起来就像治疗扁平足一样不可能。我会把你留在伦敦。

［他拿起影集，准备看看凯蒂的照片。她用双手盖住照片，不让他看］

凯　蒂：别，你别看。

［他把她的手移开］

波蒂厄斯：别这么傻。

凯　蒂：人变老不是太讨厌了吗？

波蒂厄斯：你知道，你没有怎么变。

凯　蒂：［陶醉地］啊，休吉，你怎么能这么瞎说呢？

波蒂厄斯：当然，你比以前更成熟了，但仅此而已。一个女人成熟点儿更好嘛。

凯　蒂：你真是这么想的吗？

波蒂厄斯：我对天发誓，我就是这么想的。

凯　蒂：你这样说，不是为了让我高兴吧？

波蒂厄斯：不是，不是。

凯　蒂：那让我再看看那张照片。

［她拿过来影集，沾沾自喜地看着照片］

事实是，只要你的筋骨还行，年纪都不是事儿，你就能永葆青春。

波蒂厄斯：［微微一笑，像是在哄小孩儿似的］你还哭呢，真傻。

凯　蒂：我的睫毛没有乱七八糟吧？

波蒂厄斯：一点儿也不乱。

凯　蒂：我现在用的是高级化妆品，而且它们也不会粘到一起。

波蒂厄斯：凯蒂，你听我说，你还要在这儿待多久？

凯　蒂：哦，你什么时候想走，我随时都可以跟你走。

波蒂厄斯：克莱夫搅得我心烦，我不喜欢他老在你旁边晃来晃去。

凯　蒂：[先是感到惊讶，继而感到有趣，然后又欣喜地] 休吉，你不会是在嫉妒可怜的克莱夫吧？

波蒂厄斯：我当然不会嫉妒他。不过，他看你的那种方式禁不住令我反感。

凯　蒂：休吉，你可以把我扔下楼梯，就像艾米·罗布萨特①的命运那样；你也可以揪住我的头发在地板上拖——这些我都不在乎——你是嫉妒了。我是永远不会老的。

波蒂厄斯：一派胡言！那个人可是你的前夫。

凯　蒂：我亲爱的休吉，他可从来没有你的风度。只要你一走进房间，大家都会抬头看你，会说，那是什么大人物啊！

波蒂厄斯：什么？你真是这么想的？啊，我敢说，你的话意味深长。这些可恶的激进的人爱说什么就说什么去吧，不过，天哪，凯蒂！只要一个男人是绅士……算了，去他的，你知道我的意思。

---

① 艾米·罗布萨特（Amy Robsart）是16世纪伊丽莎白一世女王的宠臣罗伯特·杜德利勋爵的第一任夫人。1550年6月，艾米被发现死于牛津郡的家中楼梯下，脖子被摔断。几乎所有人都怀疑是罗伯特谋杀的。据传，女王有意嫁给他。

凯　蒂：我觉得，自从我们离开他以后，克莱夫老了很多。

波蒂厄斯：你觉得我们直接去意大利，到圣米凯莱怎么样？

凯　蒂：啊，休吉！自从我们上次去那儿，许多年过去了。

波蒂厄斯：你不想故地重游吗——就一次，怎么样？

凯　蒂：你还记得我们第一次去那儿的场景吗？那是我见过的最美的地方。那时候我们离开伦敦刚一个月，我还说过我愿意在那儿过一辈子呢。

波蒂厄斯：我当然记得。在半个月里，你在那儿一股脑儿玩了个遍。

凯　蒂：休吉，咱们在那儿真的很幸福。

波蒂厄斯：那咱们再去一次吧。

凯　蒂：我不敢再去了。那里一定到处都是我们过去遇到的幽灵。一个人不该回到曾经让他幸福的地方，那会让我心酸的。

波蒂厄斯：你还记得吗？我们常坐在古堡的阳台上眺望亚得里亚海。那时，世界上好像只有你和我两个人。

凯　蒂：［凄凉地］当时我们觉得，我们的爱情将会永恒。

［克莱夫上］

波蒂厄斯：今晚我们有机会玩桥牌吗？

克莱夫：我们凑不够四个人吧。

波蒂厄斯：那个小伙子就那样走了，多可惜！他牌打得不错。

克莱夫：你是说特迪·卢顿？

凯　蒂：他走时没给任何人告别，真奇怪。

克莱夫：现在的年轻人都不靠谱。

波蒂厄斯：晚上应该没有火车了。

克莱夫：没有了。最后一趟火车五点四十五分开。

波蒂厄斯：那他是怎么去的?

克莱夫：他走路去的。

波蒂厄斯：要我说,他太任性了。

凯　蒂：[迷惑地] 克莱夫,他为什么要走?

[克莱夫若有所思地盯了她一会儿]

克莱夫：我有很严肃的事儿要告诉你,伊丽莎白想要离开阿诺德。

凯　蒂：克莱夫!这到底是为什么呀?

克莱夫：她爱上了特迪·卢顿。他因为这才走的。我家的男人都太不幸啦。

波蒂厄斯：她是想和他一起出走吗?

凯　蒂：[惊恐地] 亲爱的,这可怎么办呢?

克莱夫：我想你可以帮个大忙。

凯　蒂：我?怎么帮?

克莱夫：你告诉她,告诉她这意味着什么。

[他目不转睛地盯着她,她也盯着他]

凯　蒂：啊,不行,不行!

克莱夫：她还很年轻。你不为阿诺德着想,得为她着想。你一定要帮帮她。

凯　蒂：你都不知道你在要求什么。

克莱夫：我知道,我知道。

凯　蒂：休吉,我该怎么办呢?

波蒂厄斯：你想怎么办都行，我绝不会责怪你。

［仆人端着一个托盘进来，盘上有一封信。他见伊丽莎白不在屋里，有些犹豫］

克莱夫：什么事？

仆　人：老爷，我在找少太太。

克莱夫：她不在。那是一封信吗？

仆　人：是的，老爷。是从香槟商号送来的。

克莱夫：搁在那儿吧，我会交给她。

仆　人：是，老爷。

［他把盘子递给克莱夫，拿起信。仆人下］

波蒂厄斯：香槟商号是本地的一家酒店吗？

克莱夫：［看着信］是用作酒店的，可我从来没有听说过有人在那里过夜。

凯　蒂：要是没有火车，他只好到那儿去过夜。

克莱夫：好主意。不知道他都写了些什么。

［他走到通往花园的门口］伊丽莎白。

伊丽莎白：［在外面］来啦。

克莱夫：这儿有你一封信。

［一片寂静。他们等着伊丽莎白进来。她上］

伊丽莎白：今天晚上在花园里真舒服。

克莱夫：有人从香槟商号给你送来一封信。

伊丽莎白：谢谢您。

［她毫不窘迫地拆开信。她读信时，他们望着她。信共有三页，她看完后把信放到包里］

凯　蒂：休吉，你去帮我取一件外套吧，我想到花园里走走。在意大利待了三十年，我觉得英国的夏天太凉了。

[波蒂厄斯一言不发地走出去。伊丽莎白陷入沉思]

我想和伊丽莎白谈谈，克莱夫。

克莱夫：好，我走。

[克莱夫下]

凯　蒂：他在信里说了些什么？

伊丽莎白：谁？

凯　蒂：卢顿先生。

伊丽莎白：[有些吃惊，然后看看凯蒂] 他们都跟您说了？

凯　蒂：是的。他们跟我说了。现在，我想我大概了解了这事。

伊丽莎白：我不指望您会同情我，阿诺德是您的儿子。

凯　蒂：我对你是不会有一丝同情的。

伊丽莎白：我不适合这种生活方式。阿诺德要我接受他所说的我在社会中的位置。唉，我烦透了伦敦的宴会、集会——所有涂脂抹粉的中年女人穿着华丽服装和年纪不算小的青年男子在舞厅里笨拙地跳来跳去，还有没完没了的午宴——她们在那里闲扯某某人和某某人的艳史。这些我都受够了。

凯　蒂：你很爱卢顿先生吗？

伊丽莎白：我全心爱着他。

凯　蒂：那他爱你吗？

伊丽莎白：他只爱我一个。他也不会再爱任何人。

凯　蒂：阿诺德同意你和他离婚吗？

伊丽莎白：不同意。他不同意。他甚至拒绝和我离婚。

凯　蒂：为什么？

伊丽莎白：他觉得这是丑闻，又会闹得沸沸扬扬的。

凯　蒂：唉，我可怜的孩子。

伊丽莎白：这于事无补。我愿意接受一切后果。

凯　蒂：你可不知道，只为保全面子就把他拴在你身边是怎么回事。结了婚的人合不来可以分手，可要是他们没有结婚，就不可能拴住他们。这种关系直到死才能割断。

伊丽莎白：要是特迪不再爱我了，我不会让他在我身边多待五分钟的。

凯　蒂：说这话的人是深知那个男人爱她，可当她不敢肯定那个男人是不是还爱她时——就大不一样了。那时，她就不得不想方设法保住那个男人的爱。那是她唯一的出路。

伊丽莎白：我是人，我可以独立生活。

凯　蒂：你有钱吗？

伊丽莎白：没有。

凯　蒂：那你怎么独立生活？你以为我是个愚蠢、轻浮的女人，可我在一所痛苦的学校里学到了一些东西。他们想怎么制定法律就怎么制定法律，他们可能给我们选举权。可是，追根溯源，是男人出钱养活女人，男人做主。女人只有和男人一样独立谋生，才能和男人一样平等。

伊丽莎白：［微微一笑］听您这样讲，我倒觉得很有趣。

凯　蒂：一个女厨师嫁给一个管家，可以不在乎他，她和管家一样可以挣钱。可像你我这种地位的女人，总得依靠男人养活我们哪。

伊丽莎白：我并不稀罕奢华的生活。您并不清楚，我有多么讨厌这些漂亮的家具。这些装潢豪华的房子就像是监狱，害得我简直喘不过气来。每当我穿着卡洛特设计的服装、坐着劳斯莱斯汽车出门时，看到跳上公共汽车后挡板的女售货员，她们穿着朴素的外套和裙子，我还真羡慕她们呢。

凯　蒂：你是说，需要的话，你可以自己赚钱谋生吗？

伊丽莎白：是的。

凯　蒂：你能干什么？做护士还是打字员？真是一派胡言！花天酒地的生活消耗女人的精力，可她一旦尝到了这种生活的甜头，就会成为她生活中不可缺少的一部分。

伊丽莎白：那要看是什么样的女人。

凯　蒂：我们年轻时会觉得自己与众不同，可等我们年纪大一些，就会发现自己与其他人一样半斤八两，不相上下。

伊丽莎白：谢谢您对我的关心，让您费心了。

凯　蒂：一想到你要犯我曾经犯过的错误，我心里就很难受。

伊丽莎白：喔，不要那样说！不要那样说！请您不要再那样说啦！

凯　蒂：伊丽莎白，你看看我，再看看休吉。你觉得我们俩幸福吗？如果我能够从头再来，你觉得我会再干那种事吗？你看他会吗？

伊丽莎白：您要明白，您不知道我是多么爱特迪。

凯　蒂：你觉着我不爱休吉吗？你以为他不爱我吗？

伊丽莎白：我相信他爱您。

凯　蒂：呃，当然，开始时我们的爱情无比美好，我们觉得自己是那么勇敢，敢于冒险，而且我们爱得那么刻骨铭心。头两年，我们确实很幸福。人们不理睬我，可我不在意。我认为只要有爱情就足够了。可当你遇到一个老朋友，热切地向她走近时，你是那么兴奋地见到她，得到的却是她冷冰冰的白眼，那时你真觉得不是滋味儿。

伊丽莎白：您以为那样的朋友还算得上朋友吗？

凯　蒂：也许他们自己也不是过分自信，也许他们真的很震惊。要是可能的话，一个人最好不要让朋友经受这样的考验。当你发现你的朋友所剩无几时，你会感到很痛苦。

伊丽莎白：可一个人总归有几个朋友的。

凯　蒂：那倒是。当他们确信不想见你的人不在场时，他们才会邀请你来看望他们。要不然他们就会对你说，我亲爱的，你知道我很喜欢你，我自己也不在乎你所做的事情，可我的女儿正在长大成人——我相信你明白我的意思，如果我不请你来我家做客，你不会认为我不讲情义吧？

伊丽莎白：[微微一笑] 我倒觉得不至于这么严重吧。

凯　蒂：最初我觉得这倒让我松了口气，我和休吉可以有更多时间享受两人世界。可你知道，男人是很古怪的。即使在恋爱，他们也不是整天只谈恋爱的，还想要换换口味，想要娱乐。

伊丽莎白：可怜的人儿，这也不能怪他们。

凯　蒂：然后，我们在佛罗伦萨定居下来。由于不可能再和过去的朋友交往，我们就逐渐习惯结交一些能接触到的人：有放荡的女人和堕落的男人，有喜欢光顾有头衔的人的势利小人，有很高兴向休吉借几法郎的迷迷瞪瞪的意大利王子，还有喜欢和我在乡村公园乘车游玩的邂逅的伯爵夫人。后来，休吉又开始追求他以前的生活方式，要去开始大型猛兽的狩猎活动。我不敢让他去，怕他再也回不来。

伊丽莎白：可您知道他是爱您的呀。

凯　蒂：唉，我亲爱的，婚姻是多么神圣的制度啊！对于女人来说，去破坏它是多么愚蠢啊！教会很明智，坚持它的立场！不能……①

伊丽莎白：不能解除！

凯　蒂：坚持婚姻的稳定性。相信我，只靠你自己的力量来吸引男人的心不是轻而易举的。我不敢变老。亲爱的，我要告诉你一个我从来没有跟任何人说过的秘密。

伊丽莎白：什么秘密？

凯　蒂：我的头发并不是这种天然的颜色。

伊丽莎白：真的吗？

凯　蒂：我染了。你绝对猜不到吧？

伊丽莎白：猜不到。

凯　蒂：没人能猜得到。亲爱的，我的头发全白了。当然是过早地白了，全白了。我老想着，这就是我生命的象征。你对象征主义感兴趣吗？我觉得它真是太奇妙了。

伊丽莎白：我恐怕懂得不多。

---

① 指天主教有关夫妻不能离婚的规定。

凯　蒂：不管我有多么累，我都得装出容光焕发、快乐开心的样子。我不能让休吉看出我微笑的双眼背后隐藏的哀伤的内心。

伊丽莎白：[深感有趣又深受感动] 您好可怜啊，亲爱的。

凯　蒂：看到他迷上了别的女人，我会充满极度的恐惧和嫉妒！你要知道，我不敢像一个妻子一样为维护我的利益和他大吵大闹。我只能睁只眼闭只眼，假装没有看见。

伊丽莎白：[吃惊地] 您是说他爱上别的女人了？

凯　蒂：他后来干过这种事儿。

伊丽莎白：[不知说什么] 您一定觉得很伤心。

凯　蒂：唉，我曾经非常痛苦。休吉对我说他要去俱乐部打牌时，我成夜成夜地伤心欲绝，知道他是在和那个可恨的女人鬼混。当然，肯定有许多男人迫切地想来安慰我。你知道，我对男人还是有很大吸引力的。

伊丽莎白：哦，当然，我能理解这一点。

凯　蒂：可我得考虑自己的自尊心。我觉得，无论休吉干了什么对不起我的事，我都不会做自己以后会后悔的事。

伊丽莎白：那您现在一定很高兴。

凯　蒂：哦，是的。尽管有各种诱惑吸引着我，可我在精神上绝对忠于休吉。

伊丽莎白：我不太明白您的意思。

凯　蒂：你瞧，有一个叫卡斯特尔·乔万尼的可怜的意大利年轻侯爵，疯狂地爱上了我。甚至他的母亲都央求我不要太狠心，担心儿子会得肺结核。我能怎么办？还有，后来，哦，那是几年之后，又有一个叫安东尼奥·梅利塔的说要开枪自杀，除非我——呃，你明白，我不能眼看着他自杀。

伊丽莎白：你觉得他真会开枪自杀吗？

凯　蒂：唉，那谁知道呢。那些意大利人都很多情。他倒真是像小羊羔一样的，他的眼睛非常美丽。

［伊丽莎白久久地凝望着这个风流的、浓妆艳抹的老妇人，突然产生了一阵恐惧感］

伊丽莎白：［嗓音嘶哑地］啊，不过我觉得那——太可怕了。

凯　蒂：把你吓住了吧？一个人为了爱情牺牲了一切，可到头来却发现爱情是场空。爱情的悲剧不是死亡或者分离，人人都可以克服这些痛苦。爱情的悲剧在于人们对此无动于衷。

［阿诺德上］

阿诺德：伊丽莎白，我可以和你谈谈吗？

伊丽莎白：当然可以。

阿诺德：我们到花园去走走，怎样？

伊丽莎白：既然你想去，那就去呗。

凯　蒂：不用，你们就在这儿谈吧！我反正要出去。

［凯蒂下］

阿诺德：伊丽莎白，我希望你能听我说会儿话。刚才我听了你讲的事情后非常震惊。我昏了头，我真不像话，我想求你原谅我。我真后悔说了一些不该说的话。

伊丽莎白：哦，你不必自责。我很抱歉，都是因为我，你才那样说的。

阿诺德：我想问问你，你是不是下定决心要走？

伊丽莎白：我下定决心了。

阿诺德：刚才我好像说了本不想说的话，不该说的话我倒脱口而出了。我真愚蠢，呆头呆脑的。我却从来没有对你说过，我是多么爱你。

伊丽莎白：啊，阿诺德。

阿诺德：请你现在让我说出来吧，这是十分困难的。如果我以前只关注政治和房子的装饰，等等，而忽略了对你的关注，我实在很抱歉。我想当然地以为，你会认为我爱你。我真是太滑稽可笑了。

伊丽莎白：可是，阿诺德，我没有责备你。

阿诺德：我是在责备自己。我一直太笨拙，太疏忽了，我请求你一定要相信我。这不是因为我不爱你，你能原谅我吗？

伊丽莎白：我看这没有什么可原谅的。

阿诺德：直到今天，你说要离开我，我才明白我有多么爱你。

伊丽莎白：我们结婚三年后，你还那么爱我？

阿诺德：我很为你感到骄傲，我非常敬慕你。我看到你在宴会上那么清纯、可爱，你成为众人瞩目的焦点，我会有一种兴奋、激动的狂喜心情。原因在于你是我的妻子，之后我可以骄傲地带你回家。

伊丽莎白：喂，阿诺德，你不要太夸张喽。

阿诺德：我简直难以想象，没有你，这栋房子会成什么样子。没有你，生活就会突然变得空荡荡的，很无聊。哦，伊丽莎白，你就一点儿也不爱我了吗？

伊丽莎白：我看，我还是说真话更好——我不爱你了。

阿诺德：难道我的爱一点儿都打动不了你吗？

伊丽莎白：我很感激你。我给你造成了痛苦，我很抱歉。我在这里老是愁眉苦脸的，对你有什么好处呢？

阿诺德：难道你对那个男人爱得那么深吗？你对我的痛苦就无动于衷吗？

伊丽莎白：我对你的痛苦当然不会无动于衷，我也伤透了心。你看，我从来不知道我对你那么重要。我很感动，而且也非常抱歉。真的十分抱歉，可我毫无办法。

阿诺德：可怜的宝贝儿，我这么折磨你，实在是太残酷无情了。

伊丽莎白：啊，阿诺德，请相信我，我已经尽力使事情向好的方向转变了。我试着去爱你，可我做不到。毕竟一个人要么爱，要么就是不爱，努力也没用。我现在已经走投无路了，这种结局无可避免——我只能根据自己的真实内心去做出选择了。

阿诺德：我可怜的宝贝儿，我担心你会不开心，我害怕你会后悔。

伊丽莎白：你让我听天由命吧。我希望你忘掉我，忘掉我带给你的所有不快。

[屋内一片寂静。阿诺德在室内若有所思地踱了片刻，停下来面对她]

阿诺德：要是你真爱这个人，想要跟他走，我绝不阻拦你。我唯一的愿望就是：怎么做对你有好处，你就怎么做。

伊丽莎白：阿诺德，你真是太好了。如果我对你有不周到之处，至少我希望你知道，我非常感激你对我的关心和爱护。

阿诺德：可我还有件事需要你帮忙，可以吗？

伊丽莎白：哦，阿诺德，当然。只要我能办到，我会尽力的。

阿诺德：特迪没有什么钱，而你习惯过某种奢华的生活。一想到你要失去现在拥有的一切，我就受不了。一想到你在遭受苦难和贫困，我就难受死了。

伊丽莎白：噢，可特迪能挣足够的钱，供我们维持日常生活。毕竟我们也不想要太多的钱。

阿诺德：我恐怕我母亲的生活也不大好过。不过很明显，他们的日子还过得去的唯一前提是波蒂厄斯有钱。我希望你能允许我每年给你两千英镑的补贴。

伊丽莎白：哦，不行，我不能同意。那太不像话了。

阿诺德：我求你收下吧。你不知道，这笔钱会让你的日子好过得多。

伊丽莎白：阿诺德，你真是太好了！你的话让我感到羞愧，羞愧得简直难以启齿。我绝不会从你那里拿一分钱。

阿诺德：那你无法阻止我在银行以你的名义开个户头。不管你用不用，我每个季度会付钱给你。万一你需要，尽管去取就行了。

伊丽莎白：阿诺德，你把我彻底制服了。其实我希望你为我做的只有一件事：要是你能尽快和我离婚，我将感激不尽。

阿诺德：不行，我不会那么做。不过我会给你理由，让你向我提出离婚。

伊丽莎白：你！

阿诺德：是的。不过，当然还有一段时间，你还得十分小心哟。我会尽快办理这件事，可恐怕你至少还有六个月不能自由。

伊丽莎白：可是，阿诺德，你的席位和你的政治事业……

阿诺德：哦，没事，我父亲也是在相同的情况下放弃了他的议席。不搞政治，他也过得很滋润。

伊丽莎白：那可是你的全部生活啊。

阿诺德：总之，你不能两全其美。鱼和熊掌，不可兼得。你想做成一件事，就得准备好受苦。

伊丽莎白：可我不想让你也为这件事受苦。

阿诺德：最初，因为担心流言蜚语，我很犹豫。可那是我唯一的弱点。在这种情况下，我要是能不和离婚法庭打交道就好了。

伊丽莎白：阿诺德，那你就把我置于极为悲惨的状况了。

阿诺德：你晚饭前讲的完全有道理，这种事对于男人无所谓，可对于女人来说情况就大相径庭了。自然，我得先考虑你。

伊丽莎白：这很可笑，使不得。无论什么代价，都应该是我来付出的。

阿诺德：伊丽莎白，我要求的不多。

伊丽莎白：我把你的一切都剥夺走了。

阿诺德：这是我唯一的出路。我已经下定决心，不会向你提出离婚，可我会创造条件，让你向我提出离婚。

伊丽莎白：哦，阿诺德，你这么大度。这件事对你太不公平了。

阿诺德：这不是什么大度。只有以这种方式，我才能向你展示我对你的爱有多么深、多么富有激情、多么真挚。

［一片寂静。他伸出手来］

晚安。我就寝前还有许多工作要做。

伊丽莎白：晚安。

阿诺德：我能吻一下你吗？

伊丽莎白：［痛苦地］啊，阿诺德！

［他严肃地吻了一下她的额头，然后走了出去。伊丽莎白一时手足无措，狼狈不堪。凯蒂夫人和波蒂厄斯进来，凯蒂夫人披着一件斗篷］

凯　蒂：伊丽莎白，你一个人在这儿吗？

伊丽莎白：凯蒂夫人，您问我的那封信是特迪写来的……

凯　蒂：是吗？

伊丽莎白：他希望在走之前和我谈谈。他在网球场附近的凉亭里等我。波蒂厄斯勋爵，劳驾，您能到那里去请他来这儿一趟吗？

波蒂厄斯：可以，当然可以。

伊丽莎白：麻烦您了，真是对不起。可确实有要紧事。

波蒂厄斯：一点儿不麻烦。

［波下］

凯　蒂：休吉和我会走开，你们好好谈谈。

伊丽莎白：可我不想单独和他谈，希望你们能留下来。

凯　蒂：你想跟他说什么？

伊丽莎白：［绝望地］请不要问我，我非常难过。

凯　蒂：我可怜的孩子。

伊丽莎白：唉，生活是不是很无聊？为什么一个人不能既得到幸福，又不让别人不幸呢？

凯　蒂：我真希望知道该怎么帮你。我很喜欢你。［她绞尽脑汁地想找些事来做，搜肠刮肚地想要找些话来说］你要用我的口红吗？

伊丽莎白：［破涕为笑］谢谢。我没用过口红。

凯　蒂：哦，你试试呗。你心里不爽时，用用它可以缓解一些。

［波蒂厄斯和特迪上］

波蒂厄斯：我把他带来了。他说他死也不愿意来。

凯　蒂：太太请他也不来吗？这就是现在年轻人的做事风格吗？

特　迪：既然别人毫不留情地把你赶了出来，你还若无其事地回来，岂不是太不识相了吗？

伊丽莎白：特迪，我希望你严肃点儿。

特　迪：亲爱的，我在酒店吃了一顿非常糟糕的晚餐。你再要雪上加霜，让我严肃些，岂不是要我大哭一场。

伊丽莎白：别傻了，特迪。［她嗓音发颤］我很苦恼。

［他神情凝重地盯了她片刻］

特　迪：什么事儿？

伊丽莎白：特迪，我不能跟你走。

特　迪：为什么不能？

伊丽莎白：［局促不安地，不敢正视他］我爱你还没爱到那个地步。

特　　迪：你胡扯！

伊丽莎白：［勃然大怒］你少给我说"胡扯"之类的话。

特　　迪：我想怎么跟你说就怎么说。

伊丽莎白：你吓唬不了我。

特　　迪：你瞧，伊丽莎白，你完全明白我爱你，我也非常清楚你爱我。那你还胡说些什么呢？

伊丽莎白：［有些哽咽］要是你生我的气，我就不说了。

特　　迪：［温柔地微笑］小傻瓜，我一点儿都不生你的气。

伊丽莎白：你一本正经的，我就更难说出口了。

特　　迪：［格格笑］你很难伺候，我没说错吧？

伊丽莎白：唉，好可怕！我心里乱得很，什么事都干得出来。现在你把我弄得六神无主。我感觉就像一个大大的瘪气球，有人把一根长针扎了进去。［突然望着他］你是故意这样做的吧？

特　　迪：我根本不知道你在说什么。

伊丽莎白：真不知道你是不是比我想象的更开窍一些。

特　　迪：［拉着她的手，让她坐下］现在你给我讲清楚你想说什么。顺便问一句，你想要凯蒂夫人和波蒂厄斯勋爵在这里吗？

伊丽莎白：是啊。

凯　　蒂：是伊丽莎白让我们别走的。

特　　迪：哦，我倒不在乎，随你便。我只是觉着你会感到不便。

凯　　蒂：［冷冷地］有教养的女人从来不会感到不便的，卢顿先生。

特　　迪：你可以叫我特迪吗？你知道，人人都是这样叫我的。[凯蒂夫人想要瞪他一眼，又忍不住笑了起来。特迪抚摸着伊丽莎白的手，她把手缩了回去]

伊丽莎白：别，别那样。特迪，要我说我不爱你，这不是真的。当然，我爱你，可阿诺德也爱我。过去我不知道他爱我爱得那么深。

特　　迪：他跟你说了些什么？

伊丽莎白：他对我一直很好，那么宽容。我以前不知道他会那么宽容。他说，他可以让我提出离婚。

特　　迪：他做得倒很像样。

伊丽莎白：可你看不出来，那反而束缚住我的手脚了？我怎么能够让他做出那么大的牺牲呢？如果我利用他的宽宏大量捞取好处，那我以后绝不会原谅自己。

特　　迪：如果另一个人和我都饿得要死，我们面前只有一份羊排，他说你吃吧，我就绝不会浪费时间去啰嗦。我会在他改变主意之前把羊排狼吞虎咽地吃下去。

伊丽莎白：别那么说，那会把我逼疯的。我在努力做得更得体些。

特　　迪：你并不爱阿诺德，你爱的是我。为了一文不值的情感去牺牲你的青春，也未免太傻了。

伊丽莎白：可我毕竟嫁给了他。

特　　迪：唉，你犯了个错误。没有爱情的婚姻根本算不上婚姻。

伊丽莎白：我是犯了个错。为什么他要为此受磨难？如果必须有人受苦，那应该是我呀。

　　特　　迪：那你想想，你和他在一起会过什么样的生活？两个人结了婚，其中一个痛苦，另一个必定也会痛苦。

　　伊丽莎白：我不能因为他大度就欺负他。

　　特　　迪：我敢打赌，他会从中捞到许多好处的。

　　伊丽莎白：特迪，你真残忍。他真是太好了，我以前从未意识到他这么好。他真是一个高尚的人。

　　特　　迪：伊丽莎白，你在胡说八道。

　　伊丽莎白：我真怀疑，你是不是也能有这样高尚的行为。

　　特　　迪：什么行为？

　　伊丽莎白：假如我嫁给了你，过来告诉你说，我爱上了另一个人，打算离开你，你会怎么做？

　　特　　迪：伊丽莎白，你的蓝眼睛很漂亮，可我会打青你的左眼，再打青你的右眼，然后我们再看看会怎样。

　　伊丽莎白：你这个可恶的畜生！

　　特　　迪：我经常想，我不是什么绅士。你难道就没有想到这一点吗？

　　[他们相互对视了片刻]

　　伊丽莎白：你知道，你在不公平地利用我。我感到好像轻信了你，我不小心时你在背后踹了我一脚。

　　特　　迪：你不觉得我们会相处得很融洽吗？

　　波蒂厄斯：假如伊丽莎白离开她的丈夫，那可真是个大傻瓜。这种事对男人来说已经足够糟糕的了，可对女人就……真可恶。我不是替阿诺德说话，他像个傻子一样打桥牌。凯蒂，恕我冒昧，他有些自命不凡哪。

凯　蒂：可怜的人儿，他父亲在他这个年纪也是这个样子。我相信，他岁数再大些会更成熟些。

波蒂厄斯：伊丽莎白，守着你丈夫吧！守着他吧！人是群居动物，我们都是群体中的一员。如果我们破坏了这个群体的规则，是会遭报应的，而且这个报应很痛苦。

凯　蒂：啊，伊丽莎白，我亲爱的孩子，你别丢下他。这不值得，根本不值得。我给你讲了我的经历，我为了爱情全部牺牲了我的一切。

［一阵停顿］

伊丽莎白：我害怕。

特　迪：［低语］伊丽莎白。

伊丽莎白：我无法面对这一切。这要求我付出的太多了。特迪，咱们还是再会吧！这是我们唯一的选择。你可怜可怜我吧，我要放弃我所有幸福的希望。

［他走近伊丽莎白，凝视着她的眼睛］

特　迪：可我奉献给你的并不是幸福。我认为我这种爱并不意味着幸福。我好嫉妒人，我并不好相处，我常常会发脾气，好发火，有时我可能会烦你——你和我在一起就是这个样子。我敢打赌，我们会吵得不可开交，有时我们会相互怨恨。你会经常感到痛苦，感到无聊得要死，感到寂寞；你会经常患思乡病；还会后悔你失去的一切；愚蠢的女人会因为我们是私奔而对你很粗鲁，有些女人会不理睬你。我给你提供的不是平静、安宁的生活，而是动荡不安、焦虑的生活。我给不了你幸福生活，只有爱情。

伊丽莎白：［伸出双臂］你这可恶的东西，我太喜欢你了。

［他搂住她，热烈地吻她的双唇］

凯　蒂：当然，他说他要一拳打青她的眼睛时，我就知道一切都完了。

波蒂厄斯：［心平气和地］你真是个傻瓜，凯蒂。

凯　蒂：我知道我是个傻瓜，可我有什么办法呢。

特　迪：咱们现在一走了之吧。

伊丽莎白：咱们走？

特　迪：现在就走。

波蒂厄斯：你们真是大傻瓜，你们两个，大傻瓜！如果愿意，你们可以用我的车。

特　迪：您真是太好了。其实我已经把车开出车库了，它就在车道上。

波蒂厄斯：［愤慨地］你什么意思？你把我的车开出车库了？

特　迪：呃，我觉得会有许多麻烦。我觉得我和伊丽莎白最好别等人赶我们走。您知道，老话说，先下手为强。这对生意人来说是很经典的格言。

波蒂厄斯：你是说你要偷我的车？

特　迪：也不完全是偷。可以这么说，我只是想要共产一下嘛。

波蒂厄斯：我无语了，我真无语了。

特　迪：岂有此理！我总不能一路把伊丽莎白抱到伦敦吧，她太肥胖了。

伊丽莎白：你这个坏家伙！

波蒂厄斯：［结结巴巴地］好，好，好！……［无助地］凯蒂，我喜欢他。我假装不喜欢他也不太好。我喜欢他。

特　迪：伊丽莎白，今夜的月亮很明亮，我们可以开一夜到伦敦。

波蒂厄斯：他们最好到圣米歇尔岛。我来拍个电报，通知那边为他们做好准备。

凯　蒂：那是我们去的地方，那时休吉和我……［声音颤抖地］哦，亲爱的，我多么嫉妒你啊！

波蒂厄斯：［抹抹眼睛］凯蒂，别哭啦！混账，别哭啦！

特　迪：来吧，亲爱的！

伊丽莎白：可我不能这么走！

特　迪：胡说八道！凯蒂夫人会把她的斗篷借给你，对吧？

凯　蒂：［脱掉斗篷］我要是不给你，你可以把它从我身上扒下来。

特　迪：［把斗篷披到伊丽莎白身上］早上到了伦敦后，我会给你买个牙刷。

凯　蒂：她得给阿诺德写个字条。我可以替她把字条别到针插上。

特　迪：让针插见鬼去吧！来吧，亲爱的！我们要一直开车到天亮，开到太阳出来的时候。

伊丽莎白：［亲吻凯蒂夫人和波蒂厄斯勋爵］再见了，再见。

［特迪伸出手来，伊丽莎白拉住他的手。他们手拉手走到外面，进入夜幕］

凯　蒂：哦，休吉，不知怎的，我猛地想起了咱们所有的往事。他们也要遭受我们曾经遭受的一切吗？我们所遭受的一切都白搭了吗？

波蒂厄斯：亲爱的，生活中，你的所作所为没有关系，重要的是你是一个什么样的人。也许因为情况不同，人们往往很难吸取别人的经验教训。如果我们把事情搞得一团糟，也许是因为无能。要是你准备承担任何后果，那你就能够干好世界上的任何事情，而后果取决于人的性格。

[克莱夫搓着双手上来，像庞奇①一样开心]

克莱夫：哈，我看我已经搞定了那个家伙。

凯　蒂：什么？

克莱夫：还是先下手为强啊。他想要斗过我，还嫩了点儿。

[一阵汽车的发动声]

凯　蒂：那是什么声音？

克莱夫：像是汽车的声音。我估计是你的司机带着女仆出去兜风了吧。

波蒂厄斯：你说的是哪个家伙？

克莱夫：爱德华·卢顿先生啊，我亲爱的休吉。我详细告诉阿诺德该怎么做，他一一照办了。监狱是什么？就是铁条和螺钉。把这些东西去掉，犯人却不想逃跑。聪明，我真得自我吹嘘一番。

波蒂厄斯：你一向如此，克莱夫。不过，这会儿你还蒙在鼓里呢。

克莱夫：我让阿诺德去告诉伊丽莎白，她可以获得自己的自

---

① 来自英国家喻户晓的传统木偶剧《庞奇与朱迪》（Punch & Judy）中的丑角滑稽人物。他鹰鼻驼背红鼻头，是英国木偶界的祖师级人物。

由。我告诉他，他完全可以自我牺牲一下。我了解女人的特点。把她和特迪·卢顿结婚的所有障碍都去除时，特迪的诱惑力就失去了一半。

凯　蒂：阿诺德那样做了？

克莱夫：他完全照我的主意去做了。我才见到他，他说伊丽莎白已经动摇了。我情愿和你赌五百英镑，她不会出走了。这不就是高枕无忧了吗？就是这个词——高枕无忧！高枕无忧！

［他开始大笑，他们也大笑起来。三个人都发出阵阵大笑声］

全剧终